ひとりぼっちの異世界攻略

life.3
泣く少女のための転移魔法

五示正司
author Shoji Goji
イラスト 榎丸さく
illustrator Saku Enomaru

ビッチリーダー Bitch Leader
「これとこれを併せたら
スッキリ見えるわよ?」

「「「おー！　流石は本職《モデル》様だ！」」」
アンジェリカ
Angelica
委員長
Iincyo

「ふううぅ～っ♥
あのね～、遥君に振動魔法で
全身気持ち良くされちゃった～っ。
もう身体が蕩けそうだよ～、
トロトロにされちゃったよ～。
凄く良かったよ～、
みんなもして貰いなよ～？
とっても上手だったから？
遥君、真っ赤な顔して
可愛かったな～っ♥」
副委員長B
FukuiincyoB

ひとりぼっちの異世界攻略

life.3 泣く少女のための転移魔法

Lonely Attack
on the Different World
life.3 Teleportation Magic for the Crying Girl

五示正司
author — Shoji Goji
イラスト — 榎丸さく
illustrator — Saku Enomaru

CHARACTER

委員長
Iincyo

遥のクラスの学級委員長。集団を率いる才能がある。遥とは小学校からの知り合い。

遥
Haruka

異世界召喚された高校生。クラスで唯一、神様に"チートスキル"を貰えなかった。

アンジェリカ
Angelica

「最果ての迷宮」の元迷宮皇。遥のスキルで『使役』された。別名・甲冑委員長。

副委員長A
FukuiincyoA

クラスメイト。馬鹿な事をする男子たちに睨みをきかせるクールビューティー。

副委員長B
FukuiincyoB

クラスメイト。校内の「良い人ランキング」1位のほんわか系女子。戦闘では過激。

副委員長C
FukuiincyoC

クラスメイト。大人の女性に憧れる元気なちびっこ。クラスのマスコット的存在。

ビッチリーダー
Bitch Leader

クラスメイト。ギャル5人組のリーダー。元読者モデルでファッション通。

STORY

クラスごと異世界に召喚された〝ぼっち〟の高校生・遥。数学的天才にしてチート殺し・田中の陰謀を打ち砕いた遥は、オムイの街で再会したクラスメイトの女子たちから蔑ろにされていると感じていた。そこで異性の好感度を上げるアイテムを探しに「最果ての迷宮」へ挑むが、トラップに掛かり最下層まで落下。迷宮最強の怪物・迷宮皇との戦闘に突入してしまい、圧倒的な実力差で劣勢を強いられるも『使役』スキルで勝利した。

　使役した迷宮皇――アンジェリカの助力で遥は迷宮からの脱出に成功するが、気づけば骸骨の怪物だったアンジェリカは金髪碧眼の美少女に変貌を遂げていた。遥は言葉を交わせるようになったアンジェリカとお互いのことを語り明かし、絆を深めるのだった。

異世界転移、そして転移魔法――それなら解明すれば本を買いに帰れるんじゃないかと探求したけれど、どうやら本屋さんは果てしなく遠いらしい。

先《ま》ず完璧を期するならば座標を正しく認識しなきゃならない。うん、此処何処《ここどこ》なの？

そして、異世界《ファンタジー》らしく曖昧《ファジー》に想像《イメージ》力で適当《イージー》に転移すれば……死ぬ。

きっと、死ぬっていうか分解したまま消え去ることだろう……だって、原子レベルでイメージとかできないんだよ！

だが魔法だ、ならば魔力で包みひと固まりで転送する。それが限界――微動だにせずに集中してほんの僅か。それでもズレは生じ、人間の肉体ってちょびっとでもズレるとわりと死ねる。再生とかできる能力が有ったって痛いものは痛いし、死ぬと再生しないんじゃないかという気もする。

だが魔纏《まてん》は勝手に転移を纏《まと》い発動する、だから慣れてきたけど体感で摑《つか》むには程遠く、演算できる領域を凌駕《りょうが》しすぎている。

まあ、トマトも重要だが今は演算。最低限動かないものは確定した状態で必ず運び届ける――誰も本は届けてくれないのに、俺が宅配って不条理だな!?

だって、もう間に合わない。

絶望的な距離と遮蔽物。だが座標はともかく位置だけは認識できる、ちゃんと指輪はしてくれていたらしい。

まあ、せめてできるだけ近付いて誤差を減らしたいが、今は演算……この量ならケチャップさんまで大量生産可能かも？

チリソースには唐辛子も欲しい。野生種のトマトは原産地の殆《ほとん》どが南米だったはずだし、だったら唐辛子さんはないものだろうか？　そして唐辛子も欲しいけど、距離と時間をガン無視するに演算と術式構成の時間も欲しい。だが時間こそがないから……縮められるのは、あとは距離だけか。

「いやー……何で、あんなに足速いの!!　吃驚《びっくり》だよ、高速移動で距離縮められないって、あれってスキルなの!?」

（コクコク）

マジですか。いや、まあ結局は女の子の後を追いかけて行く事になるとは——俺のあの好感度さんに配慮した膨大な苦悩と多大な努力は一体なんだったんだろう？

まあ、今度は泣かせないようにしよう……うん、これで泣かれたら俺の好感度さんの存在自体がヤバそうなんだよ！

世間の評価と仲間の評価の落差が酷いらしい?

39日目　夜　オムイのギルド

目が回るような忙しさ、それが連日続いているから余計に疲れる。この最果てのギルドの業務が立て込んで目が回るなんて無かったことだ。だが、こんな忙しさなら大歓迎しなければならないだろう、こんなにも疲れが心地好《よ》いなんて初めての経験なのだから。

今日もたった一人の少年のせいでギルドは残業、朝は早くから行列を作って魔石の注文に商人達《たち》が押し寄せる。

日に日に増える商人の訪れに、魔石の販売所は所狭しと商人がごった返して飛ぶように魔石が売れていき、代わりに積み上げられる金貨の山。ずっと辺境伯《オムイ》様が必死で宣伝しても寄り付かなかった商会や商業ギルド、それが列を成して頭を下げて商業許可を取り付けにやって来る。そして賑《にぎ》わいギルドと街には莫大《ばくだい》な利益が齎《もたら》されている。

ずっとギルドは命を賭けて森の魔物を減らし、迷宮の魔物を間引いてきた。それでも冒険者達に充分な手当ても出せなかった。僅かな商人に買い叩《たた》かれて命を賭けた成果が毟《むし》り取られていった。

実力に見合わない貧相な装備で戦い続けてくれる冒険者達にやっと報いる事ができるようになった。やっとだ、これまでにどれ程の冒険者の命を失ってきたのか、せめて充分な装備を用意できれば、もっと人を集められれば失わなかった命——それを今日までにどれだけ失い続けてきたか。

ギルドは……ギルド長とは魔物を倒せと、住民を守れと、街を村を防衛しろと命じねばならない。それがどんなに危険でも指示を出さなければならない、もう良いなんて言う事すら許されはしない。

領主のオムイ様はあらん限りの兵を出し、自らが陣頭に立って戦い辺境を守り続けて下さっている。自らが貧しい生活を送ってでもギルドに援助して下さっている、それでも兵が足りない。足りる事など無いのだ、魔の大森林と最古の大迷宮と戦い守り続けるのに兵が足りる事なんて有るはずが無い。

守るよりも戦いの中で失われる命の方が多いのだから、その死にすら報いてやれないのだから。悲劇と絶望の未来しか無かった辺境、それが幸せに笑い忙しさに泣く日が来ようとは。

その辺境の悲劇を次々と殺し、その莫大な利益すら街や人に流し続ける少年。たったLv9で街に現れて凶悪なビッググリーンウルフの群れを殺し、我が友のオフタ達を救ってくれた少年。その低いレベルではギルドにも加入できないのに大量の魔石を預けてくれた、そしてオムイ様達の危機すら救った街の救世主。

その誰も知らない黒髪の少年は何も語らない。ギルド史上最悪の魔物の大発生——それは記録にもない最悪の事態だった。しかも後で聞けばオークキングの率いる群の大襲撃。最悪過ぎる、倒せる訳が無い、街も周りの村もすべて滅びる、だが黒髪の冒険者達が、年端もゆかぬ少年の仲間達が加わってくれた。その誰もが漆黒の髪と目を持ち、高いレベルとそれ以上のレアなスキルを持った謎の少年少女達。

その全員が途轍《とてつ》もなく強い。この街にも、おそらくこの国自体にも関係の無い少年少女達が、命の懸かる防衛線に加わってくれた。聞けば皆まだ16歳、逃げても誰も文句など言わない、寧《むし》ろ逃げろと怒鳴りつけたい気持ちを抑え頭を下げて助力を願い出た。

死と地獄を覚悟し長い時間を耐えた、しかし魔物は1匹も現れなかった。

そこに黒髪の少年がいたから、だからたった1人の被害も無かった。何故《なぜ》なら、たった1人の少年が皆殺しにしていたからだ。しかも、その莫大な武器や魔石すら受け取らずに、まるで何事も無かったかのように誰にも喧伝《けんでん》せず、威張るどころか語る事も無く、誰も知らないうちに最悪の大発生《スタンピード》を1人の死者も怪我人《けがにん》も出さずに終わらせた少年。

それが、この忙しさだ。

もう、ギルドにいる冒険者達も見違えるほどの立派な装備に変わった。そのレベルに比べ見劣りしていた装備や武器が、今ではレベル以上どころか一流に相応《ふさわ》しいレア装備やスキルの付いた武器を身につけている。

これが本当に貧しい辺境のギルドの光景なのかと自分の目を疑うばかりだ。誰もがこの光景を見た時に涙し、あの時にこの装備や武器があればどれ程の人や仲間を救えたのかと泣き腫らした。これで泣かない様なギルド職員などいる訳が無い。

この武器と装備をお礼と言って渡し、領主様へLv58クラスのフロッグマンの銛《もり》を大量に置いて行った少年。

迷宮で行方不明となっても、助けるどころか救助の用意もできぬ内に迷宮の魔物をたった1人で殺し、たった1人で地下100階層から帰って来た少年。

莫大な数の魔石をギルドに齎したのも、街中にポーションを行き渡らせて冒険者や街や村の人達の命を救っているのも、武器屋に貧しい者でも自衛できる程の格安で大量の棍棒《こんぼう》を渡したのも全てはたった1人、たった1人でこの街の全てを変えてしまった黒い髪の少年。

誰にも褒められる事も無く、誰かに称《たた》えられる事も無い、誰からも感謝される事すら無く、誰からも報いられる事の無い、それでも誰も彼も救ってしまう少年。

未《いま》だ関係した者、その目で見た者しか誰も知らない。大量のフロッグマンの銛を領主様へと届けた時はオムイ様も泣いておられた。あれほどの武器があればどれだけの兵が助かるか、どれだけの民が助けられるか、そしてそれが有ったならどれだけの人命と兵が助かったのかを思い只《ただ》涙を流して、誰も知らない少年に感謝を捧《ささ》げていた。

私も同じだった。大量の武器をお礼にと渡され余りの高額さに受け取れないと言っても押し付けて居なくなってしまった後ろ姿に何度も何度も頭を下げて涙した。

その時にオムイ様が仰《おつしや》った言葉が忘れられない。

——滅びゆく街が、悲劇の街が、誰も知らぬままにある日気付いたら幸せになっていたのだ。悲劇しか知らなかった我ら皆が初めて奇跡を見たのだ。

そう涙ながらに語られ、笑顔と笑い声の絶えない賑わう街を見ながら仰った言葉。

誰にも褒められる事も無く、誰にも称えられる事も無く、誰からも感謝される事も無い、誰からも報いられる事の無いまま、だが誰も彼もを救ってしまった少年。遥《はるか》と言う名の黒髪の少年。

不遇なスキルのせいでいまだLvは20にも届かず、不幸なスキルのせいでパーティーすら組めないと言う。あれほど戦い、あらゆる魔物を倒してもLv20にすら届かない。満足な武器も装備できずに木の棒と布の服で戦いを強いられ、パーティーすら組めずたった1人で残酷なスキルに苦しむ少年。

その恩に報いるどころか何もしてあげられないまま、今でも冒険者にもなれずにたった1人で戦っている少年。

この街を、辺境を救い、この街も辺境も生まれ変わらせ幸せにした少年。

これ程の恩に報いる事など不可能であっても、何もできないままでたった1人だけ不遇のままで良い訳が無い、許される訳が無い。だが名誉も地位も求めず、何もかもを自分で手に入れながら、何も手に入れられない恩人に何をすれば報いる事が……ほんの少しでも報いる事ができるのだろうか。

きっと何も求めてなどいないあの少年に、何一つとして報われる事の無いあの少年に、一体我々に何ができるのだろう。

いつも、「お金が無い」と言って現れても、そのお金は全て街に流してしまう。莫大な現金も武器や装備も薬品も何もかもを……そして街は豊かになった。そして今も自分だけが木の棒を握り、布と皮だけの装備で、たった1人戦っているあの少年に、一体私には何ができるのだろう。

どれ程に忙しくても、我を忘れる程の仕事量でも、ただそれだけが、それこそがずっと頭から離れないままに今日もまた仕事に追われる。

全ての人達が報われ幸せになった、なのに、それをたった1人で成し遂げた少年だけが今も報われず、不幸なままたった1人で戦う……黒い髪をした、黒い瞳で笑う少年の事を。

フェロモンで充分なのに行き過ぎて犯罪に走っちゃってる。

40日目　朝　宿屋　白い変人

部屋から出ると他の部屋の扉《ドア》がわずかに開いていて、その隙間から……ジト目が見える？

「おはよう？　みたいな？って、なに？」

ちょ、廊下中がジト目って何事なの？　ま、まさかのモーニングジト目サービスとか宿で始まったの!?　それって月額は御幾らでしょうか!?　うん、年間契約でも3年縛りでも良いんだけど!!　まあ、取り敢《あ》えず挨拶？

「「「「おはよう！　昨晩はお楽しみでしたね（バタン！）」」」」

一斉に扉が閉まった。うん、バレてるみたいだ？

しかし、防犯用に結界が張ってあるから遮音性は高いし、甲冑《かっちゅう》委員長さんは未だに上手に声が出せない、だからとても微《かす》かな声だ。うん、あの声もなんだよ？　なのに何故に……まさか女子全員が『気配察知』スキルで覗《のぞ》いてたの!?　見える訳ではないし、声や音も聞こえない気配だけが読めるスキルだから影絵《シルエット》で動きを感じ取れるだけではあるんだけど……ってプライバシーの侵害だよ！

ちょ、マナー違反だ、俺だって『羅神眼』が有るのに強い心でお風呂なんか見てないよ？

うん、今の所ずっと苦悶《くもん》に悶々《もんもん》しながら我慢してるんだよ？

まあ、一緒の部屋から出て来るのだから、どっちにしてもバレバレだ。それに別に隠そうとか思ってないんだけど、現状がとてもとてもアレで今の状態って説明に困る。

取り敢えず甲冑委員長さんの意見は、使役は解かないらしい、絶対嫌なのだそうだ。そして、あくまで従者だから彼女ではないらしい……うん、全俺が泣いたんだよ？

でも従者だからって言う訳でも無いらしい？　ちゃんと「好き」って、小さな声だったけど言われた、ちゃんと言われたんだよ!!

だけれど身分とか立場が違うみたいな事を延々言ってるんだけど、身分も何も俺は無職の『にーと』で『ひきこもり』の『ぼっち』、あっちは元でも迷宮皇《おい》さん。うん、どう考えても使役される立場じゃ無いんだよ？

でもなんかお妾《めかけ》さん的なポジションを主張している。うん、俺は今まで一度も彼女ができた事が無い、なのに何で彼女より先にお妾さんになっちゃうの!?　でも、ずっと一生一緒にいるらしい、って言うか生涯仕えるのだそうだ……にーとに？

まあ、会話が覚束《おぼつか》ないから話し合いも難航したまま、なし崩しのまま、欲望のまま組《く》んず解《ほぐ》れつな男子高校生の衝動という名の暴走で閑話休題肉体言語だったりするから話が全

く進まないんだよ。だから現状を説明とかしようが無いじゃん？　俺の世間の好感度的には大問題だろう。

一生一緒にいるのなら何でも良い気もするんだけど、うん、特に異性の好感度さんは致命傷を負ったに違いない！　だって俺も聞いた時は心に致命傷を負ったよ、特に「彼女では無い」所辺りで会心の一撃がオーバーキルな死体蹴り状態でギリ致命傷だったんだよ!!

まあ、お楽しんだので異存は無い。それはもう異存なんて欠片《かけら》も残らないくらい徹底的にお楽しみましたとさ！　うん、最後は怒られました。

そして、みんながジト目で見るので甲冑委員長さんも困ってもじもじしている、これは苛《いじ》め問題勃発？

だが、果たして何をどうしたら異世界最強の元迷宮皇さんを苛める事が可能なのかは謎で、あまり相手をみんなボコボコにするイジメられっ子って聞かないんだけど、異世界ではイジメられっ子は剣を持って無双しちゃってるんだろうか？　なんかオタ達《たち》もそうなりそうだな……苛めるけど？

って言うか食堂の空気が重い！　だが朝御飯だ、だからこそ朝御飯！　そう、ジト目対策に朝から焼き魚定食を振る舞うと、女子さん達もどうやらジト目している余裕は無くなったらしい。

だって焼き魚さんにお醬油《しょうゆ》をかけて白ご飯だよ。若者の米離れとか言われながら異世界ではガッツリ食べてます、全く離れられそうにありません。こうなると汁物的にもお味噌《みそ》が欲しいな？

なにせ迷宮で稼ぐ同級生たちの懐は大変に温かく、毎日のご飯代で大儲《おおもう》けだったりする。食料品は買い集めてるから手持ちが大量にあり、原価は現地調達の物々交換で超格安。そして『掌握』魔法で料理すれば大人数分でも迅速簡単手間いらず。うん、ぼったくり？

「って言う訳で、迷宮に行ってみようと思うんだけど一緒に行く？　残ってても良いんだよ？　だって大迷宮なんてあまり良い思い出も無いだろうし、あそこって階段長いし？」

言ってみたけど、やっぱり付いて来るみたいだ。もうあの闇は出ないとは思うんだけど、あれだけは確かめておきたい。ヤバそうだったら甲冑委員長さんだけは帰らせよう。

そして大迷宮……甲冑委員長さんが入り口のエントランスをジト目で見詰めている？　結構自信作なんだけど、気に入ったのだろうか？

「いや、せっかく階段からの進入路《アクセス》なんだからやっぱり奥行っていうか、空間に繫《つな》がる感じ？　うん、この高低差を感じさせつつ拡張感のある格調高いステアエントランスな入り口とかマジ良くない？」

あれ、良くないみたいだ。返答はジト目でした？　やはり勝手に改装したのが駄目だったの？　でも1Fくらい良いじゃん、持ち場は100Fだったんだし？

魔物のいない30階層まで下りて、下層の気配を探知してみる。いない？

「30階層から下は46Fまで魔物が残ってるって話だったんだけど……いないね？」

（ウンウン）

気配探知で下層を探っても気配が感じられない、誰かが倒しちゃったんだろうか？

まあ、冒険者だって稼ぎに来るだろうし、目当ては宝箱だから魔物がいなくても問題ないと言えばない。

30Fにも隠し部屋は有ったが、宝箱の中身は『プロフェッション・メダル：【ジョブ特性アップ】』って、2人とも無職なんだよ！　無職のジョブ特性をアップって、先《ま》ず無職のジョブ特性は一体何なの!?　やはり、こう怠惰にぐーたらしちゃうのだろうか？　うん、下に降りよう。

36階層にも隠し部屋。どうも隠し部屋は殆《ほとん》ど発見されていないらしい。隠し部屋以外の宝箱も有ったけど、そっちはポーションとか金貨とかの消耗品ばかりで、レアな物は1回も出なかった。

やはり狙い目は隠し部屋だ。36Fの隠し部屋も相も変わらず罠《わな》も鍵も無く、開けてみると其処《そこ》には『デモン・リング：【悪魔を使役する（3体）】』……ってもう殺しちゃったよ！

大迷宮での記憶を元に展開を読むと、きっとこの指輪をしてデモン・ソードマスターさんを使役して戦うお話だ！　これが伏線――って、手遅れだよ!!　もう伏線より先にフラグ折れてるよ、嫌なら落とすなよ!!

上から進んでいれば話が繋がったのに、穴から落ちて上がってきたせいでフラグはベキべきに折れている。うん、ソードマスターさんを使役して神剣を受け取って戦うのが正しい展開だったのに、ソードマスターさんに神剣で襲われて、ボコって神剣奪ってから使役の指輪登場っていう手遅れ感が凄《すご》い！　うん、台無し？

そうなると使うかどうか分からないから複合は止《や》めておこうか？　でも『窮魂の指輪』にはまだ7個も複合の空きがあるのに、出番が全くない『トラップリング：【罠を自動的に解除する】』しか入ってない。要らなかったら外せばいいんだし、何より仕舞うと忘れちゃいそうだ。取り敢えず複合しておこう。

さて、今の所は強欲の使徒甲冑委員長さんの欲しがるような物は出ない、このまま何も出なかったら帰りに街で何か買ってあげよう。

41Fではこれまた微妙な『ブレイド・シールド　攻撃補正（小）　防御補正（小）　魔法防御（小）　シールドバッシュ＋ATT』だった、ATTはATTACKの事だろう？　でも、万が一「＋アッー！」とかだったら嫌過ぎるし危険過ぎるから売り捌《さば》こう！

それに、効果は良いけど（小）ばっかり。シールドバッシュに＋ATTってシールドバッシュで斬ったり突いたり出来るんだろうか？　確かに盾の表面や縁《ふち》に刃が付いているけど、守りたいんだか攻めたいんだか？　よし、これは売ろう。

そして最後の45Fは『テンプテーション・シャツ　誘惑効果（大）』……惜しいのかもしれないがこれは駄目な奴《やつ》だ。これは好感度が上がらず下がる犯罪的なあれだよ、どう考えても魅了とかの仲間だ。ちょっと好感度がくすぐられちゃうフェロモンの指輪程度で充分なのに行き過ぎて犯罪に走っちゃってるんだよ。

うん、好感度が上がるだけで充分なのに、これって寧《むし》ろ好感度が下がってるよね？

これを使えばモテるのかも知れないけど封印だ、使う気もないけど……誘惑してもシャツが脱げなくない？　いや、着衣プレーはありだな！

しかし、これは使えないのに売ったらヤバそうだ。やっぱり封印かー？

「結局、魔物もいなかったねー？　どうする100階層まで行ってみる？　お久な感じで？」

別に用は無いみたいだ。まあ、あんな暗いだけの場所は懐かしくもないいんだろう。これなら地下大浴場とかに改装しても怒られなかったかも知れないな？

ここで感じる分には闇どころか迷宮は完全に死んだようだ。気配と言うか息遣いみたいなものが全く無くなっている。うん、あの闇が消えているならそれで良い。

まあ、良い物は無かったけど売れば儲かりそうだ。『テンプテーション・シャツ』は売れないが、メダルと盾は良いものだったし、これが剣神と木の棒専門の無職コンビでなければ大収穫だったんだよ？

こうなると甲冑《かっちゅう》委員長さんの収穫が無いから街でお買い物でもして帰ろう。多分、まだ昼を少し過ぎたくらいだと思うんだけど、みんなどうやって時間を知っているんだろう？

賑《にぎ》やかになった街でぶらぶらと2人で時間を潰し、甲冑委員長さんの雑貨や日用品を買ってまわる。そして冒険者ギルドに寄ると、昨日今日で冒険者と兵隊さん達が迷宮内を掃討をしながら迷宮の死亡の確認を行なったんだそうだ。どうりで隠し部屋以外何もないと思ったよ、楽できたから良いけど。

ついでだから近くにある他のダンジョンの情報も教えて貰《もら》う、冒険者しか入れないのだけど教えて貰えた。きっと賄賂のフルーツケーキが効いたのだろう、口の堅い受付委員長ではなく、口が良く滑る鑑定係に聞いたのが勝因だ。うん、きっと後でバレて怒られるが今は幸せそうだ……もう、背後に居るんだよ？

愉《たの》しげに街を歩き、幸せそうに店を覗《のぞ》く、あんな暗い迷宮にたった独りでいるより爆買いのほうが健全だ。もう街中の店を確認し、全商品を手に取りそうな勢いだが健全だ。

散々街ブラして、買い物をしてから宿に戻る。

みんないるみたいなので『プロフェッション・メダル：【ジョブ特性アップ】』と『ブレイド・シールド　攻撃補正（小）　防御補正（小）　魔法防御（小）　シールドバッシュ＋ＡＴＴ』を出して買いたい人がいないか聞いてみると、思いのほか大人気だ。

特にメダルが人気で「ジョブ特性アップ」は激レアなのだそうだ。いや、無職に言われても無職特性ってアップしたくないんだよ?

「それではオークションで販売しまーす、みたいな?って言うか最低価格は1，000エレからスタート的な?」

「3千!」「5千だ!」「うぅ、6千」「えーい、9千!」「1万!」「1万2千だよ」「1万……5千だっ」「くっ、2万!」「……2万1千です!」

ノリノリだ。みんなオークションのノリに騙《だま》されて、盾を使わない娘《こ》まで手を上げている。いや、だって両手剣使いだよね? あっちの娘も確か双刀使いさんだったはず?

「10万と5千でどうだ!」「いやいや、11万!」「だが、12万!」「12万5千よ!」「14万だー!」「15万……5千」「に、20万です!」

盛り上がり熱狂に浮かれ値段が吊《つ》り上がっていく。だが、おかしい……オタ達が大人しい。あの武器マニアたちが参加して来ないなんて有り得ないのに、なんかぐぬぬぬって顔してるけど周りが何か話しかけて我慢している?

「25万!」「26万」「28万っ」「うう、29万!」「29万……5千!」「さ、30万!」

「「「ぐっ!」」」

そして結果はバレー部っ娘のツイン電柱さん達が落札しました。確かこの娘って大盾を振り回す娘だ。それなら適任だが、しかし盾だけで32万エレの大儲け。2人で有るだけのお金を出し合ったみたいだから、オマケにポーションも付けといてあげよう。

そしてメダルはオタ達が本気を出して落札した。1，000エレから始めたのに、いきなりの100万エレで誰も入札出来ないまま一発で落札された。

4人全員で有り金はたいたようだ。その目的は守護者か結界師に持たせて頭を防御する気に違いない。また、新たな技を考えないといけないらしい！

いくらなんでも戦闘もせずにスキルレベル3アップは異常だよ？

40日目　夜　宿屋　白い変人　女子会

緊急女子会開催中！


乙女のお風呂パーティーは緊急お風呂女子会に雪崩込み、アンジェリカさんが連行されて、現在はみんなに囲まれて尋問されちゃってる？

「「「なんて言ったの？って言うか通じたの!?」」」「うん、アンジェリカさんに酷《ひど》いこと言ってたらお説教だよね!!」

困った顔で笑う顔が眩《まぶ》しい。あまりに綺麗《きれい》すぎて見ているのが怖くなるほどの美しさ、その端整な顔立ちが綻ぶ様に笑うと、思わずみんな見惚《みと》れて魅入ってしまう。

そして、みんなが聞き出したがっている事はただ一つ。あの会話の混ぜっ返し王にどう

やって告ったのか？　どうやったら会話が通じるのか？　そしてどうなったのか？　そして……どうだったの？　ねっ、ねっ⁉

「あ、ありが、とおぅ……って。ありが、と、って……いいました」

言ったらしい、言いながら抱きついたらしい。

それは駆け引きなんか無い想《おも》い、ただ直球で心からの気持ちを告げた。しかも遥《はるか》君がやっぱり油断しきっていた洞窟のジャグジーで……しかも裸で。

「「「うん、実力行使！　やっぱり会話じゃ駄目なんだね⁉」」」

それならば、あの遥君であっても混ぜっ返せなかっただろう。だって、これを――この女子ですら見惚れて溺れちゃいそうな奇跡のような肢体を見たなら……パニックでそんな余裕も無かったはずだ。そしてそのまま押し切っちゃったんだ、そしてちゃんと思いを伝えられた。ちゃんと応えて貰えた。

泣いている間も、ありがとうと伝えている間も、ずっと一緒に居たいと言う間も、ずっとずっと頭を撫《な》でてくれたらしい。優しいんだ遥君は。

「「「イイハナシダナー！」」」

女子達《たち》が最も激しく追及したその後の事も恥ずかしそうに教えてくれた、ずっとずっとずっとずっと凄かったらしい、弩《ど》Sなんだ……遥君。

「「「エロイイハナシダナー？」」」

そして、みんな顔を真っ赤にしながら根掘り葉掘り聞きだし、その過激な描写にお風呂に沈み溺れていく。

　そしてお部屋に戻って乙女の女子会は佳境を迎え、更なる過激な内容に次々とマットや床に倒れて昏倒《こんとう》していく乙女達……刺激が強過ぎ！　うん、遥君は過激過ぎる、だって不死属性の元迷宮皇さんが死ぬかと思ったたって何なの!?

「うん、でも良かったんだよね」「うん、良かったんだ……」「まあ……凄かったんだ!?」

「「「うん、不死でも死んじゃうんだ!!」」」

　それでもアンジェリカさんは嬉《うれ》しかったみたい。そして、今もみんなでお話できているのが本当に嬉しそうで幸せそうだ。

　だってずっとずっと1人きりだった、ずっとずっと一人ぼっちだった。あの称号だけの『ぼっち』で詐称モブの誰かとは違う本物の孤独、永遠の孤立、暗闇の中の独り法師。だから今はみんなでお話できるのがとっても嬉しそうだ。

「[redacted]、[redacted]！　[redacted]、[redacted]!!」

　だから一生懸命にみんなに聞かれた事を、精一杯にたどたどしく身振り手振りを交えながら詳しく丁寧に、それはもう具体的に細かい所まで誠実に微に入り細を穿《うが》ち教えてくれちゃって……そしてみんなは顔を真っ赤にして湯気を噴き出し、湯船では溺れ、お部屋では倒れ、それでも興味津々に起き上がっては倒されていく。さすがは最強の元迷宮皇さん、その事細かな状況描写に、細やかな感想と擬音と比喩を交え、たどたどしくもしっかりしっぽり解説されちゃって、次々に鼻を押さえて倒れ込んでいく乙女達。

だって、たどたどしいけど滲《にじ》み出る嬉しそうな幸せそうな感情、それを蕩《とろ》けそうな表情で思い出しながら瞳を潤ませ懇々と切々と語る。その表情がエロいの、そして身振りと手振りと微細な描写に、その都度の生々しい感想まで入っているの！

一騎当千——刺激が過激過ぎで、瞬く間に撃破されて行く乙女達。それでも聞きたくて更に起き上がっては、更なる過激な内容で鎧袖《がいしゅう》一触《いっしょく》に薙《な》ぎ倒されて行く乙女達の死屍《しし》累々《るいるい》。こ、これが迷宮皇の力!?

まあ、過激すぎて、過剰過ぎて、感極まってて言いたいことは色々有るんだけどね？

でも、こんなに幸せそうだ。

だって、こんなにも幸せになれた。

ずっと地の底で哀《かな》しみが終わるのだけを待っていた。その絶望が突然に何もかもを破壊され、運命すら蹂躙《じゅうりん》され、道理すらも蹴散らされて、無理矢理滅茶苦茶《めちゃくちゃ》に幸せにされてしまったの。

だからこんなに幸せそう、だからこんなにも美しい。そのアンジェリカさんの想いと喜びが言葉と表情から溢《あふ》れに溢れちゃって……みんなが溺れちゃっているの。

一部女子はリアルに溺れ過ぎたうえにのぼせたらしい。うん、いろんな意味で？

そうして語り尽くせない程の想いを語り尽くすと、見惚れるくらい嬉しそうな顔のまま遥君のお部屋に向かって行った。また今晩もみんなの気配察知レベルが上がるんだろう、きっとどんなに注意しても無駄なの。だって私も3レベルもアップだったし？

「アンジェリカさん嬉しそうだったねー？」「だって、幸せになれなかったら嘘《うそ》だよ、吊《つ》るせないよ！」「えっと、絡ませてって……絡んじゃうんだ？」「うん、絡むんだ？　絡むの？　あれって？」「笑顔が蕩けてたよね、幸せが顔から蕩けて零《こぼ》れ出してたよね？」

「「「うん、蕩けたみたいだね……いろいろと？」」」「飛んじゃうんだ？　飛ぶんだ？　飛んだって……飛行魔法？」「でも、自分は魔物だって。元は人間でも魔物になったって、だから従者だって？」「「「あれは頑《かたく》なだねーっ」」」

そう、決して遥君の彼女ではないらしい。死ぬほど大好きで、死ぬまで付いて行くし、死んでも良いくらい感謝してるって。

そして遥君のあの優しさを、自分の命なんて秤《はかり》に掛ける事も無くポイポイ投げ捨てて助けちゃうあの傲慢な優しさを尊敬して敬愛している。だからずっと付いて行く、付き従いたいんだって。魔物だけど人の心が残ってるから、人の心を守ってくれて助けてくれたから、だからずっと付いて行きたいって。

それどころか早く私達が遥君の奥さんになってもっと仲良くしてくれたら嬉しいって満面の笑みで言われてしまった。誰も返事できなかった。

「え～っ、だって、この世界の人って一夫多妻制なんだよ～？　だから～、普通みたいだよ～？」

この娘は何処《どこ》でそれを調べて来たのだろう。同じパーティーだから、いつも一緒に行動してるんだけど……って、一夫多妻なんだ。

「えっと……アンジェリカさんは20人の奥さんの下で愛人になって、みんなで仲良くしたいってこと？　それって普通なの!?」

それはきっと、いくら何でも異世界でも普通ではないと思うんだけど、一夫多妻制らしい？

そして――その真剣な眼差《まなざ》しと、幸せそうな笑顔に誰も返事できなかった――って言うか、どうしてみんな私を見てるの!?

経済循環の流動性に対する刺激効果は考慮されないの？

40日目　夜　オムイのギルド

人手も場所も足りないほどに忙しい冒険者ギルド、それは領館もまた同様のはず。

なのにまた御2人で会議を始めたようです。忙しいのに毎日毎日、毎回毎回領主様がいらっしゃると必ずギルド長と会議を始めてしまわれるのです。

街だけでなく辺境全域への予算と人員の配分、今まで手が付けられなかった公共整備の予算が生まれ、その急激な仕事の増加と比例した人手不足に手が回らず目白押しな事業計画と防衛計画。

会議する内容は尽きないでしょう。どれも重要で、それでも優先順位を付けて進めなければならない山積みの計画案。

それが毎日変わるのですから――あの少年が訪れる度に予算が増え、なにかする度に計画が変わり、立てても立てても倒されていく計画。でも、あの御2人は最後には必ず黒髪の少年の事ばかり。

そして無駄な話し合いを始めてしまうのです。
曰《いわ》く、街を救ってくれた少年？
曰く、街を幸せにした少年？
曰く、辺境を生まれ変わらせた少年？

挙句、報われない少年？
挙句、幸せを受け取る事の無い少年？
挙句、周りの幸せの為《ため》に自らを危険にさらす少年？

一体全体、何処の少年の話をしているのでしょう？　無駄にも程が有る無意味な会議です。だって、そんな少年いません、見た事がありません！

　黒髪の少年は毎日毎日これでもかって言うくらい見るんですが、そんな不遇な少年は一度も見た事がないのです。

　舐《な》め過ぎなのです、あれはそんな生易しい少年ではありません。

　そんな少年ならとっくの昔に魔物に殺されています、あの少年は殺される事無く魔物を殺し尽くしているんです。


たった1人で？　たった1人で全ての魔物を殺し尽くしているんです。

自らの危険も顧みず？　危険なのは殺し尽くされている魔物の方です。

全てを救う？　あれは全てを殺し尽くしたから魔物がいなくて平和なだけです。

何も報われない？　無許可で迷宮の魔物を殺し尽くしているだけです、魔石以外に何一つ求めてません。

誰をも幸せにして、幸せになれない？　御機嫌で魔物を殺し尽くして幸せそうに換金しに来ています、ギルドはおろか商店まで根こそぎ現金をむしられています！

受け取る事無い？　毎日毎日これでもかと魔石と武器と茸《きのこ》をばら撒《ま》いて、毎日あちこちのお店の現金を奪い尽くしてます、それで好景気なんです。

感謝しているんでしょう、御2人とも。それは当然でしょう、その結果だけを見れば。

――でもそれは結果です。それは全て、出会った魔物を全て殺し尽くした結果です。

領主様もギルド長も辺境の出身、ですからこの街が当たり前だと思っているのでしょう。ですが私はこの国でこれ程善良でお人好《ひとよ》しで人の心配ばかりしてる住人ばかりの街なんて、見たことも聞いたこともありません。

かつて落魄《おちぶ》れ行き場を無くした私達の家族を当たり前のように受け入れて貰《もら》い、見ず知らずのよそ者の私達が皆に助けて貰いました。そんな街は他にはないのです。

他の街、ましてや王都は落魄れれば毟《むし》り取ろうとする人が当たり前のようにいるのです。欲得と欺瞞《ぎまん》で搾取し強奪する者なんて後を絶たないのです。

そう、この街だから結果的に救われたのです。

あの少年。いえ、あの少年達は鏡なんです。

この街で良くされたからこの街に居ただけなのです。

そして、この街に居たからこそ莫大《ばくだい》な利益がここに齎《もたら》されただけなのです。

その利益の為に魔物を殺し尽くし、その結果で平和になっただけなのです。

あの少年は結果的に街を幸せにしてしまっただけなのです。

侮り過ぎなのです、あれはそんな心優しい少年ではありません。

もし、違う街で悪意を持ってあの少年達を陥れようとしていたなら、その街なんて滅んでいた事でしょう。

もし、違う街で害意を持ってあの少年達《たち》に危害を加えようとしていたなら、街なんて消えていた事でしょう。

もしも、この街の人が少年から商品を買い叩《たた》いていたなら、少年達は違う所に行き、そこで売り買いを行った事でしょう。

でもこの街の人は適正価格で、お店の現金を掻《か》き集めてでも正当な価格で買い取るのです。それがどの店でもギルドでも領主様でさえも。


だからこそこの街は幸せになれたのです、だからこそこの街は守られたのです。

あの少年に善意も悪意も無いのです。

迷宮に救助を出したから、ただお礼として武器を置いて行ったのです。

ただ良くしてくれた人達がいるから、街の為に行動しているのです。

あれは誰かに報われようとも、褒められようとも、称《たた》えられようとも、褒美を集《たか》ろうとも、ましてや有名になろうとも、何か与えられたいとも、何かを得たいとも、何かを望もうとも――――何も思ってないのです。

だいたい救うも救われたも何も、未《いま》だにこの街の名前すらも覚えていません。どれだけ延々と感謝しても領主様もギルド長も名前すら憶《おぼ》えられていません。

あれは、良くしてくれたおっさんがいるから良くしているだけです。良いおっさんがいる良い街としか思っていません。

あの少年は自分の好き勝手にやって、好きなように周りを幸せにして、ただ好き放題に幸せに暮らしているのです。

舐め過ぎなのです、侮り過ぎなのです。あれはどれほど不運であっても好き勝手に幸せにして、好き放題に幸せになるのです。

そうでなければ、あの少年の周りにいる人たちがあんなに幸せそうな訳が無いではないですか。

あれは、みんなが勝手に幸せにされているのです。そう、あれは好きでやっているのです。

だから舐め過ぎで、侮り過ぎで、崇拝し過ぎなのです。あの少年は普通に好きにやっているだけなのです。自分を不幸だと思っている少年に、こんなにみんなを幸せにできるはずが無いのですから。

だから早く会議を終わりにして働いて下さい。無駄です。

異世界観光しながら近場を巡ってみるのにもお金は必要だと思う。

41日目　朝　宿屋　白い変人

先《ま》ずは行動指針。どういう考えを持って、どう行動し、どう言う結果を求めるのか？

その為の基本方針。

いわゆる「何をしたいか」、「何をするのか」、そして「何をしているか」を出来得る限りに一致させ方向性を定める指針。

うん、何をするにも、どう考えてもお金が無い。何をするかってお金儲《かねもう》けしないと宿代すら危ない。何をしているかってお金を求めているんだよ、マジで？

「って言う訳で迷宮？　ダンジョン？　なんかダンジョン巡りが儲かるらしいから、ちょっと観光を兼ねて巡ってみようと思うんだよ？」

異世界と言えば迷宮《ダンジョン》、そこは夢と冒険と浪漫《ロマン》とお金、後お金に満ちていると言われる魅惑の迷宮《ちょきんばこ》！

「うん、本音過ぎて、お金だけ2回言ってるから！」「しかも最後は迷宮さんが貯金箱扱いじゃなかった!?」「えっと、その迷宮ってもしかして、あのみんなが命懸けで魔物と戦って滅ぼそうと頑張っているあれの事だよね？」「「「うん、一体全体何処の異世界に観光しながら儲かって巡ってみる様な楽しそうなダンジョンが在るのよ!?」」」

なにかご不満そうだ。俺が聞いてた情報になにか間違いが有るのだろうか？

「いや、入れば魔物は減るって言うか、滅ぼしそうな人が一緒だし。俺ってちゃんと迷宮で頑張ってるよね？　うん。めちゃ階段上ったんだよ！」

それにやっと外の世界が見られるようになったんだから、連れ出してあげたいじゃん？　うん、俺もこの街と森しか見ていないし？

「えっと、確か迷宮は危ないんだよね？」「うん、迷宮さんが危なそうだけど」「小田《おだ》くん達も意見ないの!?」「「「えっ、意見って『迷宮さん逃げてー！』とか？」」」「うん、やっぱ黙っててもいいや！」「「「非道っ!?」」」

そう、見聞を広めるのは大事な事だ、だって異世界では未だ見聞録すら発行されてないらしいんだよ。うん、読むものがなにもないっていうか、辺境見聞録とかなんか格好良さそうだ!?

「それで、そのダンジョンは大迷宮みたいに踏破しに行くの？」

「いや、大迷宮は踏破したんじゃなくて、踏んだら壊れて落ちたんだよ？　あれって踏破って言うの？　うん、あれは可哀想《かわいそう》な男子高校生の不幸な墜落事故だったんだよ？」

「「「意味は一言一句あってないのに、字だけ合ってるね！」」」

だが字が合っていようと、似ていようと落ちたんだよ。落ちたから上がって来たのって踏破とか言わないだろう……踏段？　うん、段が多過ぎだったんだよ、あの踏段《ダンジョン》!!

「いや、適当に入ってみて安全に行ける所までぶらついて、良い加減に稼いだら帰る？　みたいな感じ？」「「「ダンジョンって安全にぶらついて、稼いだら帰るところだったっけ？」」」「確か死に掛かったような記憶が有るんだけど？」「もう……柿崎《かきざき》くん達はなんかないの！」「「「腹減ったから朝飯にしようぜ。遥《はるか》とか心配するだけ無駄だって」」」「ごめん、聞いたのが間違いだったよ」「「「扱いが酷《ひで》えっ!!」」」

うん、莫迦《ばか》なんだよ?

「いや、オタ莫迦達に訊《き》くくらいなら迷宮に行って魔物さんに『ここ安全?』って訊いた方が有意義だよ? 魔物さんの方がまだ知的な顔だから会話が通じそうなんだよ?」

「「「オタ莫迦で纏《まと》められた!!」」」

まったく、死にそうになるなんて安全マージンを取らないから、そういう事になるんだよ。普段の危機管理の徹底がされてないから死にそうな目に遭うんだよ……とか思っただけで、まだ口にしてもないのに睨《にら》まれてる? うん、なんか滅茶《めちゃ》睨まれてる? よし、怖いから黙っていよう!

「さっきオタ達を拷問して吐かせたんだけど、結構あっちこっちにダンジョンが有るみたいなんだよ? なんか、もう森にも魔物少ないし?」

「うん、そうみたいだね。でも森の魔物を殲滅《せんめつ》しちゃったからってダンジョンまで滅ぼす気なの? あと、何で普通にさらっと小田君達を拷問にかけちゃってるの!!」

他にこれと言って収入源が無い、冒険者ギルドから分割払いで支給される魔石代も破産する度に没収されるから、現状では1日5万エレのお小遣いしか無いんだよ? うん、強欲の化身さんもお小遣いの値上げ要求で怒って良いよ?

「拷問って人聞きが悪いな。ちょっと、まだ頭を焼いてなかったから、軽く焼きながら普通に世間話で聞き出しただけだよ? うん、焼けなかったんだよ?」

「「「今、自分で拷問して吐かせたって言ったよね！　あと頭焼きながら世間話するのを普通って言わないで！」」」

だって焼けないいんだよ？　そう、失敗だったのは、『プロフェッション・メダル：【ジョブ特性アップ】』を売った事により守護者の能力が上がってしまっていた。だってメテオの16連射でも焼けなかったんだよ。さすがチート職だ、無職に謝れ！

「と言う訳で、朝食を食べ終わったら下流にある村の近くに新築ダンジョンができてるらしいから、ちょっと見に行こうと思うんだよ？」

川下に小さな村があり、その側《そば》が一番近い迷宮らしい。まあ最初だから近場で見学体験ツアー？

「「「新築のダンジョンを見に行くって、新しいけど分譲とかはしてないと思うよ？」」」

「あれ、ダンジョンって何だったっけ？　見学会とかしてるの、分譲ダンジョン？」「しかも、見学会しててもしなくても気に入ったら全層、全フロアーを独占するんだよね？」

「うん、買い占めですらないんだよ！　魔物さん達から強奪しちゃうんだよ！　あれ、良い事の筈《はず》なのに極悪だ!?」

分譲や見学会はしてないみたいだ。結構いつも宿代が大変で、ツケで泊めて貰っては街で有り金を巻き上げて支払い、また無くなるとまたまたツケで泊めて貰ってはギルドで有り金を巻き上げて支払ってと、日々自転車操業ツール・ド・異世界なんだよ？

だって強欲の化身さん付きだよ？　まあ、雑貨屋さんにセクシー系なドレスが入荷してたんで強制的に買わせたんだけどさー？　だってドレスと下着が高かったんだよ、でもエロかったんだよ！　うん、勿論《もちろん》全種全色買い占めた、そして全財産が無くなっちゃったのだ！

　まあ、男子高校生として至極当然の事だが、昨晩も有効に活用して滅茶頑張ったんだよ！

　だって高2で異世界に召喚、だからキャバクラのお姉さんなんてテレビでしか見た事無い。そこにセクシー系ドレスさん、それはもう背中とかお尻の上までドバッと開いてガバッと丸見えてるんだよ！　そう、買いましたとも、だって男子高校生だもの。うん、ドレスも中身もとても素晴らしい物でした。

「偶然にも新しくて近くて浅くて弱くて少ない迷宮だって言うし、10階層から20階層位なら地下邸宅にちょうど良くない？　なにより街からも一番近いし？」

「「「やっぱり迷宮を乗っ取る気だったよ！　偶然じゃなくて乗っ取る気満々だった！」」」

　だって、大迷宮のように100層まで巨大化すれば、それはそれで巨大な大浴場が造れたりもするけど……お風呂場が地下100階は階段がキツい。うん、絶対湯冷めするよ？

「広く深い豪華さも惹《ひ》かれるんだけど、やっぱり10階層くらいが手頃感があるんだよ？

あとは近隣の様子と間取り次第かな？」

「「「それ、迷宮《ダンジョン》の話なんだよね、分譲住宅《マンション》の話じゃないよね？　あとダンジョンに手頃感とかないから！」」」

いや、出会いはあったんだから、手頃感だってあるかもしれないんだよ？

「間取りも何も、ダンジョンの地図に3LDKとか書いてあったら吃驚《びっくり》するよね？」

「そもそも10フロアーのぶち抜きの家ってお手頃なの？」

街から近く、傍《そば》に村完備、程よい広さの低階層地下住宅。しかも大自然に囲まれたパノラマビューだよ？　まあ、どこも大自然に囲まれちゃってるんだけど。

「「「なんかそれっぽいナレーションを呟《つぶや》かないで！」」」

むしろ商業施設に近付きたい、できれば大型書店完備のショッピングモール迷宮が第一希望だ。うん、あったらすぐに攻略しよう！


まあ、見てみないとどうしようもないんだし行ってみよう。うん、大迷宮は良い造りだったけど広すぎたんだよ。

しかも、なんか下層はあっちこっち穴だらけで崩落しそうで危ないし……あれ、甲冑《かっちゅう》委員長さんがジトだ!?

事細かな描写はあまり具体的だと問題だと思う。浮かんでたんだ……

41日目　朝　路上

走ると言うか駆けると加速する、Ｌｖアップの効果で移動速度が上がってるんだけど不思議な感覚ではある。そして何が不条理ってスキル『高速移動』だと意識しなくても進めてコケないらしい！

まあ、急な動作ができないという不便さはあるらしいし、戦闘には活用できないらしいんだけど、何か異世界で1人だけ転んでるのが妙に悔しいんだよ？

「うん、なんか飛ばなくてもすぐ着きそうだ。うん、飛んだら落ちるし？」

いい天気で心地よい風が吹く。今日は珍しく馬車も襲われてないから順調だ、大体出歩くとなんか襲われてるけど平穏だ。

会議の結果、経験値的にも、街の安全の為《ため》にも迷宮は積極的に入った方が良いらしい。だから今日は見学を兼ねての下見。後の事は様子見次第でパーティーを集めてユニオンを組むかどうか決める事にして、先ずはパーティー編成で分散して近場の迷宮を見て回る事になった。

うん、パーティーは組めないから2人きり、だが2人きりだけど変な事はしません！

そう、徹底的に釘《くぎ》を刺されました。昼間からしないって……多分？

（ジト――――……）

そう、しないのだ。だから前を歩いてます。だって、後ろをついて歩くと色々気になるんだよ。オタ莫迦達《たち》も、このぴっちりグラマラスな女体形状の甲冑は目の毒だと同意していた。まあ、至極当然だがエロい目で見た悪いお目々は潰しておいた。

だって真紅のマントの隙間からチラチラと見えるヒップラインが……いえ、何でも有りません。うん、見てないよ！　ちょびっと思い出してただけなんだよ？


甲冑委員長さんもすっかり女子達と仲良くなって、女子会にもお呼ばれする様になったみたいだ。一緒にお風呂に入って、大部屋でおしゃべりに参加しているから少しずつだけど喋《しゃべ》るのも上手《うま》くなっている気がする。

俺と一緒に料理もしてみたいらしいが甲冑委員長さんも料理はしたことがないらしい。そして——多分できない。

だって女子には料理部っ娘《こ》が居るが、全く料理が上手くいかないらしい。だとすれば職業《ジョブ》縛りで戦闘に＋《プラス》補正が有るように、生産系では－《マイナス》補正が掛かっている可能性が高い。そして全員戦闘職の同級生は壊滅だろう……あれこれ陰で頑張ってはいるがお魚焼くのと、切って交ぜるサラダが限界なんだそうだ。

だから甲冑委員長さんが料理を覚えるのは難しいだろう、凄《すさ》まじく器用なのに上手くいかないと言う謎、それが補正なのだとしても仕組みが謎だ。

だから料理くらい教えてあげたいが－《マイナス》補正の仕組みが分からないと、教えることも難しそうなんだよ？

それでも楽しそうに語ってる。女子さん達に囲まれて幸せそうに笑っている毎日を、ただそんな普通の毎日を嬉《うれ》しそうに、嬉しくて嬉しくて話したくてしょうがないように……あんな暗闇の中でずっと1人きりだったんだから、難しいことなんて考えずに楽しく笑えていれば良い。うん、女子さんの手料理は諦めよう！

その女子さん達だって、あれは立ち直ろうと必死に笑っているんだから……うん、あれは泣かない様に全力で笑って、必死に歯を食いしばり笑っているんだろう。

「みんな……家族のこと、まだ、辛《つら》い、悲しい、寂しい、です」

まあ、当然だ。ある日、突然に異世界で精神が不安定なまま混乱の日々を送り、ようやく落ち着いた……落ち着く事ができてしまった。だからこそ家族や家や学校や友達のことを思い出さない訳が無い。

「いっぱい……お話、しました。いっぱい……聞いて、ました」

ただ未《いま》だに口下手な甲冑委員長さんが、女子さん達と何の話をしているのかが謎なんだよ？　うん、聞いてみたんだけど乙女の秘密なんだそうだ。まあ、嬉しそうだから話なんて何でも良いのだろう。

「知らない、不思議な、世界……遠い遠いところ、行って、みたいです」

たどたどしいながらも一生懸命にみんなの話を嬉しそうにしている。楽しく過ごせてるならそれで良いんだけど……あまりお風呂での女子さん達の様子を事細かな描写は止《や》めて欲しいです。うん、歩きにくいんだよ男子高校生って？　だって、某Bさんの——はお風呂に浮かんでいたそうだ！

「あっ、村だ？　村って言うか集落？　農村？」

川沿いに農地が広がり、その向こうに建物が集まっている。その周りにもぽつぽつと建物があるから、あの辺りが村なのだろう。まあ、農業をしてるなら農村だろう？

村には入場料は必要ないみたいだ。背の低い木の柵が有るだけで門も壁も無いし、そのしょぼい柵すらあちらこちらがガラ空きで入りたい放題だ？　って言うか、魔物とかいるのに不用心じゃないのだろうか？

まあ、常識的に言って、こういう場合は誰かに話しかけた方が良いのだろう。普通は門番か何か居そうな気がするけど、誰も居ない？

うん、常識から言って「ここはｘｘの村だよ」とか言う係さんが居る筈なのに何処《どこ》だろう？　うん、それしか言わなかったら怖いな？

「えっと、こんにちわー？　いや、こんにちはー？　まあ、それはさておき近くに良いダンジョンが出てるって聞いたんだけど？」

柵の傍で村人さんに聞いてみる。村人Aさんみたいに特殊装備はしていない普通の村人さんだ。って言うか農民さん？

「ん？　こんにちは。良いダンジョンが出てるのは知らないけど、川下の右手にダンジョンが出たんだよ。お兄さん冒険者かい？」

どうやら良いダンジョンではないらしい。やはり地元の情報は大事だ、その土地でしか知られていない問題点も有るのだろう。これは聞き込みが必要なようだ。

「えっと冒険者的な感じの何かみたいなあれで、冒険者ギルドで聞いて冒険者ギルドの方から来たんだけど？」

「ありがたいよ、冒険者ギルドがもう人を回してくれるなんてなー。浅いらしいけど村から近いんでおっかなくてね」

おっかないらしい、地盤が脆弱《ぜいじゃく》なのだろうか？　川辺なのだから水没や液状化の危険があるとか？

横文字でリバーサイド何て言うと聞こえは良いが、基本的に川辺は訳あり物件が多い。そう言われてみれば川の水面に対して地面が低すぎる、と言う事は考えられるのは水害に弱い地帯。その分この辺りの土は栄養豊かで農業には良いのだろうが、増水に弱そうだな。

「うん、取り敢《あ》えずダンジョンを見学してみるよ、ありがとう」

どうやら、あまり良い物件ではなさそうだが、せっかく来たのだし覗《のぞ》いてみよう。当たり物件なら治水工事をすれば良いのだし、先《ま》ずは下見だ。

うん、ハズレ決定な、夢も希望も憩いの空間も安らぎの居住性もない駄目な迷宮だった。

「なんか洞穴って感じだけど……これってダンジョンなの？」

しょぼい。先ずいきなり入り口が狭い、そして中も暗く湿った鍾乳洞《しょうにゅうどう》って感じだ。

これは駄目だな……中の間取りを見学する必要も無い、どう考えても手間暇を掛けて改築する価値が無い。

だって、中にまで川の水が浸《し》み込んでいるのか、湿度が高すぎて不快指数が高すぎるよ……これでは居住には向かないだろう。

「入りたい？　ここ？」

微妙なお顔だ。魔物がどうこうではなく、ジメジメが不快で健康に悪そうだ。

何かどうでも良くなったよ？

「だって、もう入り口を見た瞬間から駄目だよ——こんなんじゃないんだよ。森の洞窟よりはるかに劣る、大迷宮の１Ｆまでとは言わないがこれは無いな？」

これではエントランスを拡張したところで内部空間が狭いから台無しだ。全体的に狭く長いだけで形も面白味も無く床すら水平になりそうにない。そして質感が最悪で品や風情といったものが全く感じられない駄目なダンジョンだ？

「こんな迷宮はいらないよね？　潰して良い？　魔石や宝箱は明日にでも取りにくればいいんだし？」

甲冑委員長さんは意味が解《わか》らないみたいだが、一応ウンウンしてるので潰しても良いのだろう。元迷宮皇さんが良いと言えば、ここの現迷宮王さんだってきっと文句は無いはずだ。

いらないんだから踏破も何もない。足守川の高松城だよ。どうせ湿度が高いのだから何ら問題ないな？

のんびりと川辺でバーベキューです。甲冑姿だけど美少女とＢＢＱ、男子高校生の夢が一つ叶《かな》えられたようだ。

「焼けたよー、熱いからね？」

（ウンウン♪）

焼けたお肉の串を手渡すと、それは嬉しそうに満面の笑みで食べている。うん、兜《かぶと》は外しているからちゃんと美少女だ。

兜は取ってるんだから喋ってもいいと思うんだけど、食べるのに忙しいようだ。

そして一体どのくらい前から17歳の少女なのかが不明なままだが、うん、美少女だから何の問題も無い！

さて、ダンジョンは水没してから2時間くらいは経《た》ったんだけど、魔物って何時間くらいで溺れ死ぬんだろう？

「大迷宮には蛙《かえる》や鮫《さめ》の魔物さんもいたし、蜥蜴《とかげ》だって大丈夫そうだし？」

果たしてデモンやリッチとかって溺れるんだろうか？　そう考えてみるとスケルトンの水死体とかも聞いた事が無い様な気がするし？

そんな事を考えながらバーベキューを食べていると、不意にダンジョンから気配が無くなった。えっと……死んじゃった？

まあ、それはそれで食べてから考えよう。だって、次はお魚さんの串焼きなんだよ！　水を流し込み始めた時はずっとジト目だった甲冑《かっちゅう》委員長さんもバーベキューを食べるのに夢中だから、ダンジョンなんて後で良いだろう。だって、なんか湿っぽいし？

そして、どうやらここの迷宮王さんは魚類でも両生類でもなかったらしい。だが、万が一爬《は》虫《ちゅう》類《るい》さんなら水を抜いたら仮死状態から復活しちゃうのだろうか？　迷宮ごと？

絶対にそれは自分のせいだって怖くて言えなかった。

41日目　夕方　宿屋　白い変人

今日見て来た各地のダンジョンの話をみんなで報告し合っていた時に、その事件は判明した。だって大体聞くと碌《ろく》な事が無いし、長いからと後回しにしていたの？　だからよりによって意味も内容も無茶苦茶な人の話を最後に聞いてしまった。勿論《もちろん》期待に違《たが》わずに意味も内容も無茶苦茶だった。

「うん、川辺でお魚さんは豊富でバーベキューは美味《おい》しかったけど、湿度が不快指数MaXで100％超えたから水没だったたんだよ？」

どうやら見学に行ったダンジョンは殺しちゃったそう だ。と言うか水没しちゃったそうだ。

自分で水攻めした犯人が「水没だった」と証言しているが……しちゃったらしい？　しかも、水攻めで沈めておいて、「ジメジメしてるし宝箱は明日で良いか？」って言う理由で、そのまま確認もせずに戻って来たらしい。

「「で、水を抜いて帰って来たと？」」

「そうなんだよ、また明日行かないといけないんだよ？　でも水棲《すいせい》の魔物さんは残ってるだろうし、アンデッドも溺れ死ないとは思うんだけど、元気に泳いでるゴーストとかってなんか嫌だな？」

どうやら新築で、街からも近い好立地のダンジョンさんは遥《はるか》君のお眼鏡には適わなかったみたいだ。だからいいやと水攻めで水没させられて、迷宮と迷宮王さんは殺された。うん、話の半分はバーベキューだったの？

その後の話も湿度と不快指数と黴《カビ》や液状化現象についてだったし？

しかも、どうやらその本人はダンジョンの建築基準に問題を感じているらしい。

うん、私達はみんな遥君の常識に問題を感じているんだけど？

なんか延々と建築基準とか健康問題について語ってるけど、みんな、遥君のダンジョンに対する基準に問題点を感じてるの？

遂《つい》に迷宮王さんさえも、顔も種族すらも解らないままに水死させてしまったらしい。

その理由はジメジメしてたから。

ちなみに遥君の事を良く知る友人達《たち》は、一同「いつか殺《や》ると思った」とコメントしていた。只《ただ》の1人も「まさか、あの人が」と言うコメントはしなかった。

だっていつか殺ると思ってたら、やっぱり殺っちゃってたようだ！

「迷宮って……沈めたら死ぬんだ？」「「「うん、その考えはなかったよ」」」「普通、土木工事で水を引くのって大事業だしね？」「何で迷宮王さんは川沿いの低い所に迷宮造っちゃたのかな？」「「「うん、迷宮王さんも水を流し込まれるとは思ってなかったんだと思うよ？」」」

迷宮の中に入らなかったのも、「なんか中がビチャビチャで湿気《しけ》てそうだった」からなんだそうだけど……何処の誰がお水を流し込んだのかと問い詰めたい気持ちでいっぱいなんだけど、きっと無駄なんだろう？

「だって、川辺のあんな低い位置に入り口あったら流し込んじゃうよ？　うん、それはもう秀吉さんじゃなくっても流し込んじゃうんだよ？　みたいな？」

そう犯人は供述しているから、全く更生も反省もしていないもん。

でもね？

「「「秀吉さんはちゃんと降伏勧告してるし、最後は降伏させてるの！」」」

「うん、秀吉さんへの酷《ひど》い風評被害だよね？」

突然、川から水を流し込んで水没させて皆殺しにしておいて、挙げ句の果てに「湿ってるから嫌だ」って、放置とかしちゃってるのは遥君だけだからね！

うん、遥君に無駄に常識を求めるより、冒険者ギルドに理解できるように犯行内容を説明しに行く為《ため》の、常識的な説明の内容を考えておく方が有用だ。絶対ずっと賢明だ。

だって、いつも最後は絶対私が説明するようになるんだから。

そもそも冒険者じゃないんだからダンジョンに入ってはいけないんだからお説教でもさせれば良いんだけれど、入りもせずに殺して来ちゃったんだけど……これって無罪なの？

その横ではアンジェリカさんが他人事《ひとごと》の様にヤレヤレみたいな外国人さんジェスチャーしているけど……共犯者だよね!?

遥君に何処までも付き従うとか言って、女子達を感動させていたはずなのに、なんで私関係ありませんみたいな顔してるの？

責任重大な迷宮皇をしていた人だから、きっと任せても大丈夫だと期待していたんだけど……よく考えたら無責任に迷宮を退職しちゃってるんだった。

そして遥君と一緒になって迷宮を滅ぼしてたし、今日も他所《よそ》の迷宮を滅ぼすの手伝ってるんだった。うん、アンジェリカさんは常識人の振りをした共犯者さんでした。

そして晩御飯はコロッケだった。その揚げたてホクホクのアツアツなコロッケさんに、女子も男子も大騒ぎで我先にぱくついていた。それで完全にお説教を忘れて、我も忘れて食べ過ぎでみんな苦しそうになるまで食べ続けていた。

危険だ、お芋さんは女子の天敵だ！

「「「ごちそうさま～、苦しいけど幸せ！」」」

その大量の芋は村から貰《もら》ってきたそうだ。ついでに有るだけのお芋さんを買い占めて来たみたい。

その水没した迷宮の近くの村の特産品なんだけど、まだあまり他所では食べられていなくて、沢山あるのに売れなくて困っていたらしい。それをありったけ買い占めて、村の人も遥君も大喜びだったみたいだ。

「ほら、ちゃんと観光にも意味が在るんだよ？　貿易も大事だよ？　農村見聞録だよ？」

思わずマルコさんもポロリする良い見聞だったんだよ。芋いな？」

と、コロッケを揚げながら大威張りで農村について語り、農村とコロッケのありがたいお話で迷宮は完全に忘れられていた。

うん、迷宮は本当についでに殺されたみたいだ。だって最初の説明の半分はお芋さんだった。前半はＢＢＱで、後半はお芋さん。長い長い説明の中で迷宮の話は「水没して死んだ？　みたいな？」だけだったんだから。

一応、共犯者たるアンジェリカさんにも証言は求めてみたんだけど、たどたどしくも本当に嬉《うれ》しそうに「景色が良かった」とか、「生まれて初めてバーベキューを食べて凄《すご》く美味しかった」とか、「初めてお肉を焼くのに挑戦した」とか、「天気も良くて川の水が冷たくてとっても気持ちよかった」とか、それはもう一生懸命に、とても幸せそうに話してくれた。そう、ただのピクニックだったみたい。うん、良かったね？
結局、わかった事は、新築の分譲ダンジョンの見学会に行ったらダンジョンはしょぼかったが近くの村にお芋が沢山有った、行って良かった。
そして、付き添いの人は幸せにピクニックして楽しかった、今日はとても幸せだった。

あとダンジョンは水没して死んだ。

で良いのかな、冒険者ギルドはこれで納得してくれるんだろうか？　そして、領主様はこれが報告されて意味がわかるかな？
でも、会議は終わった。だって、余りにもあんまりな迷宮問題のお説教は甘々でほくほくのスイートポテトで迷宮入りしちゃったの。そう、悪辣な犯行で乙女のお口は塞がれちゃった。うん、やっぱりお芋さんは女子の大敵だった！

わんもあせっと？

念を押されて釘を刺されて強いられているんだ！

42日目　朝　下流の村のダンジョン

心地好《よ》い日差しの気持ちの良い朝だ——何故《なぜ》なら夜がとっても気持ち良かったからだ! うん、それはもう大変にとっても気持ち良かったから、きっとこれならきっと今日も良い1日だ……と思ったのに不快だったよ!? うん、ダンジョンを忘れてた?

まあ、事細かに語るならば不快って言うか不快指数が高い、迷宮の何処《どこ》も彼処《かしこ》もジメジメのビショビショだ。ジト目のジトジトは良い物だが、湿気のジトジトは駄目駄目だし嬉しくないいんだよ?

「まったく高湿度対策どころか、水捌《みずは》けも換気性も全然駄目なんだよ、このダンジョン。まったくダンジョンマスターの顔が見てみたいものだよ……多分死んでるけど?」

きっと、もう魔石さんになってるだろうからお顔は分からないし、魔石になってるなら苦情も受け付けて貰えないのだろう。

まったく大迷宮は居住するには大き過ぎたけどすごく出来が良かったのに。

まったく大迷宮はダンジョンマスターの顔もすごく良かったのに。

しかも身体《からだ》もすごく良……

「ゲフンゲフン!って、何も考えてないよ? うん、何で剣抜いてるの? 危ないよって、迷宮だから剣を抜いてる方が正しい気もするんだけど。今のところは魔物さん魔石になってるから剣はいらないんだよ？」

（ジト――――！）

床も階段も水浸しで濡《ぬ》れて滑って歩きにくい。まったく滑りやすいのに手摺《てす》りすらも用意されてないって、迷宮建築基準法とか整備されていないのだろうか？　うん、侵入者さんへの安全に配慮が足りない滑落事故多発な危険迷宮のようだ。

「これ、安全性も快適性も最低だよ？　まったく、もう少し冒険者の安全面に配慮した設計を心掛けないから、みんな危ないからって冒険しないで誰も来ない不人気な迷宮さんなんだよ。まったく快適な空間を提供せずに、びしゃびしゃの不快指数で御不満だから村の人にも嫌われちゃうって言う、ご近所付き合いすら駄目な迷宮王さんなんだよ、まったく？」

延々とぼやき、延々と呟《つぶや》き、延々と階下に向かう。うん、無口だな？

魔石は拾い集めてるけど、どれも見た目が安そうだ。だが、既にお金が無くなり委員長から没収積立金の取り崩しで宿代を払って貰っている貧乏生活。うん、安くても集めなければならない！

でも、せめて宝箱くらい出ないとお芋さんの大量購入で赤字だよ？　いや芋はいるんだけどさー？

こんな水浸しの中をジメジメと歩き回って赤字って。せめてお芋代くらいは回収したい。まあ、スイートポテトの大量販売でぼったくりまくって大儲《おおもう》けはしたけど……使ったらなくなってたんだよ？

　だから本当は不快な湿気と水浸しな迷宮になんて入るのは止めたかったんだけど、ちゃんと確認して来るように念を押されてしまっているんだよ。

　うん、ちなみに迷宮内エロ行為も禁止されて釘《くぎ》を刺されてしまっている。そう、強いられているんだ！

「だってそっちならビショビショのビチョビチョで悪くないどころか、むしろ階層を改装で素敵な回想シーンも交えて爽快にビショビショ……って、しないよ!?　うん、回想もしてないんだよ!?　まあ、いつかはビショビショと美女とローションプレ……ゲフンゲフン！　いえ、何でも有りません。さあ下りよう！」

　うん、階段が滑って危ないから剣はしまおうね？

　しかし、こんなに湿気が多い所に潜るなんて16歳で変な病気になったらどうするんだよ？　まあ、なってもスキルで再生しそうではあるけど若者的にちょっと嫌だよ。

　濡れた足場に不快な湿度の中を、やっと5Ｆまで下りて来たけど楽しくない。上りなら後ろ姿を見て楽しめるんだけど、下りは何も楽しくない。だって兜《かぶと》のてっぺんは見てても何も楽しくない、むしろ兜の先端を見てて楽しくなって興奮してきたら、それはそれで何かが致命的に不味《まず》い気がするが、幸いな事に全く楽しくない。

「この下の地下6階に何かいるみたいだけど、どうしよ？　天井崩落で潰しちゃう？」

「むり、です……ご、すと？」

首を振ってイヤイヤしながら甲冑《かっちゅう》委員長さんが教えてくれる。ごすとさん……ゴーストさんだろうか？　ならば霊体だから物理は利かない、おそらく御須戸《ごすと》さんのお宅とかではないだろう、表札も出てないし？

浮遊する霊《ゴースト》に対して足場は濡れて最悪、しかも階段は滑りやすくて手摺りもない。ブーツの効果と『空歩』で対策できるけど、その制御が面倒だと心配してたら白銀の閃光《せんこう》が滑るように駆け抜け、一縷《いちる》の剣閃《けんせん》で彷徨《さまよ》える亡霊《ゴースト》さん達は迷いなく成仏させられたようだ。

うん、雑魚迷宮の雑魚霊《ゴースト》さん相手に迷宮皇って、過剰攻撃力《オーバーキル》な上に強権的理不尽《パワハラ》問題になりそうな戦力差だった！

しかし、じっとりとした湿度でやる気が出ない、何かもう帰りたい気分だ。迷宮物件としても駄目なのに、隠し部屋の宝箱までしょぼい。うん、隠れてた霊《ゴースト》もしょぼかった？

5Fの隠し部屋は『フリーズ・ソード　氷属性（小）　PoW10％アップ　SpE10％アップ』と効果は（小）に10％だけ、大迷宮が良過ぎだったのだろうが較《くら》べると滅茶《めちゃ》しょぼい。

「外れだよ。微妙過ぎて女子さん達も欲しがらないだろうな？」

（ウンウン）

でも、案外とこんなのが武器屋では滅茶高く売れる。って言うか一般販売では良過ぎると売れず、微妙な方が売れ線らしい。自分用の良い装備は欲しいし、同級生達《たち》だって数が多いから常に装備不足なんだけど、お金だって滅茶欲しいから良いんだよ？　儲かるし？　でもさー……せっかくの迷宮《ダンジョン》だよ？

「こ、これは伝説の――とかって言う王道の展開とか無いのかな？　まあ、いきなり神剣を持ってるから、もう剣で驚くことはなさそうだけど。こう何か謂《いわ》れのありそうな盛り上がったアゲアゲな登場シーンの中二心をくすぐる武器が良いんだよ？　うん、世の中って、『あ、神剣落ちてた？』だと盛り上がらないんだよ！　うん、なんかこう『選ばれた者にしか抜けないいだとおおーっ！』とか、何とかさー……盛り上がらないな？」

多分、俺と甲冑委員長さんの装備的に考えると、剣とか甲冑はこれ以上の装備は無さそうだ。特殊スキル付きな装備なら欲しいんだけど、氷属性はともかく（小）とかなら要らないんだよ。寧《むし》ろ焼ける物が欲しい、何故ならオタ達がパワーアップしてしまったからだ！　『頭焼く（大）』とかって無いのかな？

そして6Fには「ファントムLv6」、ファントムさんが亡霊だと、さっきのゴーストさんは幽霊だったの？

なんか白っぽく透けててふわふわ浮いている、だがゴーストと何が違うのかが全くわからない！　まあ、人型では無いみたいだけど何の霊魂《ファントム》さんなんだろう？　そして甲冑委員長さんは秀麗な構えで細剣を刀に持ち替えると、目にも留まらぬ速さで斬り裂き斬り散らしてるんだけど……さっきも思ったんだけど霊魂って斬れるものなの？　それって物理で簡単に解決していいものなの!?

そして俺は何をしたら良いのだろう？　手に持った『樹《き》の杖《つえ》？』を意味有り気に2メートルくらいに伸ばして構え、颯爽《さっそう》と空歩で飛ぼうかなー……とか思った時には終わってた。もしかして俺は階段を下りて魔石を拾う係だけなのだろうか、だって全然出番が無いんだよ？

結論。うん、俺は階段下りるだけの様だ。地下7階の隠し部屋には既に魔石な魔物さんの痕跡と、宝箱には『サンダー・スピア　雷属性（小）ＰｏＷ10％アップ　ＳｐＥ10％アップ』としょぼい武器。

いや、売れ線だしきっとエロいお洋服代くらいにはなるはずだ、きっと沢山買えるはずだ！　だって、一昨日の背中がフルオープンなドレスも良い物だったが、昨日の胸元が滅茶深くて深くて深すぎちゃって、お臍《へそ》まで見えちゃうドレスも感動的な素晴らしい物だった。

まあ、スタイルが素晴らしいとドレスがエロくても格好良いんだよ？　うん、感動のあまり猛烈に頑張り過ぎたら、朝に泣きながら怒られた？　いや、だって男子高校生だし、『性豪』と『絶倫』のＬｖが上がり続けてるし……仕方ないんだよ？

そして9Fにも隠し部屋、通路にも普通に宝箱だ。通路にはしょぼいHPポーションで、隠し部屋には『スパイク・メイル　防御力アップ（小）＋ATT』。うん、取り出して見せただけで甲冑委員長さんが全力で後退《あとずさ》って嫌がってる。

その禍々《まがまが》しいまでに刺々《とげとげ》しい凶悪な全身甲冑、これこそが大迷宮の支配者って感じの邪悪な威圧感なのに、元迷宮皇さんは涙目で嫌がってる。

うん、やっぱりこの人って見た目で選んでるんじゃないだろうか？

まあ、これを着ていたら悪役間違いなしな感じの超絶極悪。全身に無数の棘棘《トゲトゲ》な金属の突起が鏤《ちりば》められた、厳《いか》つくも禍々しいラスボス感溢《あふ》れる鎧《よろい》さんで、きっとこの甲冑なら世紀末でも安心安全だろうと言うデザインなのだが嫌らしい？

そして、迷路《メイズ》階層の通路にぽつんと有った宝箱には、『イヤリング：【装飾品（B級）】』って……最早《もはや》これって装備ですらないが、チラ見してるから甲冑委員長に貢いでおこう。

蒼《あお》い宝石の付いたイヤリングだし、超スリットの入った青いドレスに似合いそうだ。きっとドレスが無くなっても似合うだろう！　うん、今晩はあのスリットドレスに決定だな。よし、今晩も頑張ろう――だって腰上までスリットなんだよっ!!

それに、きっとイヤリングも似合う。美人さんで可愛《かわい》いのに、ずっと地底で骸骨で着飾れなかったのだから、元を取り戻すまでは豪華《ごうか》絢爛《けんらん》に贅沢《ぜいたく》したって全く問題はないはずだ。

そして、下りる度に魔石もちょっとずつ良い物になってる気がしないでもない、大きさや輝きの感じから言って下層になるほど等級が上がるのかも知れないが、考えたって無駄だ。だって全部F級の魔石だろう、って言うかF級魔石の範囲が10等級にプラスマイナスが付いて全30種って広すぎなんだよ！　うん、だから未《いま》だに魔石の値段はさっぱり解《わか》らない？

しかも魔石の値段も崩れて来ている。だからFの10＋が出たとしても５００万エレくらいで、以前の半値以下になっている。

あの頃は魔石不足で相場が高騰していたらしいが、今は逆に供給過多だから売りを絞って安定供給で値崩れを防いでいるらしい。だからなかなか買い取ってもらえないから、やはり儲けるなら装備品だ。

まあ儲けてもエロい服を買うんだから、いっそ宝箱から出てくれれば早いんだけど、残念ながら迷宮でエロい洋服や下着は出ないらしい……出ないかなー？　うん、出たらダンジョンの中に休憩所を仮設しよう！

どうして農村の人達は持ちきれなくなるまで持たせるんだろ。

42日目　朝　下流の村のダンジョン

やっと12階層まで下りて来た。だが収穫はそれなりでも訓練にはさっぱりだ。大迷宮では戦闘不可能なまでに魔物が強かったが、ここはしょぼすぎて訓練以前に護衛による大虐殺を魔物さんが乗り越えられないいんだよ？

やっぱり新築の浅い迷宮では魔物の数も質もしょぼい、当然だが魔石もしょぼい。新築故に宝箱が結構あるのが救いだけど、装備したくなるようなレア物は出て来ない。やはり大迷宮が特別だった、流石《さすが》は迷宮皇さんが絶世の美人さんだっただけは有る。まあ、骸骨だったけど？

って言うより大迷宮の迷宮皇さんこそが最大の収穫で、これだけは異世界転移に感謝して良いくらいだ。うん、それはもう毎晩しっぽり感謝しちゃってます！

「しかし暇なんだよ？　なにせ魔物さんが全く甲冑委員長さんの相手にならないから、俺の方に全く回って来ないんだけど、譲り合いの精神で少し分けてあげようっていう気は無かったり果敢《はかな》無かったりしないかな？」

(イヤイヤ)

無いそうだ。しかし、これは第三者視点的による客観的な見解で言う所の……華麗に戦う白銀の甲冑の人の付き人ポジションだ！　ちょ、俺って完全にモブってるよ！　もう称号に『ひも』って付いててても驚かないよ!!

まあ、付いてたら怒るけど？　怒りますとも……だって、既に『ぼっち』で『にーと』

で『ひきこもり』だよ？

そんな訳で暇だ、そもそもが魔物自体が殆《ほと》んどいないのが問題だ。迷宮内魔物さん達の絶滅の危機だ、だってみんな魔石になっている。死因は泳げなかったのか、それとも水圧に耐えられなかったのか……んっ？

「下の13階に何かいるけど何か分かる？　数は少ないみたいだけど、動き回ってる感じ？的な？」

「でっ……でも、んの、かま」

下には「でもんのかま」らしい？　うん、絶世の美女なのに舌っ足らずな喋《しゃべ》りが可愛い。その舌を絡め……ゲフン、ゲフン。ヤバい、なんか睨《にら》まれてる！

「えっと、『デモン・のかま』？」

いや、デモンの仲間なんだろうか、デモンの釜とかデモンの窯とか？　うん、デモンの何なんだろうか？

「うん、デモンのおカマさんだったら、その時は逃げよう。絶対だ！」

何かを振り回すような身振りでジェスチャーしてる？　振り回すかま……鎌、蟷螂《かまきり》？

下にいるのは「デモン・蟷螂」さんなの？

まあ見れば分かるかなと思って下りて来てみたら、正解はデモンの鎌でした。デモンの鎌な「デモン・サイズＬｖ13」だった。うん、デモンの河馬とかだったら嫌だなとか思っていたが鎌さんだった。

　って言うか空飛ぶデスサイズ。正しくは鎌のデモンだったみたいで、槍《やり》と鎌が合体したような不気味な容姿。なかなか素敵な厨二《ちゆうに》向け様式美《デザイン》のようだ？

　その3対の大鎌が回転しながら飛んで来る。空中機動とはなかなか厨二チックで恰好良《かつこう》い、これは発症中の中学2年生達がこの場にいれば、人気殺到で一斉に襲い掛かり大鎌を奪い合った事だろう！

　鋭く虚空を薙《な》ぎ、風切り音色が舞い踊る。殺戮《さつりく》の旋風が螺旋《らせん》を描き、黒く輝く刃《ヤイバ》が加速する――たった3体しか居ないが、Ｌｖ13という次元を超えた強さ。

　そして、何か気になる……はっ、まさかこの素敵デザインに封印されし過去《厨二》がうずいちゃってるの！

「えっと……使役？」

（（カラーン））

　できたみたいだ？　何となく思い出して『デモン・リング：【悪魔を使役する（3体）】』を空飛ぶ「デモン・サイズ」達の方に向けて使役してみると、一瞬で動きが止まり、落下して動かなくなった？　何これ、命令待ち？

「えっと？　飛べ？って言うか浮け？」

　うをおぉ、飛んだよ！　黒と銀の装飾過多なハルバートっぽいデスサイズが3本仲良く宙に浮いてる。うん、厨二的だな！

(((……？)))

言葉にしなくても、頭の中で思い描く軌道で俺の周りを旋回している。

デモン・サイズ達《たち》は念じただけでも動く様だし、これは使えるかも？　でもLv13だから鍛えないと弱そうだ？

まあ、使いながら考えれば良い。使っていれば、そのうちLvも上がるだろう。４体だったなら纏《まと》めてオタ達の頭を狩れたのに残念だ。

うん、延々と大鎌を旋回させながら回転させて遊んでるんだけど、思った通りに動くっていうのは便利だ。スキルの『至考 Lv3』のおかげなのか、３体バラバラに動かしても普通にコントロール出来るし頭がこんがらかる事も無い。

使える、って言うか恰好良い！　でも悪役っぽいかも？　あの邪悪な鎧は着てないけど、元々が黒のフード付きマントだし正義の味方感はなさそうだ？　うん、これで『スパイク・メイル』まで着込んでダンジョンの中にいたら、冒険者達が迷わず襲ってきそうだよ！

天井の高い通路型階層も簡単安心、天井に犇《ひし》めく悪霊さんも纏めて刈り取る便利グッズだ。しかし、『デモン・リング』の使役と俺の使役では何が違うんだろう？

多分、俺の使役は強制力が無いんだと思うんだけど、それに対して『デモン・リング』は強制的なんだろう。そして強制的な押し掛け使役ビッチ達は何なんだろう？

そういえばこの世界に来てちゃんとした鏡を見た事が無いから気付かなかったんだけど、俺の目の色が時々変わっているらしいんだよ？　金色だったりするらしい、金色のコンタクトをしたデスサイズを振り回す黒ずくめの高校2年生男子はとっても痛そうだ、それはもう痛いに違いない！　うん、寧《むし》ろ俺の精神衛生上的に鏡が無くてよかったのかも知れない!?

しかし、これでようやく洞窟の周りの草刈りが出来る。自動制御で自動回転機能付きの鎌達だ、庭園が造れるよっ！　今は蚯蚓《みみず》っぽいワームを高速裁断中だが、今度森の伐採もお願いしよう。そう思うと良い物が手に入ったんだよ、来て良かった……だって、お芋と草刈り機だよ？

意思伝達な以心伝心で、大鎌を回転させ飛ばせて遊びながら下に向かう。迷路型の階層だ、狭い所では「デモン・サイズ」は不便そうだと思っていたら、鎌を折り畳んで槍みたいになっている。柄に長い片刃が折り畳まれた槍だから突撃戦も行けるのだろう。楽しみだ。

と、フラグを立てても魔物がいない。地下16階層の隠し部屋でも魔物さんは魔石で、宝箱は『カウンター・シールド：【一定のダメージを受けると魔法、衝撃を打ち返す】DeF20％アップ』が出た。

これは同級生に売りつけよう。性能が良い物は優先的に回したいし、あんまり高性能だと高過ぎて武器屋では売れないんだよ。この前の『ブレイド・シールド』でも買い争っていたのだから、きっと欲しがる娘《こ》もいるだろう。またオークションにしようかな？

地下も16階層まで来ると魔石もちょっと良い物に変わっている、ただ相変わらず数は少ないままだ。まだダンジョンが育ちきっていなかったのか、狭くて魔物が少なくてジメジメしてしょぼいな？

「えっと、ここで終点？　なのかな？　的な？」

（ウンウン）

だが、たったの17階層程度では俺の好感度は見つからないだろう。なにせ地下１００階層まで下りて行っても落ちてなかったのだから……無さそうだな、きっと？

地下第17階層が迷宮王さんのお宅だったみたいだ。うん、一際大きな魔石が1個だけ落ちている、一緒に槍や鎧《よろい》も落ちているから迷宮王さんの装備品だったんだろう。

鎧装備の迷宮王さん……だが、しかしリビングアーマーやスケルトン・ナイトが溺死するだろうか？　一体ここの迷宮王さんの職業は何だったのだろう……異世界迷宮は謎が多いと聞いてはいたが、他に遺留品がないし推理できないんだよ。つまり犯人もきっと判《わか》らない。うん、空気読んでダイイングメッセージくらい書いとけよ！　まあ、空気が無くなったのが亡くなった原因だろうけど？

あっ、奥に通路……隠し部屋見っけ！　空間把握で隠し部屋発見だ。ダンジョンで一番ありがたい能力かも知れないが、いつの間にか『羅神眼』さんに吸収されちゃったみたいで使えてるんだけどスキルは消えてしまった。ずっと役に立っているのに出番が短かったよ、空間把握さん。

「こっちこっち、隠し通路なの？　隠し部屋なの？　どっちなの？　みたいな？」

一見しただけでは岩にしか見えないが、押すと通路が現れる。この、ちょっと期待感のある演出が憎いが、今までが今までだし期待したら負けだと思う。

やはり通路は突き当たりで、そこに宝箱があるから隠し部屋で良いみたいだ。しかし、また鍵掛かってないんだけど、あの意味有り気な『マジックキー』登場の意味は一体何だったの？　まさか、怪盗にでもなれって事なの？　うん、住所洞窟で無職《Job》の16歳（男）だから泥棒職推奨されちゃってるんだろうか……いや、無職は駄目だよって泥棒薦めちゃうの？

そして、箱の中身は指輪一個で、『迷宮王の指輪：【迷宮製造、迷宮支配】』……って、えええ――っ？

「ちょ、迷宮王さん、なんで装備してないの!?　何で仕舞っちゃってるの!?　うん、ちゃんと付けてないと駄目だよ、迷宮王なんだから。もしかして迷宮王が嫌だったのか、仕舞ったまま忘れちゃったのか、迷宮王さんなのを隠して諸国漫遊を目指していたのか？まあ、確かに業務内容も勤務条件もブラック職過ぎて、上役の迷宮皇さんも辞めちゃってるし？　不人気職？」

しかし、これを着けると迷宮皇さんの部下になっちゃうんだろうか？って言うか、新しい迷宮皇さんは就任されたんだろうか？　なんだか装備しちゃうと迷宮序列的な権力問題が起こりそうだから保留しよう。

だけど迷宮製造のスキルがあれば、階層どころか新築も可能なのかもしれないし、一応持っておいても良いだろう。

迷宮王さんのドロップらしき、割と普通な鎧は『アーマード・プレート　DeF強化（大）魔法耐性（中）オートヒール』、ごついが普通。わりと凝った意匠だったり高級感をアピってはいるが、あのスパイク・メイルを見た後だとめちゃ普通。うん、効果は良いし甲冑《かっちゅう》委員長さんはいらないみたいだし、これも帰ってオークションだな。

さて帰ろう。もう何もないみたいだし、びしょびしょな迷宮なのにドロップにローションも出なかったから、こんな所で休憩の必要無さそうだ。うん、ご休憩は無しか――……うん、宝箱に回転寝台を期待してたが、やはり駄目な迷宮だったようだ。

帰りに村でおっさんにダンジョンが死んで、魔物もいなくなったことを伝えると何だか滅茶《めちゃ》喜ばれて村長さんまで呼ばれて来た。うん、呼ばれて来たが、村長さんもおっさんだった、おっさんが増えるだけなら呼ばなくて良いよ！

なんか何度も何度を頭を下げられたうえに大量の野菜まで持たせてくれたが、話が長い！　村長のおっさんによると何年か前の洪水で壁や建物が崩壊したままなので魔物にして無防備なんだそうだ。そう言えば来た時にも木の柵が疎《まば》らにあるだけだったけど建途中だったらしい。確かにそれで魔物が出ると怖いだろう、ここはあの住人が全員棍棒《こんぼう》装備と言う恐ろしい修羅の街とは違うんだから。

そして、なんだか村中から野菜や果物を持たせられたし、何と言っても小さな村だから壁と言ってもそこまで長さも必要ない。それに今日は全く何にもしてないから魔力が満タンなんだよ、うん、マジで階段の上り下り以外に何にもしてないんだよ？　マジで！

地面に手をついて魔力を一気に流し込む。範囲指定だけきっちりやれば後はイメージだけでいける。どのみち気休めの一時的な壁だから、魔力が足りる範囲の厚みと高さだけで充分だ。

「出《い》でよ壁？　みたいな？　堀は無くても良いよね？　罠《わな》は村の人が危ないし、的な？」

高さは2メートルも無いくらいだが、そこそこの厚みは有るしゴブリーダー位なら壊せないだろう。ただコボやウルフは飛び越えて来そうだが、あんまり高くすると脆《もろ》くなりそうだし……少し周りを掘り下げておこう。うん、いい感じ？

「うん、何かタダで野菜を沢山貰《もら》って悪いから、壁でちょっと囲んだ？　Ｈｅｙ！　みたいな？」

「「「……えっ!?」」」

何故《なぜ》か更に野菜が沢山貰えた。田舎の習性なのか凄《すご》い量で、これアイテム袋持ってなかったら抱えきれないよ。うん、馬車でもこんなに載らないと思うんだよ。

まあ、なんか喜んでるし？　村長のおっさんなんて目に涙を浮かべてる。大げさだが、村に土魔法使える人がいなかったんだろうか？　うん、こんなんで役に立って野菜が貰えたんなら大儲《おおもう》けだ、迷宮より儲かってるかも？

やはり観光巡りは大事だな。今日はお鍋にしよう……だが問題は土鍋は土魔法で作れるんだろうか？

まず捏ね形にし乾燥させ焼き締めて更に焼いて出来上がり。だって釉薬とか無いし。

42日目　夕方　宿屋　白い変人

今晩はお鍋なんだそうです。遥《はるか》君はとっても嬉《うれ》しそう。

さっきまで土鍋を作ってたみたい……うん、遥君は一体何を目指しているんだろう？

どうやらダンジョンの傍《そば》の村で野菜をいっぱい貰ったらしい、迷宮を殺して喜ばれたんだろうと思ったら村を城塞化したお礼らしい。

なんでもダンジョンを殺したお礼に野菜を沢山くれたので、そのお礼に壁を作って来たそうだ？

ただし非常識な犯人は壁だと思っているけれど、それはどう聞いても城壁レベルの堅牢《けんろう》さだった。

ゴブリンキングクラスでも簡単に壊せない程の強固な城壁で、高さは2メートル程だけど壁の下には傾斜がつけられ、飛び越えるのも困難な流線形の城壁。更に壁上には棘棘《トゲトゲ》も付けてみたらしい？　うん、遥君は村人達に何と戦わせようとしているんだろう？

結果、あまりに立派な壁に喜んだ村の人達が更にたくさんの野菜をくれたので、貰いすぎて悪いからと言って棍棒も配ったらしい。もう、魔物さんでも盗賊さんでも、あまりに危険すぎてその村は絶対に襲えないだろう。

だって魔物さんが何も知らずにその村を襲っちゃうと、兵隊さん達が駆け付ける前に皆殺しにされちゃってる気しかしないの。どう考えたって攻略不可能で、それはもう小さな農村のレベルじゃないいんだから！

でも城塞村を造った本人は野菜がたくさん貰えて大儲けだと喜んでいるし、みんな幸せなのだから良いんだろうか？

何か滅茶大げさに喜んでたと言って怪訝《けげん》がってるけど、普通に大喜びすると思う。だって魔の森が近くにあり、壁どころか柵すら整備されていなかったらしい。村の人はずっと毎晩が不安だっただろう、それが突然に城壁で守られたら喜ぶと思うんだけど？　ついでと言って武器まで配布されたら、普通は大喜びで何の問題も無いと思うよ？

「お鍋さんだよ～、謎の鳥さんと、謎のお野菜と、またいつもの茸《きのこ》のお鍋さん～、みたいな～♪」

まあ、ご機嫌だから良いんだけど、迷宮の事は完全に忘れ去ったみたいなんだ？　うん、何しに行ったか覚えてるかな？

一応は「迷宮を殺したって言ったら喜んで野菜と果物をくれた」と言う一言はかろうじて入っていたから……迷宮は死んでるみたいだ。野菜と鍋の話ばかりだけど一瞬だけ情報がちゃんと有った。後の草刈り機とかの意味不明な言動は謎のままだけど、今はお鍋が気になってどうでも良くなっちゃっているの！

だって良い匂い。謎のお野菜は白菜さんの仲間だと思うよ？　葱《ねぎ》なのか韮《にら》なのかは食べてみるまで分からないけど？　まだなの？　鍋奉行さんが厳しい！

「遥、腹減った。死ぬー、飯ぃーー！」「うざい、待て！　鳥さんと茸さんのお出汁《だし》が出て、野菜さんが吸い込んでからが本番で、沸騰の手前から中火へ移行して初めて鍋は料理へと変わるんだよ？」「美味《おい》しそう」「ひもじいよ」「うん、目の前で美味しそうなのが痛痒《ツラタン》過ぎる！」

以前より格段に器用になったのに料理ができないから手が出せない、Ｌｖが上がり刃物の扱いにも精通したのに壊滅的で手伝えない。だから誰もお奉行様に逆らえずお腹《なか》を鳴らしながら身悶《みもだ》える。

「うん、できたって言うか、煮えたって言うか、鍋ってるんだよ。ただ鍋で料理したとか、煮たのは鍋料理でお鍋とは鍋と食材の出会い。愛と友情と愛憎入り交じる悲喜交交《ひきこもごも》を灰汁《あく》は取って、純粋に調和させるハーモニーこそがハーモニクス奏法で……」「「「長いの！お腹が空《す》いたの、美味しそうすぎて辛《つら》いの!!」「うん……召し上がれ？」「「「いただきます！」」」「熱い！　美味しい」「はふ、はふ、はふひぃ！」「「「旨《うま》い、遥、めしおかわり！」」」

美味しさに声が出ない、食べるのに忙しくて、焦ると熱くって、なのに美味しい。「「「美味しくて、苦しい！」」」「うん、幸せなのに苦しいよ！」

美味しかった――。遥君は昆布が欲しいとご不満だったが、吃驚《びっくり》するくらいに美味しかった。乾き物が欲しいとかぶつくさ言ってるけれど、食べたことないくらいに美味しかった。遥君は異世界なのに一体どれだけ要求が高いのだろう？　既に遥君の多すぎる要望のせいで、小さかった街の雑貨屋さんは凄《すさ》まじい品揃《しなぞろ》えで巨大商店になっていた。あれは、もうじき百貨店《デパート》になっちゃうだろう。

そして、みんなから各地のダンジョンの情報を順番に聞いていき、情報を取りまとめていく。ダンジョンにも傾向があり、それによって対策が変わる。装備や得意戦術で得手不得手が出て、スキル構成で向き不向きが露《あら》わになる。話し合い、対策を決めて調整しながら――最後にもう鍋のこと以外は忘れちゃってそうな人に質問してみた。

「で、ダンジョンの中はどうだったの？　ちゃんと最下層まで行ったんだよね？」

それは意味不明な供述だった――その迷宮《ダンジョン》は高湿度対策がなされていない為《ため》に、水捌《みずは》けも換気性も全く駄目な迷宮で、設計施工に安全基準も環境基準も共に基準値を大きく下回る冒険者に優しくない駄目なダンジョンだったそうだ。

うん、安全基準も配慮されてないダンジョンだったって、安全基準を満たした安全快適なダンジョンはダンジョンなの？　それ、間違えてマンションを攻略して来たんだろうか。でもマンションを攻略しちゃうと住人の方々から怒られると思うんだけど？　でもでも魔物もちゃんと出たみたいだからダンジョンだ、言ってる本人がその違いを理解しているかとっても怪しいんだけどマンション攻略ではなかったようだ。

「だって一面ビショビショで湿気が酷《ひど》くって、愉快痛快にダンジョンするには不快で痛痒《つうよう》なジメジメ感だったんだよ？　うん、恐るべき迷宮だった？」

「「うん、それ全部水攻めしたせいだよね！　水没させたのが原因だよね！」」

17階層までの浅い迷宮だから、出来て間もない新しいダンジョンだったみたいだ。だから魔物も弱くて少なくてアンジェリカさん無双で終わったらしい。

「ジメジメで不健康な迷宮を健康的に階段の上り下りで健全に踏破してきたっていうか、行く前から迷宮は死んでたんだよ？　うん、原因は不健康？」「「どんなに健康的な迷宮王さんだって、突然沈められたら溺死するわよ！」」「あー。つまり健全に準備運動しないで、急に水の中に沈むから迷宮の健康に良くないんだよ？」「ラジオ体操してても死んじゃうの！　水攻めは準備運動で回避不能なの!!」

そして何にもする事が無かったと愚痴ってるけど、それは17階層までの弱い迷宮に最恐の大迷宮地下第100階層出身の迷宮皇さん連れて行った人のせいだと思うの？　うん、それって物凄いオーバーキルだよね!!

　でも遥君に危険が無くて良かった。

　いつも忘れちゃうけどまだLv20にもなってないのに……Lv20のフルパーティーでもダンジョンの入場なんて許されない、ベテランパーティーの見習い扱いでかろうじて許可が貰えるかどうかだ。

　もう、きっと誰もが心配するべきなのは遥君なのかダンジョンなのか分からなくなってるけど、Lv20にもなっていない2人組なんて本来危険すぎる事をしている。

　だから無事で良かった。

　そして迷宮王さんは鎧《よろい》を着た何かだったそうだ。

　最下層にぽつんと鎧と魔石が落ちていたらしい？

　つまり、ついに一度も誰とも戦わずに迷宮王さんはお亡くなりになった。まだ悪い事すらしてないかもしれないのに溺死した。もしかしたら一度も人間を見ないままだったかも知れない。

　誰にも会う事も無く、その種族さえ知られることも無く、戦う事すらないままに迷宮王さんは迷宮とともにその生涯を閉じた。

　うん、やっぱり心配するべきなのはダンジョンなのかも知れない気がして来るのは何でなんだろう。迷宮王を倒すなんて褒め称《たた》えられる偉業のはずなのに、その光景を想像しただけで可哀想《かわいそう》な話にしか聞こえないのは何でなんだろう？

そして明日は草刈り機を持って洞窟に庭園を造るらしい。またあの洞窟がさらに豪邸化していくらしい……一体全体ダンジョンとか洞窟に何を求めているの？

それから、またまたオークションが始まり、剣も槍《やり》も盾も迷宮王さんの鎧も参加者殺到の大量入札で大騒ぎだったけど……特価品の『スパイク・メイル』だけは誰も手を上げなかった。

スキル付きの武器や性能の高い防具は街でも手に入らないし、30人もいると中々良い武器や装備が行き渡らない。しかも、みんなが多様な武器を持ち替え使うから、全員分の剣や槍や盾や鎧が必要になる。だから常に品不足でオークションは大盛況だった。んだけど、それでもやっぱりスパイク・メイルだけはスルーされた。

最後は叩《たた》き売り形式で段々値段が下がって行って、最後はもってけ泥棒と無理矢理押し付けようとしてもみんなに逃げられていた。うん、それ無理だから？

だって女子にその禍々《まがまが》しい棘棘《トゲトゲ》の付いた鎧は無理なの？　だって男子も引いてる、ドン引きだった。それは真の悪者しか身に着けちゃいけない物だ、しかも世紀末な覇王クラスな人じゃないと絶対に無理だろう。

この世界でそんな悪逆非道そうな凶悪さと恐怖の化身みたいな鎧って……遥君以外に誰も着られないよ？

だってそれは魔王よりも悪い人が着る物だから、どんなに探しても他に該当者がいないの、元迷宮皇さんまで涙目でイヤイヤしてるんだからね？

うん、女の子にそんな邪悪なものを薦めないで！

何も悪い事してない事をどうしてそこまで信じないのだろう？

42日目　夜　宿屋　白い変人

お風呂で女子会、裸のお付き合いでみんなで洗いっ娘《こ》しながらアンジェリカさんに今日の出来事を聞いてみる。未《いま》だ片言のようなたどたどしさだけど、流暢《りゅうちょう》に騙《かた》りを極め尽くす遥君に訊《き》くよりわかりやすいの？

そこは小さな村だったみたいだ。

そして貧しい村だったみたいだ。

だけれど、優しい親切な村だったみたいだ。

の。

だって遥君は悪者の顔しかできないから。

だからみんな目が真っ赤だった。

お風呂上がりのお部屋女子会に移行し、アンジェリカさんが遥君に買って貰《もら》ったと嬉しそうにドレスや下着を持ってきて見せてくれた。

余りお洒落《しゃれ》な服が無い異世界とは思えない、細やかで装飾が多めのドレスや下着が各種。それをみんなで羨ましそうに見てたんだけど、拡《ひろ》げてみたんだけど……見れば見る程にエロスです。もう目的が判明しました、ギルティーです。だって……!?

「きゃ――っ！　何これ？　スリットが腰骨の上までってチャイナなの？」「この赤のドレス可愛《かわい》い……って、胸元どころかお臍《へそ》まで開いてるって……」「黒いのがセクシーだよ、背中がオープン……ってお尻まで見えそうだよ！　破廉恥だ！」「この紐《ひも》って？　紐って？　ドレスなの、隙間が！　隙間だらけだよ！　全然隠せてないから！って全部隙間で隙間の方が多い隙間って何!?」「うん、こっちのは……網？」

ドレスは色鮮やかで生地も良い、フリルすら珍しいから手に取ってみると……全部どこか一部がガラ空きだった、なんか見えちゃいけない所が見えちゃってるの！

「この世界にも有ったんだね……エロ下着って！」「可愛いけど超ローライズだよこれ？　お尻半分しか隠せないよ！」「でもこれ可愛いよっ？　サイドは紐だけど、エロ可愛いのかなー？」「「「いやー……これってエロだけの様な気が？」」」「布面積がっ、布が全く覆う気も隠す気もなさそうだよ？　これとか？」「フリルだけでレース編みは無いみたいだけど～、網は有るんだね!?」「もうちょっと普通だったら欲しいんだけど、布面積が小さいよ!!」

この世界にも可愛い下着が有ったんだと、大喜びで見てみたら、どれもこれもが隠す気が有るのか疑問符が飛び交うエロさ。だって小さいか、空いちゃってるか、紐か網みたいなのばっかりなの？

「この下着とか……もう穿《は》いてなくても良いんじゃないかな？」「これを着てしたんだ、しちゃったんだ、しちゃってるんだ!?」「こ、これを、これが……って言うか遥君これどこで買ってきたの？」「あの雑貨屋さんに入ってるらしいよ！　見に行かないと！　買いに行かないと！」「でも、この下着って戦闘中の動きには耐えられそうにないね、なんか戦闘中に無くなっちゃいそう？」「「「うん、エロ専用？」」」「可愛いけど出番が、見せる相手が……勝負パンツにしても勝負すら始まりそうにないんだけど？」

どれもこれも実用性皆無の物ばかりなんだけど、毎日っていうより毎晩ちゃんと実用されているそうだ。しっかりと戦闘に使用されたらしい！

それにしてもアンジェリカさんが天真爛漫《てんしんらんまん》な弾《はじ》けんばかりの笑顔で……ここから手を滑り込ませてこうしたのどうしたのと語り、隙間から指であんな事やこんな事をあれやこれやと描写溢《あふ》れる解説がエロ過ぎる!?

だって、もう過激すぎる刺激の生々しさに、女子高生一同がみんなリミッター超えちゃってバタバタと倒れてるからね！　あと顔がHだからね、思い出しながらお話するのは分かるけど……それ、思い出し過ぎてるよ？　もう、語りながら艶《なまめ》かしく目も顔も蕩《とろ》けちゃって、天上の美貌が蕩けきっちゃっててエロイの!?

ちなみに今日は蒼《あお》い宝石のイヤリングを貰ったらしい。良い話だーと思って聞いていたら、その蒼のイヤリングに合わせてブルーの超スリット入りのドレスを着るらしい。

それって、もうイヤリングはオマケになってて、きっとドレスと下着もすぐにオマケになってしまうに違いないだろう！

それでも嬉しそうに純真無垢《じゅんしんむく》な微笑《ほほえ》みでここを舐《な》めながら噛《か》んだの、舌を差し込んで啜《すす》られたの、指先を這《は》わせて爪を立てたの、揉《も》むように優しく擦《こす》られたの、ゆっくりゆっくり撫《な》で上げられたのって……レッドカードだから！

それはもう一発退場間違いなしの、聴いてる娘《こ》達の瞳がおかしくなってきてる危険な解説だった。もう、みんな目がおかしい！

みんな目が真っ赤だった。うん、興奮し過ぎで血走ってるね？

復讐が復讐を呼んでる様な気もするが痛い代わりに気持ち良い。

43日目　朝　オムイ　冒険者ギルド

やはり朝のお出かけ前に、毎日恒例のあれをやる為《ため》だけに冒険者ギルドに立ち寄る。

だって朝のジトはここから始めないと、男子高校生の健全な朝はジトに始まりじっとりとねっとりと終わるんだよ？

「いやいやいや、何でどうして如何《いか》にしてずっと依頼が全く変わっていないの、まったくもってやる気あるのかなー、このギルドって？　うん、実はここの掲示板係って働いた事が無いよね？　だって、ニートさんより働いてないよね!?　毎日毎日来ていると言うのに毎日無駄なんだよ、何で一度たりとも変わらないの？　何時になったらちゃんとした俺がお大尽様になれる依頼が出るの？　うん、俺の一攫千金《いっかくせんきん》は一体何処《どこ》にあるんだろう？」

「ほんとに何時になったらちゃんとコソコソしてくれるんでしょうね？　何で毎日来るんですか、絶え間なく来てるんですか、皆勤賞で来ちゃうんですか!?　儲かる依頼は冒険者の物って毎日言っていますよね、冒険者になってないですよね？　なのに何で毎日欠かさず来ちゃうんですか、実は掲示板に文句言う為だけに毎日来てるんですよね！」

今日もモーニング受付委員長のジト目だ。いや、宿では女子達のジト目、そして携帯用の甲冑《かっちゅう》委員長さんのジト目、そして夜のムフフなジト目と異世界はジト目パラダイスと言っても過言ではないだろう！　よし、ジトられた事だし御出掛けしよう。

随分と溜《た》まった魔石を買い取りカウンターに預けて、一応わかりやすく端的に下流にある村の傍《そば》のダンジョンを殺したことだけを説明しておく。何故《なぜ》だかギルド長のおっさんまで出て来たので言うだけ言って逃げ出した？

うん、なんで「ダンジョンは溺れ死んだよ？」って何度も言ってるのに分からないんだろう？　3回は説明したし、もう良いだろう。

さあ、森だ。我が家だ、お泊まりは様子を見て考えれば良い。たしかに健全な男子高校生としては泡々のジャグジープレイの見果てぬロマンには捨て難い物が有るんだけど、入ると出られず帰れないから行ってから悩もう。

草刈りだ、目指すは庭園付きの一戸建洞窟！

昨日も村から帰るついでに、「デモン・サイズ」達で森の木の伐採を試してみたんだけど、かなりの大木でも抵抗なくすっぱり切断していたから草刈りなんて楽勝だろう。

「うん、やっぱり木に魔力が含まれてるから硬いのか……だから魔力を纏《まと》って切れば簡単なお仕事です？」

これで洞窟の周りの草刈りができる。結構気にはなってたんだけど面倒そうで手付かずだった。うん、隣家までが果てしなく遠くて、ご近所トラブルも安心でついつい放置しちゃってたんだよ……住めてないし？

でも「デモン・サイズ」は自動制御で自動回転機能付きの回転飛行可能な大鎌さんだ。命令一つで根こそぎ伐採、ゴブ達もバッサリ、これで庭園が造れて俺も万歳？　いつかは田園も造れるかも？　取り敢《あ》えずは洞窟周りの伐採をお願いしよう。

旋回し陽光に燦《きら》めく刃《ヤイバ》が頑固な下草も切断し、頑丈な木々も伐採して、頑張るゴブさん達も辻斬《つじぎ》りされて逝《い》く……便利だな？

先導されるまま、サクサクと森を進むが……「デモン・サイズ」3体が飛び回って、ゴブやコボを狩ってしまうので甲冑委員長さんは退屈そうだ。

「いや、いつも自分が同じ事を俺にしてるよね？　毎日欠かさずしちゃってるよね？　昨日もしまくってたよね？　昨日のダンジョン攻略で俺って、何もする事が無かったんだよ、マジで階段を下りて上がって来ただけだよ？」

目を逸《そ》らされた!?　いや、迷宮の中で「ふっ、来たな——やるか」、って身構えたら魔物さんが全滅してた時は悲しかったものなんだよ。だって、意味ありげに樹《き》の杖《つえ》を伸ばして構えてみたら終わってたんだよ？　うん、ちゃんと格好良いポーズで身構えたままで終わりだったんだよ……昨日の出番って。

しかし、魔の森の魔物は本当に少なくなってる。兵隊さん達や冒険者達も間引きに来ているらしいが、これはもう浅い所では儲からないだろう。

ましてや浅い場所は元々茸《きのこ》も少なく品質も低い。うん、さっさと洞窟に向かおう。

しかし時々デモン・サイズが魔石を持ってくるんだけど、いったいどうやって拾ってるんだろう？　手が有るの？

そんなこんなでバッサリ伐採で我が家に到着したが晩餐《ばんさん》にはまだ早い。デモン・サイズさん達《たち》には庭園の開拓を頼んで、俺と甲冑委員長さんは森の奥に向かう。

主目的は茸狩りとゴブの掃除だ、コボもお掃除だ。やっと練習ができる――だって、宿の裏で甲冑委員長さんにボコられるのは練習にはなるけど、あれは練習とは呼べない。そう、あれは戦闘《バトル》練習じゃなくて生き残る《ボコられる》練習なんだよ？

最近では委員長さん達もお風呂の前に稽古と言う名でボコられてるみたいで、一度裏庭まで見に行ったら、それはそれは綺麗《きれい》な星明りの下で29人が目をばってんにして山積みにされ、その横でパニクった看板娘がおろおろと不思議な踊りを踊る光景はかなりシュールだったんだよ……かなりマジで？

さあ練習だ――魔纏《まてん》。身体《からだ》が無理やり魔法とスキルに包まれ、何かに無理矢理に強化されていく。この状態で下手に身体を動かすと自壊して自滅でＨＰがガリガリと減っていくと言う、なんだかとっても斬新な身体強化だ！

息を吐き、身体と魔力とスキルを同調させる。無数に散らばり混じり合う数多《あまた》の力、それを感覚的に摑《つか》みひとつに纏め練り上げる。

これが無意識に瞬間的に息をするかのようにできれば完成だ。そんな事が簡単にできれば誰も苦労しないが、動きを制御できないと自分の筋肉が引き裂かれて骨も砕けていく。それが延々とスキルで『再生』され、壊れながら回復する。だからこそ壊れて動けなくなるまで動く為の練習をする……って、不条理だな!?

「うわっ、やっぱり身体の感覚が変わると技にならないな？　うん、速すぎて強すぎて……弱いな？」

（ウンウン）

俺の低い身体能力《ステータス》が強制的に引き上げられ強化される。その状態で外から掌握魔法に無理矢理身体を操作されているのだから無謀すぎるスキルだ。

だから使えば自滅していくが、使えないと魔物に殺される。だから遣《や》り繰《く》りする、無理矢理辻褄《つじつま》を合わせて、良い所取りで誤魔化しながら、適材適所にスキルを継《つ》ぎ接《は》ぎして使いこなす。ちょっと痛いのさえ我慢すれば壊れながら治るからそのうち慣れて使えるだろう、使えないと訓練と言う名目でボコられて痛い思いをするのだから、どっちにしても痛いのだし同じ事だ。

感覚で加減し、気分で盛り上げ、森の中心でノリで叫んでみた？

「ひゃっはあああ――っ！　うん、初心だな？」

Lv15を超えたゴブでも一撃――まあ、いつも一撃なんだけど、後ろから襲ったりしなくても一撃で倒せるのは凄《すご》い進歩だ。

今までのようにいちいち気配消して隠れなくても良い、こそこそ背後を取らなくても普通に正面から行ける。だから格段に進歩はしているが、その余力で自滅も進行していてじわじわと自滅でHPが減っていく。うん、結構地味に痛い？

どうにか使えてはいる。全く『魔纏』は使い熟《こな》せていないけど使えてはいる。これからが問題だ、恐らく真の問題は『転移』スキル。『魔纏』は武技だが『転移』は魔法だ。

そして、おそらく『魔纏』は魔力やスキルや魔法を纏う技……つまり『転移』まで纏ってしまっている。

一斉に襲い掛かって来る犬顔、敏捷《びんしょう》なコボの動きを疾《はや》さでボコる――疾い、だけど動きに瞬間移動が混じってしまうから制御が凄《すさ》まじく難解になっている。

だが恐ろしいまでに速い虚の動きは消えるように速く動ける、って言うか一瞬ちょびっとだけど消えているのだろう。これを極めれば消えるのだから防御不可能の必中の技になる、使いこなせれば瞬間移動で回避不可能な一撃必殺だ。

瞬間的な消滅は、魔物も消滅《バニッシュ》のスキルで回避していた。だから攻防一体のスキルなんだけど、問題は極めるどころか使い難《にく》い事極まりない極悪スキルだ。

「うん、これ、制御できてないから消滅して出現するときのズレが自壊《ダメージ》になってるっぽいな？うん、これ、長距離で使ったら即死確実？」

（ウンウン！）

ブレる剣閃《けんせん》に強引に身体を合わせ、瞬動する身体を魔力で加速して追い掛ける。目標が作れれば制御できるかも知れないが、体感では位置座標なんて摑めない。

ましてや戦闘中に空間を把握しながら、突如発動する転移の位置に意識を合わせるのは不可能だ——だって動いてるんだよ？

「完全静止状態で魔力で覆えば……って、噛むな！　人が頭を悩ましてるのに、頭噛《かじ》んな！　うん、下手な考え噛まれると痛い？」

ズレる動きと、ブレる身体で一足で間合いを消して斬り払う。速度《SpE》以上に疾い。これが纏まり『虚実』になれば迷宮皇とも戦えるだろう、そうすれば少しだけボコられずに済むようになるかも知れない！　うん、きっと勝てない様な気がするのは何故なんだろう？

だが、実際に制御できていなくても、訓練でだって『転移』は発動している。だが、ボコられる。うん、消えてても瞬間移動しててもボコられる？

予測ですらない隔絶した技術と研鑽《けんさん》された膨大な経験。この力が暗い地の底で闇に完全に喰《く》らわれていれば、それって魔王どころか魔皇とかなっちゃって、世界なんか軽く滅んでたよね？

今現在は使役で一度ステータスがLv1まで下がり、その状態でも驚異的な強さだった。あれが完全状態だったら絶対に勝てない、あんなの誰にも倒せない。マジで！

「いや、全部薙《な》ぎ払うと俺の出番とか練習とか存在意義が風前の灯火《ともしび》で、早急なLED化が急がれる今日この頃なんだよ！」

（イヤイヤ）

まあ、でも今は楽しそうに軽やかに舞うように森の中を駆け回っている。きっと兜《かぶと》の中は笑顔なのだろう、周りにはゴブとコボの死体が敷き詰められてるけど……楽しそうだから良いだろう？

うん、また俺の練習相手達が目を離した隙に絶滅してるけど良いだろう。ついでに愉《たの》しげな斬撃で森林が破壊され尽くして、洞窟周辺が更地になりかかってるけど……良いのだろう？　うん、でも茸が採れなくなるから程々にしようね？

延々と懐に飛び込み斬る。それを一つの動作のように、何もかもを一纏めに一挙動に組みあげる……予定だったのだが、感じを掴む暇もなく魔物さんは全滅したらしい。

よし、上流に移動しよう、もうこの周辺にはキング級すらいないから用は無い。上流なら数だけは沢山いるのだから、少しは甲冑委員長さんを引き留めてくれるに違いない！

（（（（グギャアアア——ッ！））））

まあ……本当は期待もしてなかったんだけどね？

「でも、もうちょっと粘れよ！　何で全員で突っ込んで返り討ちにされてんの？　馬鹿なの？　ゴブなの？　コボだろ！　コボルトならちゃんと連携しろよ、何でみんな揃《そろ》って甲冑委員長さんに突っ込んじゃうの？　集団自殺なの、世知辛いな？」

集団自滅に間違いない愚挙、もう突っ込んだ時点で結果はベタに鉄板にわかりきってるのに、時間稼ぎにすらならない使えない魔物達だった。

はぐれたコボの攻撃に向かって──進む。斬るために踏み込む動作で躱《かわ》し、斬りながら構える。全てを流れに乗せて制御できない動作を流して誤魔化す！

「ぷはあ──っ。ちょっと感じが摑めた？　気がしなくもない気が？」

後はオークさんの棲《す》み処《か》で終わりだけど、戦ってるよりずっと茸を採ってる時間の方が長い。このままだと職業《Job》に「茸採集者」とかついちゃいそうだ……それでも無職よりは良いのかも知れないんだけど、木の棒を持った黒尽《ず》くめの職業茸採りって怪しくない？

（（（（グギョエエエエ──ッ！））））

まったく人が一生懸命に『転移』を纏って、超高速で転んだり転がったり、木にぶつかったりぶつかった木と一緒に倒れたり、転げ回って大回転を展開してる間にオークまで全部倒されているんだよ？

途中で衝突して何匹か撥《は》ねちゃったけど、1匹もまともに戦えなかった。マジ瞬殺で大虐殺されていた。うん、コロコロと森を転がってる間に全てが終わっちゃったようだ。

戦闘の練習をする予定がコロコロと転がる練習で終わる、いやコロコロの訓練してないんだよ？　結局お情けでオークキングを1匹分けてもらいました、マジでお願いしてみました！

あとは全滅してます、犯人の白銀の甲冑《かっちゅう》の人は俺が戦ってるのを首をウンウンしながら監督しています。そして纏《まと》って縺《もつ》れて転がるとヤレヤレってされちゃってます……滅茶《めちゃ》気が散るんだよ！

魔力にスキルを乗せて纏い、流れを生み出す——ただ一刀に全部乗せて、ただ斬る。

やっと……7撃目でやっと虚実の様なものにはなった？　全くできていない。だが、オークキングを一撃で斬り殺せた。スキルが縺れ合う混沌《こんとん》の中で、「ふっ」って感じで身体が動いたと思った時には、既に斬り終えていた……これで終わりなの？　実感が全然ないんだが、練習したくても相手が全然残っていない。

しょうがないからお泊まりで夜までボコられた、デモン・サイズ達に伐採されて奇麗になった庭園を眺めながらボコボコとボコられた！

だって、「ふっ」ってなかなかならないまま、ボコボコにされ、ようやく「ふっ」ってなりかけても決められないままボコられる。転移の瞬間移動の速さは回避不可能でも、ただの直線的な動きのままだと読まれちゃうみたいだ。そうやって夜までずっとボコボコボコとボコられて夜が更けた。

そう、夜が更けてからは夜中まで全力で復讐《ふくしゅう》した、深夜まで男子高校生はいつだって全力なんだ！　まあ、きっと明日またその復讐でボコられるのだろう？

だが悔いはない、だってとても良い復讐だった。ずっと復讐が復讐を呼んでる様な気もするが、とても気持ちが良いから良いのだろう。うん、良かったです！

何で人が一生懸命持って帰った木材を又持って行っちゃうんだよ？

43日目　朝　オムイ　冒険者ギルド

オムイの街の下流にはシモムイ村という小さな村がある。そこはオムイの街に最も近い農村地帯、その一帯の農民たちが自衛のために集まってできた小さな小さな村がある。

シモムイ村は少しずつ大きくなっては魔物に襲われ、人手が足りなくなり農地が荒れ果てる。そこからまた少しずつ人が増え大きくなっては魔物に襲われ、村が荒れるのを繰り返している村だ。兵隊も冒険者も巡回し、森の魔物を狩って間引くがきりがないまま堂々巡りを繰り返している。

何度も柵を作っては魔物に壊され、数年掛けて壁を作り始めても洪水で崩されてしまった。

だが、どこの村にも町にすらまともな柵すら無いのが現状だ。予算もなく、人手もなく、資材もない――貧しい辺境に足りている物など何ひとつ無い。

それが溢《あふ》れ出した。膨大な魔石の販売と流通で未曾有の好景気となり、やっと予算が回せる……なのに、ようやく予算ができても人手も物資も足りない。魔物がいる為《ため》に森に囲まれながら木材までもが足りていない。

ところが今日になって突然に大量の木材が入荷した。それは入荷したというか木材を求める依頼を見て「木材って売れるの？　森だらけなのに？　まじで？」と聞いてきた冒険者ではないのに毎日顔を出す少年が、「ある時払いで良いから買い取って」と言って置いて行ったそうだ。しかも、きちんと乾燥され加工された角材を大量に積み上げて出て行ったと言う。

すぐに領主様に使いを出し、木材は全て領主様が買い上げたうえで周りの街や村に柵だけでも造ろうと緊急依頼で冒険者や大工を集め、まずは一番近いシモムイ村へ向かった。

だが、そこにシモムイ村は無かった。小さな小さな無防備な村は無くなっていた。

そこにあったのは堅牢《けんろう》な壁に囲まれた城塞の様な村、近づいて行くと村長がすぐに現れ、何があったのかを話してくれた。それは御伽話《おとぎばなし》のような、遠い何処《どこ》かの伝説でも聴くような荒唐無稽な話——子供が地面に手を付いて「出《い》でよ壁」、ただそう言っただけだったのだから。

以前にシモムイ村の更に下流に迷宮が出現したとの報告は受けていた。だがまだ若い迷宮で人数が集まり次第一気に潰そうと計画されながら、絶え間ない人手不足で放置されたままだった。

　そこに一昨日ふらりと銀色の甲冑姿の騎士が黒マントの少年を連れて現れたのだそうだ。その黒マントの少年は村で売れなかった穀物をすべて買い取り、足りない小麦や高価過ぎて買えない薬品と交換してくれたらしい——そして2人は迷宮に入って行った。

　だが、すぐに出てきて遊んでいたという。

　そして昨日も2人で迷宮に入って行ったと思うと、僅かな時間で迷宮から戻って来て「迷宮は死んだ」と告げた。

　誰も信じられなかったが、その手には伝説の迷宮王の指輪を持っていたというのだから間違いないのだろう。村の者達《たち》は穀物や薬品の事に加え迷宮まで潰して貰《もら》った事に感謝して、貧しい村のありったけの農産物をお礼にと少年達に渡したそうだ。

　それを受け取った少年は喜び、地面に手を突いて言ったのだそうだ——「出でよ壁?・」。そのたった一言で城壁が造られた。

　もはや住民達は、そんな凄《すご》い大魔導士に何を以《も》って礼をして良いかも分からず、売り物の野菜までかき集めて少年に渡した。すると、今度は少年がお礼と言って数々の武具を渡し、薬品やお金も更に置いていったそうだ。

　貧しい村にそんなお礼をできるような高価な物は無いと言うのに野菜をたくさん貰ったから充分だと笑顔で答え、気が済まない住民達が村中の僅かな貴金属を集め始めると困った顔をして「野菜ありがとう」と、逆に礼を言い立ち去ったと言う。

そして森の方に立ち去って行ったかと思うと……魔の森の木々が次々に切り倒され、魔物達まで瞬く間に倒しながら、全く振り返る事も無く帰って行ったそうだ。

後には立派な壁。森は切り開かれて迷宮も無くなり、現金も小麦も充分にある。売れなかったお芋の保存法から調理法まで教えられ、突然豊かになった村には薬も武器もある。突如として裕福で安全な村になり、皆が幸せになっていたそうだ。

村長も村人達も涙ながらに話し続けていた。自分達でも信じられないと、その目で見たのに夢の様だと、それなのに名前すら聞けなかったと。

まるで物語だ。

こんな悲惨な世界で、そんなことは昔話や御伽噺《おとぎばなし》でしか有りえないのだから。普通ならば、そんな夢のような話を聞かされても与太話か古い昔の言い伝えかと笑うのだろう。

だが笑えない。目の前には立派で頑強な壁が在る。

そして、ある日気が付くと幸せになっていた街を誰よりもよく知っているのだから。

だから笑う事などできない。

なによりその黒マントの少年が誰か心当たりがある、あり過ぎる。

なにせ黒マントの少年に朝も会ったのだから。

その黒マントの少年は確かに迷宮は死んだと言っていた、全く意味は解《わか》らなかったが言っていた。その確認の為も有って来たのだから。

そして、大量の木材を置いていったのも黒マントの少年。村に近過ぎる魔の森を切り開いて帰った黒マントの少年なら、当然大量の木材を持っているだろう。


黒マントの少年は村の事など何一つ告げずに出て行ってしまった。

だから誰も知らなかった。まるで物語だ。

きっとこの話が昔話や御伽噺になり、この村で語り継がれるのだろう。

この幸せを喜びを感謝を捧《ささ》げようにも名も告げずに立ち去ってしまい、行き場の無い感謝の想《おも》いはそのまま物語になる。こうして昔話や御伽噺は作られ語り継がれるのかも知れない。


きっとあの少年は何も言わない。

だからこの話は、また誰にも知られる事無く終わる。

だが、この村では永遠に語り継がれるのだろう。

まあ、街で出会ったら驚くだろうが、それまでは幸せな御伽噺で良い。

その、木の杖《つえ》を持った大魔導士は実は木の棒で魔物を撲殺して回っているのも黙っておこう。

それは、何時《いつ》も語らず名乗らず話さない少年のせいなのだから。

感謝され物語を語られるくらいは我慢してもらおう。

旅の「黒衣の大魔導士」と「白銀の騎士」の物語として。

知らない人が見たら頭がおかしい娘みたいだけど楽しそうだから良いだろう。

44日目　朝　洞窟

珍しく雨だ。雨季にでも入ったのだろうか、鬱陶しいくらいに振り続ける雨粒の帳《とばり》。

今迄《まで》ほとんど降らなかったし、降ってもパラパラと夜中に小雨が降ったくらいだったのに……まあ、そのうち止《や》みそうな感じではあるし、洞窟で雨宿りも良いだろう。

だが、朝から夜の続きと言うのも不味《まず》いだろう！　うん、とっても美味《おい》しそうだが不味いのだろう……だって思っただけで壮絶なるジト目で睨《にら》まれてるんだよ!?

そんな訳で適当に部屋の中を改装してみたり、新しい家具を作ったりしながら時間を潰す。

気分が乗って来てハンモックを作ってみたり、ハンモックの上でいちゃついてみたりそのまま2回戦が始まったりしたのは内緒だ。

洞窟の中から魔法で庭園を整えてみたり、街や村で購入しておいた果物の樹《き》を植林してみたり、テラスを増設して部屋と繋《つな》げてみたり、川と繋いで小さな池を造り、その周りにテーブルやベンチを造ってみたり。

やはり魔力は距離で減衰する、地面を通しても離れた作業は難しい……だから練習になる。そう、濡《ぬ》れるのが嫌で手を抜いてる訳ではないに違いないんだよ！

そんなこんなと、慣れてきて河原に石畳を造ったり、川にアーチ橋を架けてみたり、対岸にもベンチを作ったりして遊んでいると漸《ようや》く雨も小降りになって来たようだ。

「そろそろ止みそうだよ？　小降りだから帰っても良いし、泊まっても良いし？」

悩んでるがどっちかと言うと帰りたそう？

夜の2人きりの時は甲冑《かっちゅう》委員長さんの方から迫って来るのに、朝は何故《なぜ》だかジト目で怒られる、多分頑張り過ぎなのだろう。だって男子高校生なんだし、昼間は勝てないんだよ？　うん、夜だけなんだよ……活躍の場が？　そう、見せ場が全く無いから濡れ場で頑張ってるんだから俺は悪くないんだよ。

さて、だけど甲冑委員長さんは女子さん達が気になるみたいだし帰ろう。2人きりも良いのだけれど、せっかくお喋《しゃべ》りできる女の子の友達が沢山できて嬉《うれ》しそうにしているのだから。ここにはいつでも帰って来られるんだし、そろそろ帰るとしよう。

しかし女子会って何してるんだろう？　だって、聞いても乙女の秘密って教えてくれないんだよ？

加速——一気に森を抜ける。もう魔物は絶滅させられているし、茸《きのこ》も乱獲されているから用は無い。『歩術』の効果であれよあれよと森を抜け、『移動』の上位の『転移』の効果も相俟《あいま》っているのか移動速度が段違いに速くなっている。甲冑委員長さんは普通について来られる、これなら狩りさえなければ行き帰りは数十分で済みそうだ？

だって、もう街が見えて来た——えっと、何とかの街？

「何かいい商品入ったー？　買うよ、買うんだよ、お大尽様なんだよ!!　ふっ、この庶民雑貨屋さん？　みたいな？」

街に帰り着いて雑貨屋さんを覗《のぞ》いてみる、何せ採れたて茸で懐は余裕！　甲冑委員長さんは新たに入荷された洋服や雑貨に、キッラキラに瞳を輝かせて熱中している。うん、鬼気迫る闘気すら感じるから離れていよう!?

小さかった店は広くなり、商品の種類も量も増えてはいるんだけど……少しずつって感じ？　うん、拡《ひろ》げたのに店内も商品だらけで狭々しいから貧乏くさい。

「あんまり儲《もう》かってないの？　資金も茸も潤沢に出資してあるのに、なんで店も狭いままなの？」

「販売は順調なんだけど買い付けに追い付かないのよ、入荷しても整理しきれないの。拡張したばかりなのに、もう店が手狭で商品が置き切れないのよ——誰かのせいで！」

隣の建物を買い取り、壁をぶち抜き繋げただけ。床に段差も有るが、なにより見栄えも悪いし、あれこれ詰め込むから商品が混沌状態《カオス》で脈絡なく積まれてる。

「裏の土地も買ったんだよね、足りないならお金貸すよ？　支払いはエロ下着払いで良いよ？　勿論《もちろん》エロドレスも可なんだよ！　あれは素晴らしい物だったよ——っ！　マジで!!　マジだから！！！！　ありがとうございました——、みたいな——っ!!」

「どーどーどーっ、入荷してるから落ち着いて！　土地は買ったけど大工がいないの、倉庫か店舗かも決め兼ねてるんだけど、建築まではこの状態で回さなきゃいけないのよ。誰かのせいで何か毎日大忙しなのよ……ほんと、この街いったいどうしちゃったの？って言うか誰のせい？」

隣の店舗を買って拡張してたけど、それでも足りないから裏の土地まで買った。だって、もともとが小さくってしょぼかったんだよ？

それで、お金が無いって言うから有り金を巻き上げなかったのに、未《いま》だ工事もしてなかったらしい。

って言うか出資に出茸に出魔石までしてるんだよ？　そう、ご飯とエロの為《ため》に出資は惜しまない、三大欲求の二つにあらん限りの全力で力を入れ過ぎちゃって、睡眠欲求さんだけ要求も虚《むな》しく毎晩寝不足で頑張ってるんだよ！

「裏の土地買ってあるんなら建てようか？　どうせ石造りなんだし4階か5階程度だったらすぐ建つんだよ？って言うか地下いる、迷宮とか？」

「建つって何？　なんですぐ建っちゃうの？　あとなんで雑貨屋の地下に迷宮が必要だと

思ってるの！　先《ま》ず雑貨屋がなんだと思ってて、いったい雑貨屋に何を求めてるのよ！　エロ以外で？　えっと、地下室は欲しいけど、迷宮は絶対要らないからね！」

要らないらしい？　迷宮王の指輪も有るし、迷宮産地直送な雑貨屋の迷宮王店長さん化計画は見送りのようだ。

「こっちの建物に繋いでから内装やるから、奥側の壁の商品を片しといてね。甲冑委員長さんも手伝ってあげて。後でお駄賃に洋服を強欲に奪い尽くして良いから？」

うん、裏の土地まで入れればほぼ正方形。普通のビルで良いだろう、売り場が1～2F予備で3F。その上に倉庫兼事務所兼お姉さん家《ち》で4～5F、後は倉庫兼搬入口《はんにゅうぐち》が地下にあれば取り敢《あ》えずのスペースは充分確保できる。

そしてビル型なら後からでも上層を増やせるし、地下だっていつでも増やせる。うん、やっちゃおう。

今の雑貨屋さんの寸法を『羅神眼』でしっかりと目視し、記録して計測して先に補強もしておく。次に地下に魔力を流し込み、地盤工事しながら土や石を集めて練り砕く、そして今の建物を覆い込む様に壁を盛り上げ……盛り上げるように柱を組み上げる。

うーん……これは5Fで魔力ギリギリかも？　ゆっくりと魔力を練り込みながら『掌握』して土砂を結合して構造体に固めていく。今ある建物と混ぜ合わせて一体化させ、四隅と中央の柱は特に太く固く更にアーチ形状で上層を支えられる様に造り込む。

まあ見た目が楽しいほうが買い物だって楽しいだろうから、中央の柱に巻き付く様に螺《ら》旋《せん》階段を造り、柱と壁を装飾しながら補強する。うん、地下は外から荷物を入れられるように搬入口を付けて完成だ。

って言うか、もう魔力がない。思ったよりキツかった——これでエロい物を貰《もら》えなかったら働き損だ！　うん、男子高校生ってエロい物のためならなんだってできる、夢は無限大なロマンに生きているんだよ？

だって洋服はいくらでも必要だ、美人だからなのか何を着せても似合う。だから着せたいじゃん？　しかもスタイルも良いから何を着せてもエロ可愛《かわい》い！

まあ、着せても脱がせるし、エロいのばかり着せてるけどさー……そこは中身に負けないくらいのセクシーさを求めたいんだよ？　うん、男子高校生的に？　みたいな？

そんなこんなで雑貨屋さんに戻るとのそのそと片付けをしている、俺は頑張ってたのに未だ半分も終わってない、真ん中辺りしか片付いていないんだよ？

「もう出来ちゃったよ、未だ片付いてなかったの？　もう、ここだけ繋いじゃったら後は明日にするよ、魔力もヤバ気だし？」

雑貨屋さんの奥側の壁を固めて補強しながら、ビルの壁に一体化させて……そのまま広げて繋いでいく。ヤバい、魔力が残り少ない、あとちょびっとしか無い。でも後ちょっと……って、足りた！　ギリだったよ！　うん、残りの改装と装飾は明日にしよう。もう無理？

「ちょっと、まだって何？　出来たって何が……あっ……あああああっ！　何これ！　ここ何処《どこ》！　何が出来ちゃったの！」

雑貨屋のお姉さんは1人で大騒ぎしながら外に飛び出しビルを見上げ、お口を開いて立ち尽くしている。そして、まだビルは珍しいからなのか街中の人が集まって見上げてるけど……ただの土石壁のビルだよ？

「いや、いくら見ても四角いだけだよ？　うん、塗装と装飾は明日だからただの四角いビル。うん、もうお腹空《なかす》いたから帰るよ？」

お口は開いたままお返事はない。再起動までが長そうだな？

魔力が切れると物凄《ものすご》くお腹空く、空腹でくらくらする。お腹がペコさんなんだけど、なんでお姉さんは見上げたまま固まってるの？　うん、俺のエロはどうなったの？

って言うか、早く戻ってこないと甲冑委員長さんがお駄賃にお洋服を片っ端から強奪しちゃうんだよ、マジで？　もうすでに両手いっぱいに抱えちゃってるんだけど……良いの？

溢《あふ》れる笑顔、甲冑委員長さんは可愛い服が貰えて大喜びだ。俺もエロい服が貰えて大喜びだ。

そう、帰ったら着せ替えごっこだ、脱がせたら着せない気もするけど着せ替えごっこだ、細かい事は脱がせてから考えよう！

　きっと脱がせたら何も考えられなくなるんだけど脱がせてからだ。多分脱がせたら着せ替えごっこじゃない何かが始まってしまうんだけど、とにかく着せないと脱がせられないんだよ？　まあ、絶対に間違いなく始まるのだろう。

「ただいまー。晩御飯大盛りの盛り盛りで？　大急ぎだよ？　腹ペコさんなんだよ？　ペコペコさんだよ？　マジで」

「「「お帰りー、庭園できたの……って、何そのお洋服！　どこのお店!?」」」

　雑貨屋さんに洋服が入荷した事を聞くと、女子達《たち》さんは一斉に駆け出して行った。何人かは瞬歩や縮地まで使って駆けて行った。でも、既に良いのは買い占められてるよ、隣のご機嫌な買い物魔さんに？

　お宿のご飯をお腹いっぱいになるまで御代わりを繰り返し、ようやく気怠《けだる》さが回復した。うん、満腹だ。

　看板娘も駆け回って忙しそうだったので、雑貨屋さんで買って置いた洋服を1枚プレゼントすると不思議な踊りをしながら喜んでいた。知らない人が見たら頭がおかしい娘《こ》みたいだけど、それはそれで楽しそうだから良いだろう……多分？

　さあ、お風呂に入って寝よう！　滅茶《めちゃ》寝よう！　それはもう寝る間もないほど一心不乱にいっぱい寝よう！

そう──今晩も寝ちゃって寝まくって寝あげるのだ！　まあ、男子高校生的に？

いつも俺だけが無駄遣いって言われて怒られるんだけど……ねー？

44日目　夜　宿屋　白い変人　女子会

我先にお風呂に飛び込み、すぐに飛び出していく。

乙女が超高速のカラスの行水はお行儀悪いけど、今日はしょうがないの。だってこの世界でやっと可愛いお洋服が買えたんだから。

だから、もう着てみたくて着てみたくて、みんな我慢できなくて飛び込むように湯船に浸《つ》かり、飛び出していくのも仕方がないの。うん、待てないの！


だってずっと生成り色か草色だけだ、偶《たま》に高価なので濃い灰色か紺色。

発色の良い赤や青や水色やピンクなんて無いし、真っ白な白も無い。

それがようやく淡い色合いだけど、それはパステルカラーにも程遠いけど、それでも色付きでデザインもちょっと凝っていたり、リボンやフリルが付いて可愛かったりする服。

だって、これがお洋服なんだから。

「服買えたよ～、良かった～。でもビルだったような気が～？」

「なんか可愛い服いっぱい入ってたね？　うん、ビルだったよね？」

「お金貯《た》めてまた行こうね！　朝はいつもの雑貨屋さんだったよ、普通の平屋の？」

「色付きの服は少なかったから、これでお洒落《しゃれ》できる！　うん、5階建てだったね」

「やっぱり綿が多いけど生地が良いよ、ゴワゴワしないし。地下も有るみたい？」

「またすぐ入荷するみたいだからチェックしとかないとね。街中の人が集まって来て、見上げてたよねー……ビルを？」

「レースも有るらしいよ！　高級品らしいから貯金しないと！　この世界にビルって無かったよね、初めて見たし？」

「「「うん、犯人分かっちゃった！」」」

いや最初から犯人は分かってたよね？

あれは、お洋服以外の事をいっさい無視して、見なかった事にして我先にお買い物してただけだよね？

だって入る前から遠目で見ただけで、それはもう紛《まが》うことなくビルだった。

遠目からでも街並みから飛び抜けてたし、店の前には人集《ひとだか》りもできてたのに迷わずに突入していたけれど、あれが絶対に見えてないはずがない。

みんな我先にお洋服に群がって、散々試着して悩みまくって、買えるだけ買い漁《あさ》って
……お外に出てから一斉に気付くっておかしいからね！

「バレッタ売ってたよバレッタ！　木工細工だったけどアクセだよ、アクセ！　装備品

じゃないんだよ！」「宝石とかなら稀《まれ》に有るんだけどね？」「宝石も装備の方が多かったし？」「あれって可愛いより、ゴージャス系過ぎですよ」「「「うん、あのゴージャスさは女子高生には厳しい！」」」「案外、木の指輪でも可愛いんだね？」

でも、やっと可愛い服やお洒落な服、雑貨やアクセサリーも増えていた。ちょっとだけだけど、お化粧品も入荷されていた。

雑貨屋のお姉さんは泣きながら商品を並べていたけど、並べては買われて行き、また並べては買われて行って大変そうだった……うん、あの規模になると雑貨屋さんのレベルじゃないから従業員が必要だと思うの。

あのデパート規模になってしまうと1人は無謀すぎる。まあ、きっと……突然急に大きくなっちゃったんだろう？

だからこそ誰があんな大規模な店舗にしたのかは聞く前から分かっている。真実はいつも一つ、犯人はいつも1人！　だってアンジェリカさんが証拠品を抱えてたし？

「時間はかかるけど、王都の方からも入荷《はい》るらしいよ！　国で一番のレベルの服なんだって！」

「「「きゃあああっ、欲しい！　絶対に買う！」」」

それからみんなでファッションショーだった。着たり、見せたり、借りたり、貸したり。キャーキャー言いながらのファッションショー。

いつもは武装ばっかりで、ローブやマントはマシな方。革鎧《よろい》だの鉄鎧だので可愛げも色味も色気も無い、だから装備品じゃなくお洋服が着たかった。みんな普通のお洒落がしたかった。

確かに滅多に着る事は無いかも知れない。異世界なんだから普段から武装してないと危ないんだし、丈夫で頑丈で動き易《やす》い服じゃなきゃいけないから。

まして可愛い服を鎧の中に着たって見えないし、すぐ汚れるし破れちゃう。

それでもとっておきが欲しかった、着られなくっても余所《よそ》行きが欲しかった。

だって、女の子なら欲しい物なの。冒険者で戦闘職でも、ちゃんと女の子でいたいから。

だから一晩中ファッションショー、今晩はみんなちゃんと女の子なんだから。

「これとこれを併せたらスッキリ見えるわよ？」

「「「おー！　流石《さすが》は本職様《モデル》だ！」」」

きっと元の世界にいれば見向きもしなかった粗悪品かも知れない、だけど今はみんなの宝物。

「中とボトムを濃い色で縦にラインを作っちゃうの。そうすれば着痩せしつつ脚長感が出せるのよ。あと靴もね」

「「「ありがたや、ありがたや！」」」

だって、これは全部遥《はるか》君が出資して、ビルまで建てて、女の子用の可愛い服を沢山注文してくれていた。みんなが困らない様にいろんなサイズを沢山仕入れてくれていた。まあ……一緒にエロい服も注文していたみたいだけど？

「「「わっ、本当だ！」」」「今度これ貸して！」「だったら、あの靴貸してよ？」「「うん、取引成立！」」

そして──本当の友達になれた、本物の親友になれた。だから、きっとみんなでファッションショーをしたり貸したり借りたりが楽しくって仕方がないの。

きっと、みんな初めての親友だから。

それが、こんなにもいっぱい。

「ああーっ、ズルい！　自分だけ2枚買ってる!?」「だって、色違いが選べなかったの、自分だって2足目の靴を買ってたよね！」「「よし、交換取引《トレード》！」」

雑貨屋のお姉さんも黒髪黒目サービスとか言って凄く安くしてくれた、だから、お金が足りなかった娘もみんな買う事ができた。しかもツケでも良いとまで言ってくれていた、それはきっときっと陰のオーナーさんの指図だ。

「「「満足、やっぱお買い物って楽しい」」」

それは、きっと多分……みんなが隠れて泣いてるから。きっと、みんなが情緒不安定な事に気が付いて笑わせて喜ばせようとしてくれている。

そのせいで遥君から没収して積み立てていた貯金がごっそりと生地や建材の支払いに消えて行ったけど……きっと、みんなのためを思ってしてくれた事。

でも、お金も全部使っちゃって宿代をツケないでね？　しかも怒られるからってツケを隠すのを止《や》めようね、溜《た》まり過ぎてすごい金額だったんだから！

アンジェリカさんも沢山服を買って貰《もら》えて大喜びで、次々に着替えては見せ合いっこしていた。

うん、最初は普通に見せ合いっこしていたんだけど——途中からエロかった！　また買っちゃったの！

また今晩それ着ちゃうの、ってもう肩は丸出しで胸元も深いし、下は下で太ももさんが付け根付近まで露《あら》わにあられもなく見えちゃっている。うん、見せる気満々で嬉《うれ》しそうだ！　だってモデルが良過ぎるせいで綺麗《きれい》で美しいからこそ——余計にエロいの!?

今晩もみんな気配察知のレベルが上がるんだろう、私もＭａＸになりそう。それでみんな寝不足なんだけど……遥君は頑張り過ぎだから！　でも、アンジェリカさんはとても嬉しそう。

そして昨日の洞窟での話になり、やがて洞窟での夜の話になり……またみんなは倒された。それはもうバタバタと薙《な》ぎ払われるが如《ごと》く、ばったばったと倒されていき、倒し尽くされちゃったの！　だってハンモックって……ハンモックでってて!!　きぃやあああ——っ（以下錯乱）

そうして満足気に話しきると、それはもう超エロいドレス姿をエレガントに着こなしたアンジェリカさんが、蕩《とろ》けるような笑顔で遥君のお部屋に向かって行った。

その離れて行く足音までが嬉しそうに弾んでいる。話の最後は今日も「み、みんな、で、いつか、みんな、で」――勧誘されちゃってるの!?

あんな夢見るように幸せそうな笑顔で、心の底から嬉しそうに期待の籠もった瞳で言われても……みんなでする気なの？

うん、みんなで何をする気なのかな？　みんなで何しちゃう気なのだろう？　みんなでハンモックなの！　いや、みんなでハンモックはおかしくないいんだけど……ハンモックだけだったら……全員でハンモックプレイ!?（以下狂乱）

そして、今日も誰も返事できなかった。だって、みんなでって……アンジェリカさんはハーレム迷宮皇を目指しているんだろうか？

でもね？　もし私達がそのエロドレスを着て遥君の部屋に押しかけたら、遥君は絶対に超高速で逃げちゃうよ？　絶対間違いなく一瞬で逃げちゃうよ？

うん、エロいけど超ヘタレだから遥君にハーレムとか絶対無理だと思うの？　だって自分の家な洞窟からすら逃げ出してたんだから。逃げて洞窟の前で1人でテント暮らししてたんだからね、その人？

うん、あれはエロいけど超照れ屋のヘタレさんだから……ハーレムなんかできちゃったら、本人だけ逃亡しちゃう気がするの？

限られた空間では売り場面積と展示空間は鬩ぎ合うんだよ。

45日目　朝　雑貨屋

朝から造りかけだった雑貨屋ビルの外装を仕上げて、補強を済ませて中へ入る？

「おはよう？　的な朝が来た？　様な感じ？　みたいな、熊？」

内装と商品の陳列もしておこうと思って中に入ると……目に隈《くま》を作ったお姉さんがゆらゆらとふらつきながら働いている？　うん、ゴーストではないようだ？

「誰が熊よ！　おはよう、って誰かさんのせいで徹夜なのよ！　徹夜で働いても商品が全然並べ終わらないのよ、さっぱり終わる目途もたたないのよ、もうじき開店時間なのに全然終わらないの――っ！」

「うん。だって、まだ棚もテーブルも何も無いんだから陳列は無理なんだよ？　今から作るんだから並べても意味無いよ？　邪魔だからどけちゃうし？」

あっ、落ち込んでる。しかも、これはかなり深い所まで落ち込んでいるようだけど、落ち込んでも地下は1階までしか作ってないんだよ？　でも、あんまり下まで落ちると迷宮皇とか出て来るよ、マジで？　うん、俺経験者だし、今横にいるんだよ？

可哀想《かわいそう》なので放置して、壁に直接ウォールラックをどんどん作り、そこに甲冑《かっちゅう》委員長さんが高速で商品を片付けながら並べていく。

流石、元とは言え迷宮皇だ、手が残像で10本に見える凄《すさ》まじい陳列速度！　こ、これが最下層の迷宮主の実力なのかーっ！　あたたたた――っ、とか遊んでいるとお姉さんがやっと復活した、なんとか這《は》い上がってきたようだ？

一応、片付いたし、店内の細かな配置《レイアウト》やディスプレイの方向性なんかは店長さんに相談しながらやった方が良いだろう。

「なんて言うか壁とかも、こう下手にあんまり高級感は出したくないんだよねー？　ほら、雑貨屋なのに入りにくくなっちゃうし？　でも明るめにはしたいから窓を増やしても良いんだけど、日光ってあれであれよあれよと結構物を傷める、あれってあれれれれと色褪《いろあ》せの原因でもあるんだし、それならいっそ内装を白くした方が無難ちゃ無難なんだよ。うん、実際の話、棚だって多い方が商品も並べられるんだけど、あえて無駄な空間《スペース》こそがお洒落感を出すと思うんだよ？　やっぱ、購買意欲を煽《あお》る事を考えれば雰囲気作りも重要だよね｜、こう買えば幸せになれるって錯覚させるのが商売？って安い小物はカウンターの傍《そば》に置いとくと思わず買っちゃったりするから奥よりカウンター周りの方が良いよ。うん、やっぱ服とアクセサリー用にあっちの壁面は広々と使おう、その分こっちにぎっちりと棚を作って商品の豊富さをアピールみたいな？　でも見栄えが欲しいしもっと食器とかも仕入れようよ？　あと、調理器具も？　いやいやだって衣食住は鉄板な手堅い商売だし、買い替え需要だって高いんだからさ｜……あっ、ガラス製品も目玉で欲しいよね、高くてもいつか欲しいって思わせるだけで良いし、なにより他が値頃に見えて来るんだよ、うん、値段の幅は必要だよ。それでさ｜……」

「うるさあああああああああああああ――――――――――い！　もう嫌あああ!!　眠たいのよ、徹夜なのよ、それでも並べきれないの！　だって広すぎて、多すぎなのよ！　何でこんな豪華なの、ここはどこの大商店なの？　王都でもこんな店なかったわよ、何なのこの建物？　なんかもう昨日から街中の人が見に来るのよ？　ここ只《ただ》の雑貨屋よ？　みんな雑貨屋に何を求めてるの？　特に君は何をしでかそうとしているの、先《ま》ず雑貨屋って何かわかってる？　言ってる端からどうして次々にテーブルや棚が出来て行くの、何で計ったみたいに寸法ぴったりなの、どうして私のお店なのに誰も私の話聞いてくれずにテキパキと商品並べてるの！って、2階もやるの？　やっちゃうの!?　大型商品？　ベッドとかソファーまで置くの？　雑貨屋に？　雑貨屋なのに？　しかも、何で作って来ちゃってるのよ!?　なにこの見た事もない不思議なテーブルに椅子まで……って、そんなに安く売って良いの？　えっ、自分で作ったからタダって、家具職人だったの？　でも、この建物建ててたわよね？　だけど迷宮に入ってたわよね!?　あ、無職なんだ――って、無職ってなんなのよ!!　寧《むし》ろあらゆる職に手を出してるわよね！　料理もしてたし、薬も造ってたし。えっ、何だ自給自足してただけだったのね……って、なんで自給自足がこのレベルなのよ!!」

あ――、煩《うるさ》い。雑貨屋のお姉さんがオコだよ、まじオコだよ。きっと睡眠不足でお肌の曲がり角が直角に直滑降で垂直降下しちゃったのだろう、そう言えばお姉さんと言うにはそろそろ……いいえ、何でもありません。サアガンバルゾー！

そんなこんなで開店時間までに店内をガンガンに作り上げ、商品も片っ端から全て並べ終えた。

商品が足りない空いた場所《スペース》には自作家具や自作薬品や自作調理器具に自作ミッドセンチュリー風なオブジェなんかを並べて誤魔化してみた。勿論《もちろん》、趣味も入っているがなかなかお洒落《しゃれ》なショップみたいだ。うん、もう良いだろう……さあ帰ろう。

「そんじゃ、お疲れっしたー？　うん、営業頑張ってね、外に滅茶《めちゃ》人並んでるし？　なんか果てしない行列のできる雑貨店？　みたいな？」

お姉さんは遠くを見るような目で手を振っていた。もう諦めて悟ってしまったのだろう、開店した瞬間どうなるかを……あの長い長い無限の行列を見て。

さて、ダンジョンに行こう。って言うか今日は助っ人《すけと》だ、助け人だ、助手って言うと微妙な感じだ？

「手分けして攻略中のダンジョンの中で1個だけ進んでないのが有るんだよ。俺なんか実質1日だったのに、もっと真面目に真剣に取り組めよって言う話なんだよね？　だって俺は今まで2箇所迷宮に入ったけど、どっちも初日に迷宮死んじゃったんだよ？　何で進んでないのかな？」

流石《さすが》に本人には言えないが、きっと迷宮王を先に殺《や》るのがコツなんだろう？

「って訳で助っ人に来ましたー？　みんな仲良くしてあげるように？　的な？って言うかまだ攻略してないの？　みたいな？」

「「「普通ダンジョンってそんなに気軽に攻略できないの！」」」「先ず、普通は1日で潰せたりしないの！」「普通に考えればそこまで遅れてはないからね!?」

委員長と副委員長達《たち》がハモっているが、なんか1人だけ仲間外れ？　あっ、この娘《こ》は盾持ちのいつも吹っ飛ばされてる娘だ？

「委員会達だけハモって盾っ娘だけハブなんだよ？　苛《いじ》められてるの？　委員じゃないからなの？　うん、だったら盾委員長とか目指せばよくない？」

「「「苛めてないから！　あとミワちゃんって盾っ娘だったの、いつ名付けてたの！　あと委員会達って何なのよ!?」」」

ミワちゃんらしいが、吹っ飛ばされる度に、みんなが「ミワー！」「ミワー！」って騒いでるから玉屋とかの関係者かと思っていたが名前らしい。

「私、盾っ娘だったんですか！　盾委員長を目指さないと駄目ですか？」

三輪《みわ》さんなのか美和《みわ》さんなのか三輪美和さんなのかは不明だが、盾委員長を目指らしい？

なんだか甲冑委員長さんとも仲良くなれそうだが、甲冑委員長さんは実は甲冑が全く役に立っていない。だって、掠《かす》りもしてないんだよ、寧ろ一方的に攻撃してるから甲冑いらなくない？　だから、このままだと次期甲冑委員長選挙では落選してしまいそうだ。うん、仲良くなれないかもしれなかった？　いや、知らないけど？

「「遥《はるか》君の話を真面目に聞いたら駄目だからね!!」」「そうだよ、悪魔の誘いより質《たち》が悪いからね！」「うん、悪魔とか皆殺しにしてるくらいの悪なんだから」「ちょ！　酷《ひど》い言われ様だよ、苛めなの？　だって、悪魔《デモン》を倒すのって普通褒められない？　悪魔皆殺しで悪魔より質悪いって風評被害に泣いちゃうんだよ？　よよよよ？」

異世界で風説の流布だった。思わず俺の好感度さんが風に吹かれて棺桶《かんおけ》に入れられそうな恐るべき言い掛かりだった！

「泣くのはデモンさん達の方だから！」「うん、毎回毎回倒し方に悪魔よりあくどさを感じるの！」「「うん、遥君の場合は、悪魔さんが可哀想に見えちゃうの!!」」

清く正しい男子高校生が、地下迷宮で悪魔に襲われ正当防衛……何か問題があっただろうか？

「いや、デモン・ブレイド達の剣は、バーゲンセールに出したら自分も買い漁《あさ》ってたよね？　今も副Aが持ってるよね？　だって大量だったから網で捕らえて大漁で、そのまま串刺しにしたけどBBQとは無関係な落とし物だったんだよ？　うん、買い漁ってたんだから同罪だよ、漁仲間だよ？　俺悪くないんだよ？」

ちょ！　何でみんなでヤレヤレなの……仲間はずれだ!!

「だって3日目で、まだ9層を攻略中って遅くない？　Lv90クラスのパーティーでだよ？　しかも自分たちがサボっていたのを棚上げだよ、アゲアゲだよ、踊ってたの？　迷宮で？　アゲアゲで？　うん、危ないんだよ？」

伝説のボディコンドレスなる聖遺物でアゲポヨでウェーイなら観覧希望で閲覧も吝《やぶさ》かではないが……甲冑で踊ってて楽しいのだろうか？

「「「踊ってないし、サボってないから！」」」「面倒なの、この迷宮！」「だいたい何で迷宮でアゲアゲで踊っちゃうのよ！」「「「迷宮でアゲアゲで踊ってたら、危ないって言うより危ない人だから!?」」」「この迷宮は硬いゴーレムばっかり出て来るんです。殴り飛ばされちゃうんです。ぴゅーって」

盾っ娘はここでも飛ばされていたらしい。うん、森ではオークによく飛ばされていた。

盾職なのに線が細い、背はそこそこあるんだけどパワータイプには見えない。

なのに、何故《なぜ》盾職《タンク》役なのだろう？　でもこの娘は『カウンター・シールド：【一定のダメージを受けると魔法、衝撃を打ち返す】ＤｅＦ20％アップ』と『アーマード・プレートＤｅＦ強化（大）魔法耐性（中）オートヒール』を買ってくれた上得意様なのだ、良い盾っ娘だ。うん、常連高額落札者様なんだよ。

「いや、ほらゴーレムって落とすと壊れるんだよ？　確か？　うん、経験上ゴーレムって大体落ちたら壊れて死んでたよ？　多分？」

「世界中で遥君以外に迷宮に穴空ける人なんていないの！　普通の人には空けられないし、普通空かないの！　あと、ここは未《いま》だ迷宮が生きてるから、穴は空けられないんだからね！」

そう、迷宮が生きている時は無理らしい。今まで先に迷宮を殺してたから簡単だったけど、迷宮王を殺さないと迷宮は殺せないんだそうだ。

うん、大迷宮でも最上階の改装まではできたんだけど、穴を空けるのは無理だったのだろう。だって、勝手に空けたら迷宮皇さんに怒られそうだし？　いや、まあ毎朝怒られてるけど？

取り敢《あ》えず10階層に向かうと本当にゴーレム、ゴーレムだらけだよ！　弱いけどやたら数が多い「ストーン・ゴーレムＬｖ10」さんを、みんなでボコってる。でもなかなか砕けない？

おっ、後衛の大賢者な副委員長Bさんが殴る！　殴る！　殴る！　殴る！　それはもう凶暴に殴り続ける！　うん、なんだか大賢者なのにあまり賢くなさそうだ。って言うか魔法はどうしたの？

そして殴る度に揺れる！　揺れて！　揺れて！　揺れる！　それはもう縦横無尽に我儘《わがまま》放題にぶるんぶるんと揺れ続ける！　大賢者だからなのか大きいようだ……って、何も見てないよ？って、何も言ってないよ！　うん、敵はゴーレムさんで、俺は味方なんだよ？　味方の味方は敵なのだろうか？　滅茶睨《にら》まれてる……助っ人なのに？

副委員長Bさんの杖《つえ》は長杖《ちょうじょう》、特徴的なのはその先端に金属の大きな塊が付いている。うん、珍しい形だ。こんな杖は初めて見たよ——こんな形のハンマーならよく見かけるんだけど？　でも杖だと本人が胸を張って言い切っている。それはもう布地が張り裂けんばかりに張り切っている!!　おおきい……ゲフン、ゲフン！

うん、杖らしい。ゴーレムさんを殴って砕き散らしたけど、杖なんだそうだ。まあ、俺も杖で斬ってるから良いのだろう？

取り敢えず怖いから先に進もう、だって絶対ゴーレムの方が怖くないよ？　だって後ろの殺気の方が怖いんだって、マジで。

掃除、洗濯、磨くのにも汚れ落としにも便利で肩こりにも良い。とても良い。

45日目　昼　迷宮　10F

ストーン・ゴーレム——それは硬い石の装甲に覆われた、巨大な動く巨像《ゴーレム》。そしてゴーレムゆえに生命は無い。恐れる事も怯《ひる》むこともなく、ただ殺戮《さつりく》機械の様に襲い来る怪力の巨人。核《コア》を砕かれる瞬間まで不滅の命なき頑強な殺戮者が襲い来る。足遅いけど？

その巨体と重量だけで脅威、その重く硬い岩石の豪腕が振り上げ、下ろされるまでの一瞬に——魔纏《まてん》で転移を纏《まと》い、瞬きの間に加速しストーン・ゴーレムを杖で突く。その瞬間に砕き破砕する。ツンツン？

「「「おお——っ！　一撃だ!?」」」

「今の何!?　普通の魔力だったよね？」

屈強であっても石、だから一瞬ですら充分だ——振動魔法。ただ内部まで『掌握』して『振動』を浸透させる魔力制御の応用技術。

お手本に10階層の「ストーン・ゴーレムＬｖ10」を杖で突き、超高速振動で粉砕破壊するだけの簡単なお仕事だ。そう、一瞬の間に削岩機の様に砕き核《コア》を破砕する。

「「「凄《すご》いよ！　その魔法どうやったの!?」」」

ゴーレム相手に手間取っていた委員会の皆さんも興味津々だ。やはり剣士タイプにはゴーレムは面倒な敵なのだろう。

だが、そんな貴女《あなた》に振動魔法！　この振動魔法を覚えれば剣士職でもバイブレーション・ソードができるかも知れない、剣が耐えられるかどうかが分からないがチェーンソーの様に挽《ひ》き伐《き》れれば戦闘時間だって短縮できる。衝撃系の技が無いなら有効な筈《はず》だから、教えれば戦術に厚みが出るだろう。

「ふっ、毎日毎日甲冑《かっちゅう》委員長さんを相手に戦い続けて、鍛え抜いた魔法なんだよ。うん、毎晩毎晩迷宮皇すら倒して倒して押し倒す振動魔法に敵は無いんだよ！　うん、甲冑委員長さんを毎晩倒して。迷宮皇さんからも御推奨されてるんだよ？　なんか、滅茶《めちゃ》睨まれてるけど？」

　そう、毎晩この魔法で戦っているんだ、日々頑張って研鑽《けんさん》し極めているんだよ！

　まあ、なんか極め過ぎちゃって、あんまり使うと甲冑委員長さんが朝にまじオコだったりする。まあ、超強力振動兵器にまで鍛え上げられて、破砕はしてないけど精神的に破壊はしてるかも知れないいくらい強力なんだよ？

「いや、ただの振動？　うん、魔力制御で魔力を高速で楕円形《だえんけい》に回転させると震えちゃうんだよ？」

「「「振動って……バイブ機能を魔法で？」」」「それで戦ってたんだ、アンジェリカさんと？」「うん、振動で？」「「「毎晩、倒しちゃってるんだー……って、異世界最強の迷宮皇さんに何をしちゃってるのよ!!」」」

「いや、ちゃんと使えたじゃん？　だってストーン・ゴーレムを一撃で破砕したんだから、ちゃんと役に立ってる。この極みには意味も意義も有ったんだよ……対ゴーレムにも？　いや、他にも色々と活躍《エロエロ》してるんだよ？」

「「「ソウデスカ、ソレハスゴイデスネ！」」」

魔力の円環操作がブレると起こる振動、それは動力の無駄な浪費《エネルギーロス》だったけど、視点を変えれば便利な魔法だった。

「うん、これをみんなが覚えたらゴーレムも簡単に倒せるよ？　他にも滅茶便利なんだよ？　マジで色々と振動でブルブルさせられて、それはもう物凄く便利なんだよ？　マジで？」

うん、人が真面目に話してるのに、何故か顔を真っ赤にして下を向いている委員長達《たち》？　いやマジ便利なんだって、汚れ落としにも最強で、お掃除でも、洗濯でも、床を磨くのにも便利で、なんと肩こりにも良いと思うんだよ？　うん、大きいし？

「うん、マジ便利なのになんで誰も覚えようとしないの？　せっかく取って置きを教えてあげたのに。なんか、みんな顔赤いし？　いや、この振動でトロトロにしてネトネトにするのに滅茶便利で凄いんだって。うん、実証済みなんだよ？」

その後、甲冑委員長さんにボコられて、先を目指す。

ちなみにボコの理由は恥ずかしかったらしいが、何故マヨネーズ作りの話が恥ずかしいのだろう？　ま、まさか異世界ではマヨネーズが恥ずかしいの？

「ちょ、まさか隠れて振動で混ぜ混ぜしなきゃ駄目なの？　いや、ねっとりとグチュグチュに攪拌《かくはん》して混ぜ混ぜにトロトロになるまで振動で……ぐはあああ——っ！」「「うん、いいから黙ってて！」」

美味《おい》しいのに……手作りだからマジ美味しいんだよ？　うん、振動魔法さえ覚えれば卵の安定供給と同時に、マヨネーズがいつでも食べれるのに……恥ずかしいらしい？　異世界にはマヨラー的な秘密かなにかがあるのだろうか……顔が赤いな？

そうして、11Fから12Fへ向かう。だって、甲冑委員長さんは振動魔法なんか無くても斬っちゃう。さすがに打ち合いには行かないけど、ゴーレム達の攻撃を軽々と擦り抜けた加速のままにさっくりと斬っちゃう。

実は本家委員長さんと甲冑委員長さんはスタイルが酷似している、いや、スタイルはどっちも素敵なボディーラインでボンキュッボン……ゲフンゲフン！

「いや、戦闘スタイルの話だからね？　ちょ、違うんだよ、マジ戦闘の事考えてたよ？　はい、黙ってます？」

うん、今の斬撃は転移が混じってなかったらヤバかった。どうやら異世界ではマヨラーなのは口封じも辞さないほどの恥ずかしい秘密のようだ。

そう、委員長さんと甲冑委員長さんは戦闘スタイルが酷似している。両手剣と二刀流に盾も片手剣も使える防御は甲冑主体の剣戟《けんげき》戦を主としながら、魔法までも使える近接戦型のオールラウンダー。

それでいて力より速さと技を重視し、打ち合うより躱《かわ》し逸《そ》らすスタイルまで一緒で、それはもう素晴らしい魅惑の姿態《スタイル》……いや、戦闘スタイルの話なんだよ？　マジだよ？

身体能力《ステータス》は委員長さんの圧勝だ。なにせＬｖ90越えでＳｐＥなんか四桁に近い、苦手のＶｉＴでも７００あり打ち合いでも充分に戦える。

一方の甲冑委員長さんは未だＬｖ20台、当然委員長さんと比べると３割～４割程度の能力しかない。それでもＬｖに対して凄《すさ》まじく高い数字だが、当然打ち合いはできないから必ず避《よ》けるか受け流す必要がある。

使役で種族が変わったせいなのか、Ｌｖの上がりがかなり遅い。まあ、かなり遅いのに俺は早々と抜かれてしまったようだ。うん、やる気あるの、俺のステータスって？

だから委員長さんは真剣に見続ける、迷宮皇の剣技を……元だけど。その技と動きを学ぼうと、盗もうと、手に入れようと観《み》る。自分と何が違うのかを学び、自分にない物を盗み、強さの片鱗《へんりん》でも手に入れようと学び盗《と》る。

その、仲間を守れる力を、襲い来る死を殺す力を。何度も苦しみ倒され、それでも強さを諦めない。ちなみに俺も戦ってるんだけど、俺の技は誰もいらないみたいで無視されている。まあ、それはそうだ、俺だって甲冑委員長さんの技の方が良い！

だって色々あれこれやってるけど、結局異世界に来てからずっと突っ込んで殴る。一瞬の突撃――それだけしか技が無い。それは森でこっそり隠れながら後ろからゴブを殴ろうと、迷宮の中でゴーレムを華麗に袈裟《けさ》に斬り捨てようと、実は全部が最高速で突っ込み、最速のまま振ってるだけの同じ技。だって、他に何にもできないんだよ？

ただ先に殺す。相手が構える前に殺す、相手が振り下ろす前に殺す、相手に斬られる前に殺す、相手に見つかる前に殺す、相手と出会う前に殺す、相手だと気付かれる前に殺し尽くす。

だって俺には守る力は無いから殺す。誰も守れないから相手を殺しているだけなんだよ、俺が盾職をしても瞬殺される。吹っ飛ばされる前に衝撃だけで即死しちゃうんだよ……俺のステータスでは。

だから誰が学んでも意味の無い技だ。そして甲冑委員長さんは無限の技を繰り出して、見ているだけで勉強になる。そのどれもが究極と言えるお手本の技量に魅せられるけど……守れない。俺と一緒で殺す専門。

うん、技を学ぶのは良いけど、こんな風にはなっちゃいけないんだよ。だから迷宮皇の剣技は儚《はかな》げで美しい幻のような剣舞だ。うん、何で俺のは脆《もろ》いのに見苦しいかは考えなくて良いよ？　だって俺も知りたくないんだから、マジで！

「抑えます！」「「「ありがとう！」」」「早く援護を！」「「盾、出ます！」」

うん、勇者や英雄の学ぶべきは盾っ娘《こ》だ。いつもいつも吹っ飛ばされてるけど、あれはいつもいつも延々と敵の攻撃から誰かを守って吹っ飛んでいる。

充分なＨＰとＶｉＴを持ちながら、高いＳｐＥとＤｅＸで素早く的確に味方への攻撃を遮り、幾度となく攻撃を凌《しの》ぎ受け流して身に付けて来た技術。あれこそが撃ち合える強さ……まあ、また吹っ飛んでるけど？

「きゅううう――っ！」「「「ミワちゃ――ん!!」」」

そして白銀の英雄が躍り込む。その一閃《いっせん》で石塊《いしくれ》に変わり果てる巨像達――これほど迄《まで》に強く美しい最強、それでも闇に囚《とら》われ迷宮皇になってしまった甲冑委員長さん。

そして殺す事しかできないから同級生まで殺してきた俺の様になったらいけないんだよ？　俺達は誰も守れない、殺す事しかできない、だから殺すだけの技なんだよ。

英雄や勇者になる力を持っていない、こんな風にはなっちゃいけないんだよ……うん、だから振動魔法を憶《おぼ》えた方が良いと思うよ？　マジ便利だよ？

「「「強い……もう、強いのと、凄いのしかわからないよ!?」」」「お手本って……何したらああなるの!?」「剣捌《さば》きが疾《はや》いのに精密で軌跡すら見切れないんですけど？」「「「うん、遥《はるか》君よく生きてたね？」」」

多分、今日のこの展開は甲冑委員長さんの無双で終わるパターンだろう。そう、だって俺はこのパターンよく知っているんだよ！

「あの時、甲冑委員長さんは闇と戦ってたんだよ。俺はその闇と戦ってただけだから……うん、今やったら即死？」

だって、今のこの強さでも本気の欠片《かけら》も出していない。これはきっと女子さん達に技を教えようとしている。わざと甲冑で攻撃を受け流したりしてみせてるけど……それを見て真似《まね》できるなら、攻撃は軽く躱せるよね？

「えっと……つまり、速く完璧に斬れば岩でも斬れると？」

（コクコク）

やはり今日の夜にでも女子達に振動魔法を教えておこう、甲冑委員長さんの完璧に斬れば何でも斬れる理論が伝播《でんぱ》したら危険すぎる！

この世界の戦いでは何より打ち合いの強さこそが必要。だってウエポン・スキル自体がそういう風に造られているんだよ、打ち合い、潰し合い、叩《たた》き合う為《ため》の技だ。だから、俺たちのは邪道なんだよ……うん、普通はその理論で斬れないと思うんだよ？

「膝を狙って！」「くっ、硬い」「斬れないよ！」「え〜いぃ♥（ドッガーン！）」

剣士職中心で対ゴーレムはキツい。なんだか誰かが楽しそうにハンマーでゴーレム達を粉砕して、御機嫌に爆砕しているように見えるが気のせいだろう。

だって、あれは杖《つえ》を持った大賢者のはずなのだから？　そう、きっと揺れている気がするのも気のせいだ！　滅茶気になるけど気のせいだ、ガン見したら殺《や》られるのだけは気のせいじゃない気がする。こ、これは罠《わな》だ！

恐らくこのままのペースだと20階層まで行けないし、委員長さんや副委員長さん達の練習にならない。
盾っ娘だけが頑張っているが、甲冑《かっちゅう》委員長さんに駄目出しされて受け流しと間合いの詰め方を徹底的に教え込まれている。ゴーレムが振り切る前に踏み込んで受け流し、体勢を崩して打ち付ける。うん、盾っ娘は今日だけで見違える動きだ。そしてこれこそが覚えなきゃいけない戦い方なんだよ——だって、みんなはチートなんだから。
うん、何故《なぜ》か拒否られてるが、帰ったら女子達は振動魔法の特訓で決定だ。深夜は俺が振動魔法の自主練だ、今晩も朝まで大激震させよう！

言われたとおりに肩甲骨のもっと下をもっと強く振動させたら何で怒られるんだろう。

45日目　夜　宿屋　白い変人　女子会

特訓だった——それは禁断の振動魔法の特訓。
女子に振動魔法はセクシャルハラスメントな気もしてたけど、特訓内容はマヨネーズの攪拌作業《かくはん》？　しかも、できた娘だけが食べて良いって言われて、みんな死ぬ気で頑張ってる！

「ええ!?　魔力を円で楕円《だえん》にして回転にするって何!?」「いや、こうグルグルからグリングリンでブルブルな感じ？」「「「感じって……ブルブルな感じ？」」」

眼《め》の前には揚げたての熱々なコロッケさんと茸《きのこ》サラダさんが用意され、ずっとずっとマヨネーズがかけられるのを待っている！

だから、全員が必死に魔力で木べらを振動させて頑張る。うん、バレない様に手で混ぜるとコロッケさんは没収されちゃうから、みんな真面目に頑張って頑張ってマヨネーズの攪拌で振動魔法を覚え込まされていく。

「わかりやすく説明すると振動に至る動作を想像して、想像に合わせて魔力を流し込むと……何かできちゃいそうなプラシーボ感の信じる心が揺れる振動？　みたいな？」「「「うん、それを説明だと思ってることに吃驚《びっくり》だよ!?」」」

お手本と言って、遥君が一人ずつに振動魔法をかけてくれる。魔力を流されて、手に持ってる木べらが振動を始めてブルブルブルと激しく震え出すんだけど……女子はみんなお風呂でアンジェリカさんに聞いちゃってるの？

そう、アンジェリカさんが切々と振動魔法の恐ろしさと、その恐るべき乙女に危険ないけない効果を切々と事細かく描写と実況入りで訴えていたの！

「実際、この魔法が完成していなかったらマヨネーズは面倒過ぎて大量生産は不可能だったんだよ……だってマジで面倒なんだよ？　まあ、卵不足なんだけど今日の晩御飯には出せるから練習用？　うん、こんなの振動魔法無しで攪拌とかマジできないよ？」

説明してくれてるんだけど、震える振動に合わせて蘇《よみがえ》るのはアンジェリカさんの生々しい実況。その震動が女子にどれ程の脅威かを懇々と語って聞かせ、半泣きでその時の戦慄を思い出し震えながらに切々と感想を延々と話してくれたの？

だから女子はみんな顔が真っ赤で、きっと私も真っ赤なんだろう……うん、きっとマヨネーズの攪拌作業が重篤なセクシャルハラスメントになるのは遥君だけだと思うの？

「うわ～っ、振動してるよ～？　ブルブルしてる……うわ～、ヤバそうな震えが手から伝わって来るぅ……うう～ぅ♥」「うん、確かに見事な振動で、大激震と呼んでも過言ではない大きな揺れがブルンブルン？」「「何処《どこ》を見てるのよ！　何処を!!」」

ちらほらと振動魔法を覚えた娘達《たち》が顔を真っ赤にしながら、目の前で震え振動する木べらを見つめている。何故かモザイクが必要そうな、謎のマヨネーズの攪拌作業にみんな息を荒くして顔が赤いの？

「バイブレーション・ソードって、このブルブルで突き刺しちゃうんだ？」

「「うん、この振動で刺されちゃうんだ……!?」」

「料理だからね！　料理してるの、みんな顔がヤバすぎ！」

全員が程度の差こそあれど振動魔法を覚え、息を荒らげて顔を朱に染めて潤んだ瞳でマヨネーズを見つめてる……ぐるぐると震えながら液体がとろとろと攪拌されていく……何でマヨネーズの作製光景がこんなに淫靡《いんび》なの？

「ぐちゅぐちゅに混ざってる！　混ぜられちゃってるよ!!」

「いや、攪拌作業だからね？」

うん、マヨネーズの攪拌作業で内股にならないで!!

「ねっとりと混ぜられちゃって、震えながらドロドロにされちゃってるよ……」

何の問題も無い卵とお酢の攪拌作業がモザイク必須な怪しい光景に……寧《むし》ろ頭の中でアンジェリカさんに聞いちゃった話が混ざってる！

「だから、マヨネーズなの！　なんでみんな内股なの!!」

「うん、マヨネーズさんなんだから混ぜて混ぜてグチョグチョがねっとりトロトロになるまでブルブルと振動を押し当てるようにぐちゅぐちゅと？」

「「「うん、話を混ぜっ返さないで！　あと、説明が如何《いかが》わしいの!!」」」

アンジェリカさんの回想録は忘れないと駄目だから、今はコロッケさんに集中しないと震動が気になっちゃうんだから!?

（（ブルブルブルブルブルブルブルブルブル…………））

うん、この振動は乙女には絶対に危うい、色々な意味で危うさに満ち溢《あふ》れている!?

うわー……この振動でアンジェリカさんはあんな所をあんな事にされて、意識を失う間もないほど延々とブルブル……（以下回想）

ようやくみんなマヨネーズ作りが終わり、お食事になった。コロッケさんは揚げ直してもらい、熱々の蒸気が昇るホクホクのコロッケさんと、茸サラダにマヨネーズをかけて大喜びでお食事だ。

「「「いただきまーす！……美味《おい》しい!!」」」「マヨネーズってこんなに美味しかったっけ!?」「えっと苦労したから？」「いえ、これは天然素材の手作り品ですから」「濃厚なのにさっぱり？」「「「旨《うま》いぞー！」」」

沢山作ったから、お裾分けをあげた看板娘ちゃんもマヨネーズの虜《とりこ》で美味しい感動を不思議な踊りで表現しているみたいだ——パタパタと？

そしてお好み焼きが登場し、誰もが嬉《うれ》しさと懐かしさに狂喜乱舞する。誰もが涙目だ、だって美味しいのと嬉しいのと……その想《おも》いに涙が出てくる。

だって、ずっと研究していたらしい。タレができない、ソースが作れないと延々と試行錯誤していたら雑貨屋のお姉さんが見つけて来てくれたのだそうだ。それは塩漬けの野菜ソース、お塩に漬けた野菜からとれるしょっぱいソース。

「「「旨《うめ》ぇえぇ！　遥、もう1枚！」」」「「「私も！」」」「豚玉だけなの？　ミックスはないの!?」「ソバたまが欲しい!!」

終始無言だった男子も再起動を果たし、懐かしい味に涙が溢れる。見た目は薄茶色の液体だけど確かにソースっぽい味がする、それを研究して濃縮調整したらしい。遥君的には鰹節《かつおぶし》と青海苔《あおのり》が見つからないと不満気だけど、とっても美味しかった……だから涙が出た。

「「「ごちそうさまー、満腹だ！」」」「「「美味《うま》かった、苦しいけど美味かったー」」」

それは思い出の味——学校の帰りに寄り道して食べてたお好み焼きと比べれば物足りないかも知れない。だけど美味しかった、それ以上に嬉しかった。

まだ卵もソースも殆《ほとん》ど手に入らないのに、みんなの為に集めて来てくれた。ずっと研究して準備してくれていた、そんなの絶対に美味しいに決まってるの！　だから、みんな美味しくて涙が止まらないんだから。


女子はみんな涙で顔をぐちゃぐちゃにしてパクついていた、男子ですら静かにお好み焼きを頬張りながら泣いていた。もう二度と食べられないと思っていた味に涙が止まらなかった、懐かしさと美味しさと嬉しさで涙が止められるわけがないの。

誰もが当たり前のように諦めていても、遥君だけは諦める事なく探して研究して、それを当たり前の様に振舞ってくれる。だから美味しくて、嬉しくて、みんな涙が止まらなかった——ありがとう。


そして、満腹と幸せな気持ちに包まれながら、寝る前にバイブレーション・ソードの練習をしようと女子は裏庭に集まる。

男子はゴーレムに苦戦していないらしく、ただマヨネーズが食べたかっただけらしい。

「うわっ……この振動はヤバい、なんか癖になっちゃいそうでヤバいよ！」「身体《からだ》に響くぅ……今晩がヤバい!?」「うん、これビリビリ来るよ……振動が……ビリビリって来ちゃう!!」「この振動が来ちゃうの!?　来ちゃうの、行っちゃうの、どっちなの!?」「あう～っ、ふわあぁ～っ、あ～ん～♥　駄目だよこれ～、これが駄目～って言うより、駄目になっちゃうよ～凄《すご》い来る～～!」

えっと、みんなバイブレーション・ソードの練習してるんだよね!?　ちゃんと手には武器持っているし、きっと大丈夫なはずなのに……全然大丈夫に見えないのは何でなんだろう?　あと、約1名の一番上手《うま》い人は剣使わないよね!!

「きゃあああっ!　これヤバいよ!」「「「うん、マジで犯罪だよ!　何これ、凄過ぎで、強過ぎで、ヤバ過ぎるよっ!!」」」「こんなの死んじゃうよ、無理だから、無理無理無理無理!!」「これで何度も何度も延々と……」「「「ヤバい!!」」」

死んじゃうって、ゴーレムさんを殺す練習なの?　だいたい、どうして剣士なのに棍棒《こんぼう》を振動させてるの!　それ、何が無理なの!!

って言うか棍棒は止《や》めようね、それ絶対にモザイク掛かっちゃうから……うん、なんか振動する棍棒にみんな魅入っちゃってるけど、それは駄目なあれで禁止なの!?

「うーん、振動はしているんだけどバイブレーション・ソードって言うには弱いよねー?　何ていうか……マッサージ・ソード?」「「「ゴーレムさんが解《ほぐ》されちゃう!?」」」「でも、解れた柔らかゴーレムさんなら斬りやすいかも?」「うん、それはそれで嫌な倒し方だよね!?」「これだと一撃で破砕は無理だよね、なんかジワジワっと斬れそう?」「「「それ怖すぎるから、じわじわと切断ってホラーだよ！」」

真面目にやっても結構難しい、感じは摑《つか》めたんだけど根本的に強さが足りていない。それは魔力が足りていないのか、魔力操作が上手くできていないのか、遥《はるか》君の見せてくれた激震には全く程遠い。うん、あれだけの強大な振動を………使っちゃってるんだ？　アレ!?

そして、これは魔力操作の練習にだってなる。だからこそ練習あるのみ、普段は自動《チート》な魔法を感じながら操作する。明日には実戦投入だから、今晩中にそれなりに形にしておきたい。きっと一撃では無理でも、少しでも早く倒せるように練習だ。

「あ～っ、みんな、まだやってたんだ～？　振動魔法の練習は、遥君に習った方が良いよ？　うん、すっごく良かったよ～？　振動魔法がすっごく気持ち良かった～、蕩《とろ》けちゃいそうだったよ～♥」

姿が見えないと思ったら、副委員長Bさんが気怠《けだる》そうでいて、蕩けきった気持ち良さそうな顔でやって来たんだけど……気持ち良かった!?　いったい振動魔法で何をしてたの？　何をしちゃってたの!?

「「振動魔法で何してたの！　気持ち良かったって何をしてたの!?」」

副Bさんはハンマーにしか見えない自称聖杖《せいじょう》で破砕するから、バイブレーション・ソードの練習は必要ないんだろうと思っていたら……何か違う練習しちゃったようだ？

――って、使っちゃったの!?　エロっ娘《こ》だったの？　うん、ちょっぴり疑ってたけど？

「ふううぅ～っ♥　あのね～、遥君に振動魔法で全身気持ち良くされちゃった～っ。もう身体が蕩けそうだよ～、トロトロにされちゃったよ～。凄く良かったよ～、みんなもして貰《もら》いなよ～？　とっても上手だったから？　遥君、真っ赤な顔して可愛《かわい》かったな～っ♥」

女子一同で犯人を捜索し、食堂で男子と遊んでると言うか、小田《おだ》君達を苛《いじ》めてるって言うか、柿崎《かきざき》君達を莫迦《ばか》の王と褒めてると言うか……って、何をしてるの？　まあ、とにかく発見して即包囲で捕まえ囲んでお説教だ！　いつの間に何をしちゃったのか聞き出した、問い詰めてみた！

「えっ？　副Bさん？　うん、『肩がこるんだよ～、副Aさん達と違って～』って言うからマッサージ用の振動魔法を教えてたら、自分だと難しいから俺にやってくれって言うから……振動させた？　まあ、揺らしてみた？　みたいな？」

ただのマッサージだったらしい。でも全身マッサージだったらしくって、全身をくまなく振動させて揺らしちゃったらしい。うん、有罪《ギルティー》だ、気持ち良くて蕩けちゃったらしいから有罪決定だからね！

そう、私達が許しても副委員長Aさんが許さないから……まあ、「副Aさん達と違って」発言は遥君のせいじゃない気もするけど、取り敢《あ》えずお説教決定です！

「ちょ、全身って『ここお願い』とか、『もっと下』とか、『もっと強く～』とか、『あ～

ん、いや～ん♥』とか、『あ～ん、そこは～っ……んん～っ♥』って、言われた通りに振動させただけで俺は悪くないんだよ？　うん、声がHだったって喜んでたのは其処《そこ》の莫迦達だし、表情がエロかったって鼻血垂らしてたのは今逃げようとしてるオタ達だから俺は悪くないんだよ？　だって、振動に合わせて揺れてたのも俺のせいじゃないから、俺は悪くないじゃん？」

うん、全員犯人だった。全員がギルティーだった！　それはもうオリエント急行も突撃してきて脱線事故間違いなしって言うくらいに見事な関係者全員が犯人だったようだ。うん、お説教執行だ！　そして、1人だけいつもの様に罪を認めないけど、誰がどう考えても「あ～ん、いや～ん♥」で有罪だからね！　まったく、「あ～ん、そこは～っ……んん～っ♥」って、いったい何処《どこ》に何をしてたのよ！

えっ、肩甲骨の下……でも、振動に合わせて揺れてたのを見てたって、思いっきり自供をしていた時点で御説教だからね？　うん、自供してたよね？

まだ誰も教えてくれないんだから覚えてなくて当たり前なのに。聞いてないけど。

45日目　夜　オムイの領館

領外で王都からの使者との会談を済ませ、急ぎ領館へと戻り対応を部下に指図する。

既に知られた以上は手遅れではあるが、だからといって易易《やすやす》と応じる気もない。

「遂《つい》に王都に知られたか……何もせぬ者達《たち》が、目と耳だけは良いものだな」

大迷宮の死亡と調査の件は内々に王都に知らせてはいたが、詳しい事は調査中として内密にしていた。

それが遂に大迷宮の死亡が公になってしまった。貴族たちが嗅ぎつけたか。機密も保てぬとは、もはや王家も末路なのか。

「既に『大迷宮の迷宮王の装備を献上しろ』、『迷宮王の魔石は王室の物だ』、『迷宮王を倒した者達を家臣に寄こせ』とか、碌《ろく》な事は言って来ておりませんが……今も多数の要求が届いております」

「捨ててしまえ！　目を通す価値もない!!」

会談といえば聞こえは良いが、内容は強欲極まりない要求ばかり。頭に来たので「迷宮の宝が欲しければ自分で倒せばよかろう、何故《なぜ》しないのだ」と言い放って帰って来た――だが、あの程度で引き下がりはすまい。

王国には恩があり、王家には想いがある。だが辺境と我が一族の恩人に何一つ迷惑など掛けられぬ、返せぬ恩だけを受け取り仇《あだ》で返すなど絶対にできん。

誇りにかけ、我が身に替えてでも守り抜かねばならん。

「御案じ為《な》さらずとも、この辺境に裏切る者など居りません。まして王国や王家に利することなど有りえません」

それは当然の事なのだろう——昨日もシモムイ村の奇跡の話を伝え聞いた。ギルド長の報告通りに今度は村が救われていた。村の者は皆が泣いていたそうだ、感謝のあまり涙し語り続けていたと言う。

そして、今日はこの街の小さな雑貨屋が大きくなっていた。商品を集めるのにも元冒険者の店長が魔物と戦いながら仕入れの旅をし、貧しい者には安く分け与え儲《もう》け等《など》僅かであろう。されど行商人だけでは品が足りないと、商品を集め貧しい街を支え続けた小さな店。あの店にどれだけ街が助けられたか分からない。何度も援助を申し出たが受け取らず、街の人々の為《ため》に危険な思いをしながら商品を仕入れ、街を街足らしめてくれていた辺境の誰もが感謝を惜しまぬ店。その街の雑貨屋が今や街のシンボルの様に大きくなり、今まで見た事も無い様な豊富な品々に街中の住人達が感動し歓喜していた。


あれが街の豊かさのシンボルだ。あの溢《あふ》れんばかりの商品の山が、煌《きら》びやかな装飾品が、決して不自由する事無い大量の食料や調味料が、あれこそが豊かな暮らしのシンボルなのだ。

だから人々は群がり、眺めるだけで嬉しさに涙していた。やっと辺境の民が幸せを夢見る事を許された、今やっと皆が幸せな暮らしの夢を見始めたのだ。

今も貧しい者、病の者にはタダ同然で薬品や食料を売るあの店が、暴利を貪り大商店になる程に儲かっている訳など無い。だが今や街のシンボルになったあの巨大な建物が、街は生まれ変わったのだと告げている。

ならば誰に聞かなくともわかる、聞く迄《まで》もない。その象徴すらも少年が造り上げていったものなのだろうと。

また誰にも語らず、何も言わず、ただ幸せを分け与えて何も誇らぬ少年。

その少年にこそ辺境は救われた。実際に王家が何をしたと言うのか、王都の貴族どもが何の権利で口を挟めるのか。

この貧しい辺境に微々たる援助金だけを送り、それすらも年々減少していた。兵も寄こさず、迷宮にすら入った事も無い王都の王族や貴族どもが欲深く騒ぎ立てるからといって何一つくれてやる謂《いわ》れなど無い。

ましてや其《そ》れは私の物などではない、たった1人で迷宮を倒した少年の物だ、他の何人《なんぴと》たりとも何の権利も無いのだ！


そもそもが、あの少年はこの国の者ではない。王国の国民ですらない。

この国から助けられたことも、救われたことも無い。

それどころか、本来なら辺境だけでなく、王国も大陸の他国までもが全て、あの少年には大恩が有るはずだ。

無い訳が無い――誰も倒せなかった大迷宮、中層にすら到達できなかったあの最悪なる大迷宮を討伐した。それで我等《ら》は救われたのだ、これが恩でなくて何だと言うのか？

最早《もはや》、あの大迷宮が氾濫を起こせば王国はもとより、大陸が飲み込まれる運命だった。

その悲劇から救われたのが何故解《わか》らんのだ？

感謝してもしきれぬ恩人に、感謝するどころか奪い取ろうなど無礼にも程が有る、恥知らずにも程が有る。

どの面を下げて恩人に宝物を差し出せと言う気なのか、頭を下げ礼を差し出しこそすれ、奪おうとは何事か！

「少年とその仲間の事は絶対に漏らすな。他は一切どうでも良い。我らが恩人に迷惑が及ぶ事だけは許さん！」

「はっ、お任せを」

強欲と無能の恥知らず共が、何も為さずに奪い取る事しか考えられぬ屑《くず》達が、権力以外に何も無い傀儡《かいらい》の王家風情が。

あの惰弱な貴族達が束に成ろうとも有象無象だ、薙《な》ぎ払ってでも手出しはさせん、国相手であろうと手は出させん。

「早急に軍備を整えさせよ。辺境は守り抜く、魔物だろうと、強欲の馬鹿共であろうと我が領地で恩人に迷惑をかける事など決して許されぬ！」

「はっ、至急編成に掛かります！」

たとえ武力で威圧しようとも恐るるに足らん。魔物とも戦いもせず、自領の迷宮も放置し、見てくればかりが豪華な国軍や貴族軍などに好き勝手させる程に辺境は甘くはない。我が兵達は装備は貧弱で薬すら満足に持たない貧しき領兵だ。だが日々大森林の魔物と戦い大迷宮で魔物を間引き続けた歴戦の精鋭達だ。

そして今では充分に装備も整い、武具も強化された。薬品も揃《そろ》えられ、古傷さえ癒やされたのだ。たとえ10倍だろうとも、100倍の兵だとも物ともせん！

其れも是《これ》も全てがあの少年から齎《もたら》された物なのだ。此処《ここ》で戦わずして何のための装備か、誰を守る為の剣か、何のための領主か。

領民の安全も守れず、貧しさも変えられず、無能と呼ばれて良い領主だろう。だが、その領民を富ませ、危険を退けてくれた少年を助けもしない卑怯《ひきょうもの》者とだけは呼ばせん。其れだけは許せん。

「交渉にすらならぬのであろうな、街の警戒も厚くせよ。貴族共の手の者を少年たちの周りに近づけさせるな！」

「はっ、警備を増やすよう手配致します」

権力からは守り抜く、力押しなら受けて立つ。危険なのは間者であろう。

いや、無いな。寧《むし》ろ、あの少年に危害を加えられるような間者がいるなら見てみたいし、そんな間者がいるなら迷宮倒せよって言う話だが。まあ……いないだろう。

それどころか、我等が守り等せずとも王の軍など滅ぼしてしまうのであろう。

魔物の大襲撃、しかもオークキングの群れに比べれば国王軍ですら温《ぬる》すぎる相手だ。
いったい王国は大迷宮を倒せる少年がどれ程恐ろしいか理解も出来ないのか？
あの少年を倒せると言うなら、大迷宮を倒せたのだと言う事が何故解らないのか？
迷宮王を倒せない軍が、どうして迷宮皇を倒した少年に勝てると思うのか？
無能極まりない。愚劣窮まる。
どうして王国等よりも強大な力を持つ少年に、ちょっかいなど掛けようと思えるのか？
どうしたら自分たちが滅ぼされる側だと理解できるのだろう？
何故に王国より強い力を持つ者に命令しようと思えるのかが全く理解できん。

滅亡でもしたいのだろうか？　それならば理解できる、すぐに滅亡できるだろう。
あっという間に滅ぶのだろう、気付いた時は滅んでいるのだから。
あの魔の大森林も、あの大迷宮ですらも気付いた時は全て滅んでいたのだ。
ならば王国など滅んでも気付かれもしないのかも知れぬ。

どうせあの少年は王国の名も覚えていないのだ、名も無き王国として名すら知られないままに滅ぼされる事であろう。

大動物になっちゃうらしいが、魔物と大動物ってどう違うのだろう?

46日目　朝　迷宮　19F

杖《つえ》の先端、ただその一点に乗せる——その力を、その速さで、魔力を乗せ、魔法もスキルも全てを集約させて、ただ一点に凝縮して貫く。

ただ一直線に突き、加速された全体重ごと突き抜ける誰にでもできる簡単な突進だ?

「何で、一撃で砕けちゃうのよ!?」「振動させてすらなかったよね?」「一点突破……」

そして砕け散るゴーレムの破片、巨石の巨人は石塊《いしくれ》に成り果て、欠片《かけら》となって瓦礫《がれき》に変わる。うん、俺は打撃系でも問題なくいけるから、別に斬る事に拘《こだわ》らなくても良いんだよ?

「いや、ジトられても、俺は剣士じゃないからバイブレーション・ソードしなくても問題ないよね? うん、問題はむしろ無職!? まあそれは措《お》いといて委員長さん達に教えてただけで、俺の武器って棒なんだから斬らなくても良くない? うん、だって棒なんだよ?」

「「「うん、さっきはその棒で一刀両断にしてたよね!!」」」

まあ、『樹《き》の杖?』さんは神剣さんを複合してあるから斬れる、いちいちバイブレーション・ソードとかしなくても普通にサクサク斬れたりする。

ましてや振動魔法は毎晩練習に次ぐ練習で日々猛特訓で鍛錬してるから、実践練習の必要がないんだよ？　うん、実戦で頑張ったら、今朝も滅茶《めちゃ》怒られたよ！

「それはそれでほら、振らば某野球用品、震えば削岩機で、踏んだら転ぶ？　まあ、棒はなんかボコったら何とかなるもんだよって振動夢想流杖術《じょうじゅつ》でも言ってるらしいし？」

「「「無いから！　それって神道夢想流杖術さんの『突かば槍《やり》、払えば薙刀《なぎなた》、持たば太刀、杖はかくにも外れざりけり』から全部外れてて、何一つ原形を止《とど》めてないからね！」」」

まあ、異世界だし？　そもそも殴るのも突くのも得意だ。だって木の棒なんだから斬るよりも普通だよね？　さらに殴っても叩《たた》いても重力魔法を纏《まと》わせているから破壊力抜群。うん、長きに亘《わた》る経験から鑑みてもだいたいの事はボコれば解決するんだよ？

「アンジェリカさんの方は……見るまでもないか？」「「「うん、あれって砂塵《さじん》のレベルまで斬り刻まれちゃってるね!?」」」

さっきからバイブレーション・ソードで悪戦苦闘中な委員会一同がジト目でこっち見てるけど、普通なんだよ？　あと、戦闘中のジト目は危ないと思うんだけど？

委員会で囲んで斬り付けている。その連携は見事で上下左右に攻撃を散らして隙を生み出し、無防備になった部位に攻撃を集中させて断つ。ちゃんと振動はしているから剣は食い込んでるんだけど、未《いま》だ切断にまで至らない。だから余計に危ない。

「いや、バイブレーション・ソードの練習はしないと駄目だよ？　それ、剣士系職には必要だよ？　昨日も裏庭で練習してたんだし……って、なんか妖しい雰囲気で近づけなかったんだけど、アレって何だったの？　あの雰囲気？」

乱入する――岩の塊のような拳という名の岩の塊、まあ岩を躱《かわ》しながら間合いを詰め、避《よ》けながら打つ。叩いても突いても壊せるし斬れる、だって杖だから！　そう、未だに異世界神道夢想流杖術からは苦情が届いてないから大丈夫なんだよ？　多分？　きっと？

「「「助かったけど、裏庭には乙女の秘密がいっぱいあるの!!」」」

「こんなに苦労してるのに、叩いて一撃っていうのが納得行かない！」

「それを言ったら、そっちの某大賢者さんが一番滅茶やっちゃってるよね？」

しかも昨晩はその大賢者さんのせいで、有らぬ罪でお説教されたんだよ。うん、揺れてたんだから俺は悪くなくて、男子高校生的にしょうがないんだよ？

「うん、副Bさんだって、さっきから何か振り回して。それはもう杖とか、揺れる物とかをぶ（る）んぶ（る）んと振り回して、破壊と破砕と破廉恥が吹き荒れて、破片に変えて撒《ま》き散らしていたんだよ？」

「「「何を見てたの、何を！」」」

うん、羅神眼のおかげでそっぽ向いててもガン見できちゃうから、しょうがないんだよ……だって振り回してたんだよ!?

まあ、なんか睨《にら》まれてるので、逃げるようにゴーレム達《たち》の中心に逃げ込み、隠れるようにゴーレムさんの下へ低く屈《かが》み込む。そのまま立ち上がりながら樹の杖を右上へと疾走《はし》らせ、振り下ろされる巨大な石の拳を叩き割る。更に返しの右袈裟《けさ》で硬く凝り固まった肩を優しく叩き割ってあげて、砕けたゴーレム達の中を逃げるように進む。

全方位を視《み》る――無数の攻撃の軌道を見切り、その隙間を揺らめく様に躱しながら歩く。石の巨人の間を割り砕きながら進み、殴り掛かってくる邪魔なお手々は左手のガントレットで往《い》なして受け流す！

いや、偶《たま》にでも使ってあげないと、『矛盾のガントレット［左］』さんの物理魔法攻撃無効化が出番無いんだよ？　まだ1回も「くっ！」とかやってないんだよ？

だけれど、ようやく中心地帯に逃げ込むと、なんかゴーレムさんが一挙に群がって来たので……地面に手を突き、魔力と振動を送り込む。周囲一帯に波紋の様に魔力の波を撒き散らし、振動波で石の結合組織を共鳴現象で揺らして粉砕する――うん、正しい振動魔法だ。

一斉に砕け散るストーンゴーレム達の石塊《いしくれ》を避けながら先に進み、周りには砕け落ちた後の石ころの山が並び立つ。

うん、Lv19位の岩巨人ならこんなもんだ。だって岩盤工事と変わりない、砕き、穿《うが》ち、粉々にして進めばいいだけの改装工事とも何ら変わりがなかったりする。うん、洞窟でずっとやってたから得意なんだよ？

さて、やっと20階層だ。

「ねーねー、遥君《はるか》なんか急いでる？」「うん、結構飛ばしてるよね、何かあるの？」

委員長さん達が苦労しながら、１体ずつコツコツとバイブレーション・ソードで戦っている間に、一気に殲滅《せんめつ》させてるから急いでいるように見えたらしい。

「ほら、やっぱりこれは普通じゃないいんだよ！って、聴いてないけど古来から急《せ》いては事を仕損じるって言って、ゆっくりねっとり丁寧に丹念にこれでもかって言うくらいじっくりじっとり……いえ、何でもありません！　はい、回想なんてしてないです！」

うん、甲冑《かっちゅう》委員長さんは全然聞いてないけど、殺気はちゃんと放ってる。うん、聞こえてるんじゃん!!

まあ、普通じゃないらしいんだよ……でも、あっちで楽しそうに壊滅させてるから聞く気は無いのだろう。

「いや、急いでる訳じゃないいんだけど、早く倒さないと殲滅されちゃうから死滅する前に参加しないと全滅しちゃう限り有る魔物さん達なんだよ？　うん、前の迷宮なんか階段下りて上がって終わりで、のんびりしてると強欲の甲冑さんが独り占めの独占虐殺なんだよ。マジで？」

特に今日はバイブレーション・ソードの練習で、指導しなくて良いから甲冑委員長さんが野放し状態で無双中だ。

そう――迷宮とは見つけた者勝ちで殺《や》った者勝ちな蹂躙《じゅうりん》合戦な戦場なんだよ。うん、ちょっと頑張って活躍しないと、俺のモブ化が止まる事を知らないんだよ？　最近では活躍の場が深夜だけなんだけど、夜だけはちゃんと大活躍してるんだよ？

そして20階層からは「アイアン・ゴーレムLv20」。石から鉄に進化したらしい。迷宮の魔物さんでもちゃんと進化しているというのに、ビッチリーダーは未だビッチクイーンに進化してないらしい。うん、本人に聞いたら怒られたんだよ？　逆ギレ？

「散開！」「いや、20階なんだよ？　山海でもない地底なんだけど20階層なんだよ？」

「「「知ってるわよ！　黙ってて!!」」」

そしてアイアン・ゴーレムさんに大苦戦してます。うん、せめてバイブレーション・ソードで石程度はスパッと斬れるようじゃないと鉄は大変そうだ？

「硬いよ、表面にしか傷が入ってない！」「攻撃は関節に集中させて！」「「「了解！」」」

すたすたと魔纏《まてん》して加速し、アイアン・ゴーレムの懐まで近付く。大きいと至近距離は安全地帯、ゆっくりと羅神眼でコアを見つけて一刀で貫く――まあ、棒だけど？

「って言うか異世界まで来て未だに棒なんだよ？　神剣とかまで融合したのに見た目が棒のまんまなんだよ？　うん、モブっぽいな!?」

返す刀で（棒だけど）後ろから襲ってくるアイアン・ゴーレムのコアを、振り向き様に叩き付けた衝撃波で破壊する。うん、頑張って出番を作っているのに誰も見てない。まあ、みんな忙しそうだし、良いんだけどさー？

さくさくと鉄《アイアン》の皆さんを殲滅しながら、委員長さん達を見回すと……どうやらちっこい副委員長Cさんが一番苦戦してるみたいだ。うん、素早くちまちまと避け、機敏に躱しながら縦横無尽に斬りつけてるけど……効いてない。だって……ちっこいから効いてない。きっと小動物だから効かないのだろう。だって大きいBさんはぽよんぽよんと破壊してるんだよ、きっと大きくて揺れてるからだよ、もうそれで破壊したらって言うくらい大きいんだよ？

おっと、甲冑委員長さんがジト目で此方《こちら》を睨みながら剣を構えている。いつの間にか戻って来ていたみたいだ……逃げよう、『転移』だっ！

無理でした。コケました、怒られました。

それはさておき、ちっこい小動物は攪乱《かくらん》と囮《おとり》に特化していて、そこからの乱戦で背後からの急所攻撃が主体。だから一対一で相手がゴツイと手間取る、集団戦でこそ生きるし、暗殺者か忍者タイプだから本来打ち合いには向いていない。

うん、まず武器が合わない。小刀の二刀流では決めるのに長さも破壊力も足りていない、速度《SpE》も技術《DeX》も高く戦い方も器用なんだから武器は何でも使えそうなんだけど？

「ちっこいのおいで？　うん、ちょっとこれ使ってみる？　これなら小動物でも持てるサイズだし、加速がそのまま威力になるし、投擲《とうてき》武器だから距離も選べるよ？　そう、これを俺に託してくれたワー・パペットさん達も割とちっこかったから、寸法的にも合うはずなんだよ？」

アイテム袋からいつか使おうと思いながら、まったく出番が無かった小型投擲斧《フランシスカ》を2本取り出して渡す。大盾と槍でファンキーにファランクスしていたワー・パペットさん達はドロップに剣や斧《おの》も出ていたから、きっとちっこくても使えるんだろう？

「ちっこくないよ――っ、小柄なだけだよっ！　成長期なんだから、今からぐんぐん大きくなるんだよっ！　うん、大動物になっちゃうんだからねっ！　えっ!?　わーい、貰《もら》っちゃった!!」

文句を言っていたが、武器が出て来ると行き成り奪って逃げて行った。やっぱり小動物だよ、野生化してるよ！　まったく森に返しちゃうよ、ビッチ達と一緒に？

これが合わないならファルシオンでも持たせてみよう。二度手間だけど、どっちも見せるとどっちも持って逃げそうだし？

だから、まずはフランシスカで良い。主に投擲武器に使われる投げ斧で、リーチ自体はそんなにないが振り回して打撃力を上げられるし、投げられる。更には木こりも出来るから森の小動物にはとても似合いそうだ。

早速両手に斧を持ち、振り回し、回転しながら独楽《こま》の様に突撃する。うん、ちっこいからベーゴマの様だ！

って言うか、ちっこいからコロコロしたコミックとか読んでるのかも知れない？　俊敏な加速力に斧の遠心力を加えた回転切りで叩き割り、弾《はじ》けるように飛び交ってゴーレムを砕き散らしている。あれなら大丈夫そうだ、動きも合ってるみたいで、「ローリング・小動物アタック」とか回転技を持っていそうだ？

「わーい、わーい、武器貰ったよ！　斧だよ、斧、これで私もアックスできるんだよ、アックス！　これでもう私も大人の女で、アダルトな18禁だー！」

喜んでみんなに見せびらかしている。うん、代金を払う気は全く無い様だ！　完全に貰ったって言い切って自慢してるけど、確か「使ってみる？」って言っただけなのに試供品はもう帰ってこない様だ……流石《さすが》は小動物。

しかし斧を持つと大人の女だと思っているのは何故《なぜ》だろう、謎の小動物は謎多い生態のようだ？

大人気だけどお口に沢山咥えると人気が無くなりそうだ？

46日目　昼　迷宮　20F

マジでゴーレムしか出てきません、つまりマジ飽きてます。

だって、委員会待ちでなかなか先に進まない。見ていると振動魔法自体は凄《すさ》まじい勢いで上達しているし、制御だってちゃんとできている……なのにでもバイブレーション・ソードになってない？

うん、一点集中な微細振動ってどんな練習をしたんだろう？　お昼になりそうだが、やっと全滅させたようだ？

20Fで隠し部屋を発見したが、1人で見に行くのもどうなんだろう。だってパーティーだと宝箱の中身はどういう配分になるのかがわからない？

うん、案外とパーティーだと分け方が面倒そうだ。その点、俺は使役した甲冑委員長さんと2人だけだから甲冑委員長さんからお許しが出たら俺が貰える簡単な分配方法だ。うん、使役者って何なんだろう？

まあ語るまでもないが、扉を開けた瞬間にゴーレムさんは砕け散った。それはもう何のゴーレムなのかも不明なまま、白銀の閃光《せんこう》と共に消え去られたようだ。

「開けるよー？って言うか、また鍵が掛かってないし、不用心にも罠《わな》すら仕掛けてないとかマジどうなってるの？（ガチャリッ？）」

なんとそこには『残影刀　不可視効果（中）PoW　SpE　DeX10%アップ』……微妙だし、何より効果が嫌だから俺はいらない。

確かに刀身の見えない刀って格好良い。何せ残影しか見えないとか素敵なんだけどさー……それを木の棒に入れちゃうと見えない木の棒を振り回してる、なんか頭のおかしい男子高校生になっちゃうんだよ？

それ、戦ってたら絶対に可哀想《かわいそう》な目で見られちゃうよ？　だって視《み》えない刀で斬るのと、視えない棒で殴り殺すのって意味合いと見た目の感じが違いすぎるよ。うん、どう想像しても痛い人確定だよね？

「えっと、中身は『残影刀』だったよー？　不可視効果（中）だよ？　不可視なのに中だから残影は見えちゃうよ？　はっ、まさかシースルーな感じ？　みたいな刀？　服なら欲しかったな!?　入ってないの!!」

短槍《たんそう》装備の盾っ娘《こ》と聖杖《ハンマー》無双の撲殺大賢者さん以外の全員が剣と刀、しかも二刀流だらけだ。

「「「おぉーっ！って言うか隠し部屋ってあったんだね？」」」「刀だ、残影刀って強そうだよね、不可視効果だし」「残影だけで、刀身は不可視って無敵なんじゃないの？　そんなの斬られちゃうよね？」

修羅場だ、女の戦いだ、仁義なき戦いだ、異世界キャットファイトだ、肉弾戦だ、ならばポロリは有るんだろうか？　どこがベストポジションなんだろう？　うん、始まらない様だ、せっかくアイテム袋からお財布まで出したのに。

「えっと、私達《たち》だとまず発見者優先なの」「うん、みんなで見つけたら等分で、誰かが隠してあるのを見付けたら、場合によるけど見つけた人の者かな？」「だから、遥《はるか》君が決めて良いし～、欲しかったら使って良いし～？」「えっと、売った時は半額が遥君で、残りが皆って決まりなんだけど……遥君達はどうしてるの？」

ややこしいな？

「俺達はパーティーじゃないから簡単だよ。俺と甲冑《かっちゅう》委員長さんだけだから甲冑委員長さんが強奪しなかったら俺が貰えるんだよ。だから高価な武器や装備やゴージャスな装飾品以外は俺が貰えるんだよ？　うん、超簡単？　みたいな？」

何故かみんなは甲冑委員長さんを見つめ、甲冑委員長さんは首をイヤイヤしている。あれっ、違ったっけ？　確か今迄《まで》そうだったような気がするんだけど？

「遥君が決めちゃっていいよ、発見者優先がルールだから」

甲冑委員長さんはいらないってしてるから、委員長達にあげよう。なにせ大迷宮最強級《クラス》のミノタウルスの武器も沢山持ってるし、あっちの方が良い物だ。

あれはあれで、いつかソード・レインに使おうって思って取ってるのに魔物不足で出番すら無いんだよ？

そこに「デモン・サイズ」達が3体加わってソード・レインさんの出番は絶滅の危機で、延々と『掌握』で剣を振ったり投げたりする練習までしてるのに一度も出番がこないんだよ？

「委員長達にあげるよ、甲冑委員長さんはいらないってしてるから？　うん、俺が使うと見えない棒で殴る頭のおかしい男子高校生になっちゃう危険があるからあげるよ？」

「本当に！　私欲しい、私が買い取っても良い!?　本当に要らないの、あんまりお金ないんだけど、あれだったら分割とか？」

副委員長Aさんは刀使いだから、残影刀が欲しかったみたいだけど……バーゲンの時も何本も買ってたよね？　うん、一体何刀流目指してるの？　ま、まさか咥《くわ》えちゃうの？　3本くらいはお口なの？　うん、それは流石に人気でないだろう。うん、迷わず変な人って通報されちゃうと思うんだよ？

結局、委員会チームでは誰かが装備を使う時はお金は取らないルールらしいし。だから、どうせ使わないのでタダであげた。既に小動物にもタダで斧を奪われたし、Aさんにもあげて良いだろう。

副委員長Aさんは対人戦向きの二刀流だから残影刀は向いてるかも知れない。でもこれで5本以上の刀剣を持ってるはずだが、やっぱり咥えちゃうのだろうか？　まあ、両手に刀を持ちお口に刀を3本咥えて向かってきたら、確かに滅茶《めちゃ》怖そうだ!?　それはきっとゴブでもコボでも怖がる事だろう！　うん、俺でも怖くて逃げる、案外と有効な戦術なのかも？

そうして25層でアイアン・ゴーレムさんと戦闘中。俺と甲冑委員長さんは殲滅《せんめつ》し終わったので見学中だ。まあ、言うまでもないが、例の如《ごと》く殆《ほとん》ど残ってなかったんだよ……俺の魔物さん。

「左、任せるよ」「ＯＫ！」「右、抑えます！」「膝潰すよ!!」「「「おおーっ！」」」

副委員長Aさんは二刀流だが、残りの刀は咥えない様だ？　うん、お口は使わない様で――そして、残影刀は凄まじく向いていた。なにあれ！　マジで格好良い。

「ちょ、俺もあれがやりたかったんだよ……うん、欲を出して、剣を増やし過ぎだったんだよ。あれで良いよ、なんか格好良いもん。よし、あとでパクろう？」

なんと副委員長Aさんはスキルで刀を持てるらしい。影の手が現在は2本、つまり四刀流。あと2本増やせば阿修羅《あしゅら》さん？

それは確かに中学2年生に大人気になりそうだが、更にお口にも沢山咥えると……何故だか人気が無くなりそうだ？　いや、咥えてないんだけどね？

「刃筋、は、振りで。身体《からだ》で、線を、作って断ちます」「難しいよ！」

甲冑委員長さんも刀に持ち替えて副委員長Aさんに指導している。なにせ2人とも脚が長いから甲冑姿が絵になる。ただし甲冑だから揺れないのが残念だけど、Aさんは甲冑が無くても揺れない……ゲフンゲフン！　いえ、何も言ってないです、見学してたんだけどだって――ホントウダヨ？

「「「撃破！」」」「次、囲むよ！」「了解！」

残念な事にボディーラインに合わせてフィットする鎧《よろい》は甲冑委員長さんの鎧だけだ、だから他の鎧は別にエロくない。うん、ある意味良かったよ、どうやら甲冑フェチとかの怪しい趣味にはなってなかったみたいだ……そう、ただの純粋で健全なエロだったんだ。まあ、原因は中身がエロいのが悪いんだよ？

委員長も副Aさんと一緒になって指導を受けながら戦っている、アホな小動物はくるくる回りながら戦ってるし、盾っ娘も吹っ飛ばされずに戦えている。うん、大賢者さんも相変わらずだ、って言うか何で誰も魔法使わないんだろう？　特に大賢者さん!?

そして28階層でも隠し部屋を見つけたら、中に居たのは「メタル・ゴーレム　Lv28」。メタルさんは何の合金なんだろう、不親切だな？　だから金属破壊だ、久々の極寒灼熱地獄《インフェルノ》さんだ、高速振動と熱魔法で灼熱《しゃくねつ》化してからの急速冷凍で金属疲労させて、掌握と重力魔法で潰す。潰れた？　動かない？

「勝ったな？」「「「熱いのよ！」」」「寒熱い！　普通に倒して！」

うん、「ああ」も無いし動かないみたいだから入ろう。6人もいるのに誰も「ああ」って言ってくれないんだよ？

宝箱の中には『フェアリー・リング　幻惑効果（中）　回避（中）　SpE20%アップ』、これは中々の当たりだ。うん、これは良いものだ。

「これ欲しい人いる？　いなかったら俺が買い取るけど？　でも、これは誰がつけてもかなり使えるよ。うん、Aさん、Cさんはお薦めだよ、マジで？」

「「「うーーーん。欲しいけど、どうしよう？」」」

副委員長Aさんなら剣技にも幻惑が使えて残影刀との相性も抜群だ。そして小動物だってちょろちょろするから幻惑効果による回避も有効なはずだ。

そして回避（中）SpE20%アップなら誰がつけても使えるアイテムで、能力的には俺の『回避のマント　SpE＋20%　回避力アップ（小）』に近いが、指輪の方が良い物だ。うん、これは当たり装備だろう。

「遥君が要るんなら私は遥君で良いよ、さっきは譲って貰《もら》ったし。なんだか斧《おの》だって貰ってるんだし？」

「「「異議なーし。お好み焼きも美味《おい》しかったし？」」」

貰えるみたいだ。

だから代わりに『回避のマント　SpE＋20%　回避力アップ（小）』を渡すと、話し合って委員長の装備に決定した？

しかし『フェアリー・リング』と『デモン・リング』を一緒にして、喧嘩《けんか》にとかならない？　大丈夫なの？　あとでデモン・サイズにイジメないように言い聞かせておこう。いや、別に妖精は入ってないんだけどね？

そして、譲って貰ったお礼に休憩してお菓子を振舞う。未《いま》だ全員に振舞うほどの量が無いから秘《ひそ》かに迷宮限定品だったりする。

「新製品のジャム入り蒸しパンさんで、まだ大量生産できないから限定品なんだよ？　うん、甘くて美味しい謎果物のジャムだけど、まあ実質ほぼ砂糖だから果物なんて所詮飾り物なんだよ？」

「「「おお――っ、ジャム！　しかも蒸しパン！」」」「わ〜、周りもお砂糖がまぶしてあるよ～っ？　これ、高級品だよ～っ、美味しい～っ！」「「「甘～い！　美味しい～！　謎の果物美味しいよっ！」」」

村で貰った謎の果物の一つなんだけど風味は良いが、甘みも弱く水気も少ないそのままだと微妙な果物。でも味はジャム向きな苺《いちご》の仲間っぽい何かなんだよ？

まあ、好評みたいだから村に寄ったらジャムの作り方を教えてあげて、栽培を推奨しよう。

さて、30階層もこの調子だと40階層までは無理そうだ。うん、このダンジョンっていったい何階層まであるのだろう？　まあ、でも棍棒《こんぼう》も売りに行きたいし、無理する事も無い。だってどうせ全部ゴーレムなんだし？

そう、魔物っ娘はいないのだから！　うん、岩のゴーレムっ娘は認めない！　絶対だ！　やっぱり無機物は駄目なんだよ……だって、硬いし？　だが、無機物でも甲冑はエロかった。ま、まさかエロゴーレムだったら有りなのか!?

うん、悩ましいが、硬いから楽しくはなさそうだな？

46日目　夜　宿屋　白い変人

宿で晩御飯も食べ終え、甲冑委員長さんも女子さん達《たち》に囲まれて嬉《うれ》しそうにお風呂へ向かった。仲良いな？

「お前ら、何処《どこ》までだっけ？」「28層で力尽きた、熊がデカ過ぎ、疲れた――っ！」「こっちは30階層でMP切れました」「1パーティーだとMP管理がキツイですよ」「そうそう、魔物多すぎでした」「そっちは？」「36。36階層全部ゴーレムで委員長さん達が大苦戦？」「「「うわー、硬そうだ！」」」

結局、迷宮は36層までで帰って来た。だって委員長さん達が戦わないと意味ないからペースは上げられない。だって、白銀の甲冑さんに任せると、みんなの出番が一瞬で無くなる。うん、経験者だから良く知ってるんだよ！

甲冑委員長さんは今日も女子会なんだろう。毎日が楽しそうだ、いつ見ても笑顔で一日中嬉しそうだ。食事も買い物も幸せそうだし、女子会も笑顔で帰って来る、ずっと一緒に付いて来てくれるなら、ずっと笑顔にするのが使役者の役目だが……強欲様の献上品が大変そうなんだよ？

そして食事中にもダンジョン攻略の会議をしたが、委員会チームも他に追い付けたみたいだった。寧《むし》ろちょっとリードしたかも？

「俺ら風呂前に訓練してくるわ」「あ、僕らも行きます！」「あいよ、模擬戦でもやるか？」「「「痛いから嫌です!!」」」「えっと、じゃあ……俺も？」「「「絶対来んなよ！　絶対だぞ！」」」「それは『来るなよ来るなよ』って言う御誘いのフリ？」「「「フッてねえから、来んな!!」」」

何故《なぜ》、俺だけ訓練への参加を断固拒否されるのだろう？　イジメなんだろうか？　うん、ちょっと頭部を焼き払おうかと思ったのに駄目らしい？

そして、未だどのチームもダンジョン踏破まではいってないみたいだ。これは中層に至れば合流して戦力を増やさないと進めないいんだろうな。

どうやらダンジョンが浅かったのは俺達だけで、みんな30層前後までは行っている。そしてその辺りからペースが落ちている……まあ、今度は莫迦《ばか》達が遅れているが、きっととってもどうでも良い莫迦な理由だろう。うん、きっと戦闘は何の問題も無いのに道を忘れたとかだ、そうに違いない。莫迦だから。

ついでに明日は休日で、全員お休みらしい。どうも、女子さん達がお疲れ気味みたいだ？

うん、あの目の隈《くま》は寝不足？　ちゃんと寝ないと駄目だよ？　特に今朝は酷《ひど》かったようだけど、夜中に何をしているんだろう？

はっ！　もしかして内職だろうか、お金が無いのかな？　うん、俺もなんだよ？　まあ、お金が無いから棍棒を売りに行きたかったし、お休みはちょうど良い。雑貨屋さんも様子を見に行こう、きっと泣いている事だろう。うん、従業員雇えよ？

「一人寂しく内職でもするかー……しかし、あれだけ繁盛しててどうしてあの雑貨屋のお姉さんはいつもお金を持ってないんだろう？　そして、これだけ利益を挙げているのに俺のお小遣い制はどうして解除されないんだろう？　世知辛いな？」

うん、5万エレ（約10万円）は厳しい。まあ、甲冑《かっちゅう》委員長さんも5万エレだから実質10万エレだけど？

こっそりと茸《きのこ》払いで買い物してるから雑貨屋さんは良い。だけど、他のお店も冷やかしたい。怪しい行商はいつになったら帰って来るか気になるし、新しいお店も増えているらしい。うん、エロい夜のお店はいったいどこに在るんだろう？

洞窟も気になるけど茸もゴブもまだ大丈夫なはずだし、洞窟に帰るとお泊まりしたくなるし止《や》めておこう。うん、あのジャグジーがヤバいんだよ――あの泡々に包まれた姿態の艶《あで》やかな曲線美がもうたわわで泡々で露《あら》わで洗われて現れて……（以下発禁）

でも1日町をぶらつくには街は狭い、狭いっていうか広いんだけど店が少ない。時間が潰せないんだよ、本屋があればずっと何時間でもいられるんだけど……無い。本自体が殆《ほとん》ど無いらしい。

まあ、甲冑委員長さんはお買い物大好きで、洋服やアクセサリーを眺めだすと長いからゆったりできてちょうど良いのかも知れない。

未だ街に来て10日くらいだ、それまでずっと寂しかったろう。街なんて久々なのに余りゆっくりできなかったんだから、明日はガッツリ遊べるし喜びそうだ。

今は今迄《まで》の分を山程楽しむべきなんだよ……うん、流石《さすが》に俺だけ楽しませてもらったら駄目だから、頑張って貢ごう！　うん、だって男子高校生にお楽しみは止められないんだよ！


そんなこんなで久々の自由時間だ。あまり見たくはないんだけど確認はしておいた方が良い。みんなはほぼ毎日ステータスを見ているらしいし……いや、だって普通の人はステータス見て悲しくならないよね？

俺だってステータスに『ひきこもり』とか『にーと』とか『ぼっち』とか『器用貧乏』とか『木偶《でく》の坊』とかの悪口が無いなら見ても良いんだよ？

うん、あれって見る度に結構へこむんだよ？　しかも増えたらどうしよって脅《おび》えながらステータスのチェックしてる悲しい行為なんだよ……職業『従者』も心配だが、なんか、『ひも』とかありそうで怖いな！

まあ、『性豪』と『絶倫』は理由をちゃんと理解しているから良いんだよ、うん、滅茶《めちゃ》納得しちゃってるし？　そりゃあ付いちゃうよね、うん。

「ステータス……できれば悪口抜きで？」

NAME：遥《はるか》　種族：人族　Lv：19　Job：--

HP：340　MP：369

ViT：315　PoW：313　SpE：372　DeX：360　MiN：374　InT：397

Luk：MaX（限界突破）

SP：3747

武技：「杖理《じょうり》 Lv7」「躱避《たひ》 Lv5」「魔纏《まてん》 Lv4」「虚実 Lv9」「瞬身 Lv9」「浮身 Lv5」

「瞳術 Lv1」「金剛拳 Lv2」

魔法：「温度 Lv9」「転移 Lv6」「重力 Lv5」「掌握 Lv5」「四大魔術 Lv5」「木魔法 Lv8」

「雷魔法 Lv8」「氷魔法 Lv9」「振動魔法 Lv5」「錬金術 Lv1」

スキル：「健康 Lv9」「敏感 Lv8」「操身 Lv7」「歩術 Lv6」「使役 Lv9」「気配探知 Lv4」

「魔力制御 Lv6」「気配遮断 Lv8」「隠密《おんみつ》 Lv9」「隠蔽 LvMaX」「無心 Lv5」

「物理無効 Lv2」「魔力吸収 Lv4」「再生 Lv3」「至考 Lv4」「疾駆 Lv8」「空歩 Lv7」

「瞬速 Lv9」「羅神眼 Lv3」「性豪 Lv5」「絶倫 Lv5」

称号：「ひきこもり Lv8」「にーと Lv8」「ぼっち Lv8」「大魔導師 Lv3」「剣豪 Lv2」

「錬金術師 Lv1」

Unknown：「報連相 Lv7」「器用貧乏 Lv9」「木偶《でく》の坊 Lv9」

装備：「樹《き》の杖《つえ》？」「布の服？」「皮のグローブ？」「皮のブーツ？」「マント？」「羅神眼」

「窮魂の指輪」「アイテム袋」「魔物の腕輪　PoW+44%　SpE+33%　ViT+24%」

「黒帽子」


いつの間にかレベルが上がっている、実感とか全然ないんだけど？

「ん、惜しい。もうちょいでInT400台だったのに……そして、やっぱり願いは届かなかったかー……まあ『ひも』が増えてないから良いか？」

やはりPoWとViTは伸びなくなってきているような気がする、HPもだ。つまり方向性としては脆《もろ》いまま強くなるんだろう、そしてまたLv20までが遠そうだ。確かLv10の時も相当上がらなかったんだから。

「あれ、『剣豪』さんが付いてるけど、剣も装備できないのに剣豪？　木の棒振り回して剣豪名乗っちゃうの？　ちょ、何かちゃんばら剣豪とか悪口言われそうだよ!?」

そして『錬金術』とか『錬金術師』は料理と科学実験のせいだろう。だって機械なんか無いんだから、あれもこれも魔法で誤魔化さないと不便なんだよ。化学薬品だって無いんだから家具を作っても着色ができない。ニスもモダンだけど、木目一色だと楽しくないんだよ……そんな事を考え始めると洞窟にひきこもって研究したくなる。うん、ひきこもりなのに帰れない、帰ると多分違うことを頑張っちゃうのが悩ましいところだ。うん、艶《なま》めかしいんだよ？

さて、いきなりNewで4Upが三つも有るけど、三つともが……ノーコメントでお願いします。でも、この三つが一番活躍しています。日夜頑張ってます、特に夜に超ご活躍していています。うん、今晩も頑張ろう！

「しかし、全く怪我《けが》もしてないのに『再生 Lv3』って何が回復したの？ いったい何を再生してるの？ なんで『性豪』で『絶倫』になったのか不思議だったんだけど……もしかして回復とか再生させちゃってたの!? それで何時間でも平気だったんだろうか、どうやら犯人は再生さんだった。でも、これ以上頑張ると怒られるんだよ？ マジで？」

って言うかSPって勝手に減ったり増えたりしてるけど、何かに使われているのかな？ うん、増えるのは普通なんだけど、偶《たま》に減ってるのがわからないんだよ？ まあ、使い道が無いから良いんだけどさ？


まあどうせ悩んでもわからない、明日は休日だし甲冑委員長さんの大好きなお買い物に行こう。すっかり馴染《なじ》んで、今ではずっと一緒の様な気がしてたけど、街に来てまだたったの10日だ。

でも、その間ずっと幸せそうで毎日が楽しそうだから、明日はしたい事を好きなだけさせてあげよう。ずっとずっとお休みが無かったみたいだし、その分遊ばないといけないんだよ……うん、迷宮皇ってブラックだな！

男子高校生がしたい事を好きなだけしちゃうとお出掛けできないから自粛しよう！　うん、粛々と我慢だな？

だが、明日は休日ならば今晩は頑張っても良いのかもしれない。良いのだろうか？　本当に再生されているとしたらキリが無さそうだけど、きっと良いものだから良いんだろう？　もしかして、スキルの『再生』ってそういうものだったんだろうか？　あれってエロい人用だったの？　マジで？

ルールは守る為に有るんだからルール内なら問題なくない？

46日目　夜　宿屋　白い変人　女子会

明日は休日にした。だってお休みさせないと女子組の寝不足が酷い、その原因の気配察知の上昇も凄《すご》かった。

全員が気配察知のＬｖが上がり、上がると更に気配が詳しくわかっちゃって生々しくって大変だったの！

そんな悩み多い乙女の多感な時期に振動魔法を教えられちゃって……乙女が壊滅状態でした。うん、その振動魔法もみんな一晩でＬｖアップしちゃってて……もう無理だからお休みです。凄すぎて朝がつらいの！

だから明日はみんなで雑貨屋さんに行くことにした。アンジェリカさんにも一緒に行こうと誘ってるけど、嬉《うれ》しそうに困ったように百面相でお悩み中だ。

真剣な顔で女の友情とデートを秤《はかり》に掛けている、どっちも行きたいみたいで悩んでるみたいだけど……どっちでも雑貨屋さんだから、そんなに悩まなくても行先は一緒だからね？

「お休みだー……疲れたね？」「「「うん、迷宮よりお宿がね？」」」「振動魔法は乙女への禁忌だよ！」「「「はあ――――っ」」」

私達《たち》も昨日今日と迷宮をサクサク進めたし、魔物は遥君達が殆ど倒していたのに魔石は等分して分けてくれた。だから軍資金も充分だし、お買い物が楽しみだ。

早く追い付きたい焦りで疲労も溜《た》まってた、見れば見るほど意味不明な、遥君のあの強さに……うん、よく見れば見るほど意味不明だったけど！

「新しい服は入荷《はい》ったかな？」「すぐに次が入るって言ってたよね？」「言ってたけど、聞いたの一昨日だよ」「でも明日はゆっくりお買い物ができるよねー」「うん、お洋服も欲しいし、装備も欲しいし、美味《おい》しい物も欲しいし、いくら稼いだってお金が足りないよね」「うん、油断すると借金地獄に落ちちゃいそう？」「しばらくは遥君の単独行動は無いから、バーゲンもオークションも無い筈《はず》だよ？」「だったら、お洋服狙いで大丈夫じゃないかな」「うん、美味しい物って言っても遥君の支給品が一番美味しいから、洋服とアクセだね！」

「あっ!?　でも、あの雑貨屋さんって遥君と提携してるからお菓子とか売り出すかも？」

　うん、提携してないといきなりビルは建たないと思う。そしてちらほら目に付く現代知識。

「「「出しそうだ！　ヤバい、このままだと私達破産だよ、絶対買っちゃうよ？」」」「でも明日は遥君がお弁当を支給するらしいよ。アンジェリカさんが何か用意してるの見たって」「「「キャアアアーーッ！　甘い物なの？　美味しい物なの？　太っちゃうの？」」」「遥君って適当で良い加減なのにまめだよねー、楽しそうに何かしてるんだけど大体がみんなの事だよね？」「「「学校ではもっと無口で怖いのかと思ってたよ？」」」「別に遥君は変わってないんだけど、みんなの見る目が変わったんだと思うよ？」「知らんぷりしてるだけの、お人好《ひとよ》しなのがバレちゃっただけですよ。ずっと遥君のままです」

　そう、学校では延々と本を読んでるから話し掛けにくい、誰にも興味がなさそうな態度で周囲を隔絶した雰囲気が人を近寄らせない。まあ、空気読まない小田《おだ》くん達は寄って行っては追い払われてたけど？　今だって無口っぽく、素っ気ない態度は変わってなんかいない。ただ、バレちゃったのーー優しい嘘《うそ》つきさんなのが。

「小田君達が言ってたけど、学校で小田君達がいじめられそうだと何故《なぜ》かそこを横切るんだって。そして不良達に『邪魔。なんなの？　何でそんなに邪魔なの？　馬鹿なの？　頭に倣って顔まで馬鹿なの？』とか言ってひと睨《にら》みで不良君達を蹴散らしちゃって……で、知らんぷりでどっか行っちゃうんだって？」「「「あー。そう言えば偶然みたいだったけど……よくやってたね？」」」

そう、怖い人に見えるのは何時《いつ》も誰かのせい。本人は何にも言わないから誤解されるけど、誤解されても何も言わない。

「そう言えば目立たないのになぜか一番存在感があったよねーっ？」「うん、体育とかスポーツの試合とかでも地味だったから、運動は苦手なのかって思ってた」「それ、柿崎《かきざき》君達体育会組が言ってたよ。なんか、ヤバい気配がするから近づけないって？　だからサッカーでもバスケでも遥君のいない所に追いやられちゃうって」「それなら目立たないね、本人にやる気も無いから」「「「でも、それって競技に参加してないよね！」」」

野生の勘で避けられてたみたいだ。遥君は子供の頃からルール内なら何でもする、常識なんて無いんだから、徹底的にルールの無い所で戦う。だから隠れん坊で変装してた子供なんて遥君以外で見た事が無いし、鬼ごっこで罠《わな》を仕掛ける子供だって他にいなかった。だから何をしても無敵過ぎだった。

「あっちではルールが有ったり、常識が求められてたけど……無くなっちゃったから目立つんだよ。まあ、この世界でも非常識みたいだけど？」

アンジェリカさんが激しくウンウンしてる、大迷宮での事を思い出しているんだろう。そして迷宮皇を助けちゃった事も。

「「「関わっちゃいけないって噂《うわさ》は、危ないんじゃなくって非常識だからだったんだ！」」」

だけど、遥《はるか》君が非常識に見えない世界なんてあったら、そこはとんでもない世界だろう。住人がみんな遥君みたいなら目立たないだろうけど、その世界はきっと凄く平和なんだろう……だって、誰もが怖くて悪い事なんてできないから。一般人の誰もが最強最悪な世界には、きっと悪者なんて存在できないんだから。

「あの不良軍団も相当危ないって噂だったのに」「空手の有段者や、ボクサーだから危険だったよね？」「「「うん、柿崎君たちとか遥君のせいでヘタれてたけどね？」」」

きっと危ない人達だから危険さに気付いてしまった、本能的に関わってはならない危険因子達――うん、正解だ。遥君の周囲って問題児も問題教師もみんな消えていくんだから、関わってはならない者《アンタッチャブル》。

この世界でだって、もしも迷宮皇を使役しているなんてばれたら普通は大騒ぎになる。それはもう、間違いなく大変な事になっちゃう。でも、この街ではもう遥君に付いて回る甲冑《かっちゅう》さんはすっかり馴染んでいる、だからバレてもきっと吃驚《びっくり》はしてもそれだけだろう。だって毎日街中が迷宮皇より大騒ぎな人に大変な目にあってるんだから、寧《むし》ろ付いて回る甲冑さんの方が真っ当で常識的で良い人だって言うことをみんな知っているの？
結局――この世界でも非常識だから、いつの間にかこの世界の常識も変えちゃったんだ。きっとアンジェリカさんの為《ため》に……無自覚な気もするけど？　傍若無人で無節操で無分別なだけかも知れないけど？

「鞄《かばん》も欲しいけど、可愛《かわい》い靴とかブーツとか欲しいよねーっ？」「うん、足下が弱いんだよ。お姉さんに頼んでみよう！」「ミュールが良いなー、黄色とか」「可愛いね！」「でしょ！」「下着も楽しみ～♥」「「「紐《ひも》は止《や》めてね！」」」

もう明日が待ちきれなくって話はお買い物へ、アンジェリカさんは可愛い帽子が欲しいって身振り手振りで一生懸命に説明している。なんだか喋《しゃべ》るのよりもジェスチャーの方が上達しているけど、エロいお話は凄い上達してるの？　まあ、そればっかり聞かれているからだと思うけど？　うん、心当たりが山盛りだった。

「やっぱり鞄だよ！」「うん、バッグはお洒落《しゃれ》さんには必需品だよ、だってベージュ色の布カバンしか無いし？」「「「確かに！」」」「ヤバい、最近は丈夫さとか収納量しか考えなくなってた。女子力が危機だ!?」「うん、お財布も買わないと!?」「「「あっ、布袋に慣れて、なんとも思ってなかった自分が怖い!?」」」

沢山いろいろ入荷していると良いなっ。楽しみで楽しみで大騒ぎ。最近では街の女の子達も初めてのお洒落をして楽しそうだった、だから遥君はあの雑貨屋さんに入り浸っていた。

いっぱい買って、いっぱい売って、それでも足りなくて出資して、建物まで建てちゃって……だって雑貨屋のお店のお姉さんが商品の回転率とか在庫商品のディスカウントとか購買層の拡充とか言ってたけど、中世位のこの世界で経営学とか経済学を教え込まれちゃったみたいなの？

もう既に大商会間違いなしで、きっと異世界初のデパートになっちゃうんだろう。だって、しちゃう気だから珍しく普通のビルにしたんだ、あれはきっと増築する気だ……お姉さんに内緒で。

「お化粧品は口紅だけだったねー？」「あれは、ちょっと赤過ぎだったよ」「オレンジベージュ系統が欲しいのに！」「うん、あれは基礎化粧品までは遠いよ。10代の間に間に合うかな？」「基礎化粧品より～、遥君みたいに『再生』とる方が良いんじゃないかな～？　だって、お肌も再生しちゃうんだよ～？」「「「それだっ！　何か遥君の顔がツルツルだと思った！」」」「うん、毎朝スッキリだからかと思ってたけど、よく考えたら再生持ってたんだ!?」

うん、私も持ってるけど黙っていよう、怖いから。でも、16歳だから再生は関係ないと思うよ？　うん、あれは絶対に毎朝スッキリの方が原因だからね？

笑顔だらけ――この世界に来てみんな何もかも諦めていた、もう手に入らない物ばかりだと思っていた。だから、もう忘れようとしていたのに……遥君が何とかしちゃうから、みんな嬉しそうで楽しみが止まらない。

きっと、今ももっと喜ばせようと何かしているに違いないんだから。アンジェリカさんからの情報でもいろんな材料を集めて暇を見つけては魔法でアレコレやっているみたいだから——だから明日が楽しみ。

きっと大喜びするようなものが増えてるかも知れないって、夢を見る事ができるようになったんだから。

「「「おやすみー。また明日ーー！」」」

甘えて甘やかされて甘い甘い夢のような日々、思っていた過酷な異世界生活は心から笑える毎日だった。

ちゃんと、みんな幸せに暮らせているよ。ちゃんと遥君が言ってたみたいに——笑って楽しく生活しているよ。ありがとう。

?日　朝　どこかの領館

朝の高貴なる者の優雅な一時《ひととき》。麗人の義務として豪奢《ごうしゃ》な大鏡の前で身嗜《みだしな》みを整える、紳士たる者の瀟洒《しょうしゃ》なる時間を邪魔するとは……無粋な者共めが騒がしい。

「慌ただしいな、待つ事もできぬ無礼者共が」

「侯爵家の勅使で在られますれば」

延々と訪れる使者と密使、会えば次々に雑事を慇懃無礼《いんぎんぶれい》に並べおる。最高級の紅茶を味わいながら些事《さじ》は補佐と文官に任せ、忙《せわ》しなく耳汚しに並べ立てられる言葉を洒脱《しゃだつ》に頷《うなず》きながら聞き流す。全く風情もなく騒ぎに騒ぎおって。

そして丁寧に使者達を追い出し、長話に疲れ窶《やつ》れたであろう我が身をソファーへと投げ出す。

「情報には間違いないのか、俄《にわ》かには信じられぬ」

「王家からの情報と侯爵家からの御指示なれば、先《ま》ず間違いはないかと思われます」

この街は楔《くさび》。危険な武力を持ち、魔石という富を独占する辺境地帯を監視し、王家の独占利権を掣肘《せいちゅう》する王国を管理するのが役目だ。

「内々にですが既に多数の騎士団が参集しております、少数なれど各家から腕利きの者を送ったとの事です」

ここが墜《お》ちれば魔石価格が高騰する。ここで通行税として魔石を買い叩《たた》き、王家や市場を通さず各貴族家へ送られるが故に貴族は栄華を極められる。ここそが要《かなめ》、王家と辺境の独占を管理して独裁を阻止し、他国とも友好を結びし要所だ。

「子爵家に靡《なび》く諸侯達が、立場も考えず頭ごなしの命令には気分も悪いが、必死に縋《すが》る姿は愉快ではあるな」

「ですが、現在の魔石への高税に商人達から睨まれ、領内に卸される物資の値段が高騰しております」

辺境の魔石産出量は減少の一途だったが為に、我が領は長きに亘《わた》り経済的損失を被っていた。故に物流が増えた今、税率を上げて魔石を奪い損失を取り戻さねばならん。

「捨て置け。辺境は未《いま》だに奴隷売買にも応じぬのだ、締め上げるしかなかろう」

辺境人は粗野な蛮人なれど丈夫、男は体力に優れて寿命も長く、女に至ってはその見目も良く味も良いと言われ引く手は数多《あまた》。多くの貴族家や他国からの催促も煩わしいほどだ。

「既にオムイの者の拉致には失敗しております。これ以上追い詰めると危険ではありませぬか？」

「危険？　あの路《みち》を来るのか。ならば持て成せば良い」

攻めてくるならば迎えよう、路を閉ざされて飢え死ぬまでわからぬ野蛮人ならば躾《しつ》けてやるしかなかろう。だが冒険者の噂は捨て置けぬ、その能力も手に入れれば有用だが……最古の迷宮の宝は我がナローギ家の栄華にこそ相応《ふさわ》しかろう。

いや、それを以《も》って侯爵家の爵位を得れば、上から目線の有象無象共も口の利き方を覚えるやもしれぬな。

「シノの長《おさ》を呼べ、まずは噂を確認せねばなんともならん。各家から齎《もたら》される情報が滅茶《めちゃ》苦茶《くちゃ》ではないか」

「強き勇者が現れたと言うには、どれもがあまりにも不可解でおかしな内容ばかり。流石《さすが》に眉唾では？」

街の間者からは迷宮に冒険者ですらない子供が堕《お》ち、救助しようと準備をしていたら帰ってきたという誤報だった報《しら》せのみ。それが「大迷宮に子供が墜ちた」というだけの噂が、いつの間にやら「子供が大迷宮を墜とした」と変わり果てた情報に掏《す》り替わっている。だが、辺境軍の武器装備が更新され、街も賑《にぎ》わっているとの情報もある。

「だが、本当にあの最古の大迷宮が堕ちたのならば、調査は必要であろう。まして、その宝の価値は計り知れぬ。急げ」

「はっ、ただちに」

シノ一族は有用だが信を置けぬ下賤《げせん》の民の集まり、常に裏切らぬよう生かさず殺さず囲い込むのが面倒ではある。だからこそ上手《うま》く使い潰すのが貴人の技量、危険な任に当てるに適役であろう。

辺境人は野蛮だけあって目も良いが勘も鋭い、冒険者や軍の斥候などでは全く役に立つまい。だが、あの一族なら容易《たやす》かろう、そして「絶対不可視《インビジブル》」がいるのだから万が一もあるまい。

お姉さんが格安でお薬を分けて茸中毒者が増加中で禁断症状だった。

47日目　朝　宿屋　白い変人

スッキリな目覚めだ！　それはもう大変に素晴らしい爽快な良い朝だ。うん、だって濃厚に充実した感動の巨編が一挙暴走なスペクタクル巨編な夜だったのだ！

（ジト――――――！）

なんか、お怒りなジト目で睨《にら》まれてるけど、まだ大丈夫だ。そう、まだ焦るような時間じゃない――うん、まだ動けないみたいだから、きっと大丈夫なんだよ？

きっと怒られるけど今はまだ大丈夫。動けるようになると大丈夫ではなくなりそうだが、今は感動の余韻に浸ろう――もうじき激動の余命侵食が始まるんだから！

そして、やっぱり検証の結果は再生してるみたいだった。体力もだが、男子高校生的な激動の衝動も再生してるみたいで……永久機関？

その探求と研究で延々と検証し、研鑽《けんさん》しながら乾坤一擲《けんこんいってき》無限再生で、無限の限界を知るべく果てなく果てるまで頑張ってみたんだよ？　勿論《もちろん》、涙目で怒られた。

さて、今日は甲冑委員長さんは女子達《たち》と一緒にお買い物なんだそうだ。なんか申し訳なさそうに悩んでたから、雑貨屋さんには後で寄るから合流しようって言ったら嬉《うれ》しそうにウンウンしていた。

だから、きっと楽しみで眠れなかったのだろう――まだ眠たそうだ、お疲れの様だ、目に隈《くま》ができている、そして滅茶ジト目で睨んでる!?

そそくさと宿を出て、先に1人で武器のおっさんの所に回る。だって軍資金が必要だ。何故《なぜ》ならオコな強欲さんがきっと雑貨屋さんで本領を発揮していることだろう！

「おっちゃん、おひさー？　今日もおっちゃんしてるの？って言うか武器買わない、棍棒《こんぼう》もあるよ？　お金なかったら委託販売でも良いよ？って言うか店狭いからお金貸そうか？　返さなかったら髭毟《ひげむし》るけど拡張しようよ、だって髪ないし？」

「毟んな、ちゃんと返してるだろうが!!　あとずっとおっさんだよ、変わってたら違う奴《やつ》だ。武器も売ってくれ、委託販売も受け付ける、とにかく在庫が足りない、店を大きくしても追いつかねーんだ」

毟るなと言われても禿《は》げだから髪を毟れない、ならば必然的に髭しか無くない？

しかし棍棒専門店な武器屋も商品の置き場が確保できていない、敷地面積的に見ても展示スペースに無駄が多い。お隣と裏の店を買い取って、ただ繋《つな》げただけだから内部のスペースに死角位置《デッドスペース》が多すぎて有効に活用されていないんだよ……これは改装が必要だろう。ついでに2階と地下を造っとけばしばらくは困らないはずだ。

「うん、店広げようよ？　雑貨屋みたいに大きくなくて良いんだから、ざっと改装して2階と地下を作ろう。とりま、地下に倉庫が有れば良いんだよ、鍛冶場も地下に移して良いなら一気に広くできるんだよ？って言うか、嫌って言ってもやるんだけど？　みたいな？」

「訊《き》いておいて、嫌って言ってもやんのかよ!?　俺、店主なのに言っても無駄ってなんなんだ!!　まあ、広くなるのは助かるんだが、そんなにすぐには建築料とか払えんぞ。ただでさえ土地を買う金も借りてるのに……良いのか?」

利益率が低いならば商品の回転数こそが勝負。このおっさんはどうせ安く売る、買える金額で最も良い装備品を渡そうとする。そして、それは間違っていない。

だって、死んだ冒険者はもう何も買いに来てはくれない。ぼったくって儲《もう》けたところで、その粗悪な武器で戦い死んでしまった冒険者は、もう何も買ってはくれないんだから。うん、多分ゴーストさんは棍棒を買い物に来ないと思うんだよ?

「商品は売れてるし、仕入れも充分に有るのに、商品が回らない方が勿体《もったい》ないんだよ?どんどん稼いで、どんどん返済して、どんどん武器を買い取ってくれた方が俺が儲かるんだよ。それだけで俺は大儲けでお大尽様だから、もう建てるって決まってるって言うか……もう今、建ててるし?」

雑貨屋さんの増築でコツは摑《つか》めたし、2回目だから時間もかからない。なにせ手順が分かっていて無駄が無いから魔力消費も最適化されて余裕だ。もう、地下と外壁は終わったから2階を造るだけで、武器屋なんだから武器を飾るのに壁は多くて良い。だから、壁で支える構造にすれば内装だって簡単だし——うん、一気に行こう。

「2階に上がる階段はここで良い?　それとも奥に造る?　真ん中に螺旋《らせん》階段を無意味に造るのも格好良いけど、奥から上がって2階は高級品って言うのも鉄板なんだよ?　うん、何処《どこ》にする?　早く決めようよ、もう飽きてきたんだよ……このままだと2階建てで地下も有るのに平屋だよ？　外壁をよじ登らないと2階に行けない謎の平屋なんだけど、よじ登りたいの？　もしかして、そういう趣味なの？　なにそれ楽しいの？」

駄目だ、おっちゃんが反応しない。口を開けたまま動かなくなったようだ。でも、おっさんのお口が開いてても需要とか無いんだよ？

「おーい、返事しないと階段造らずに帰っちゃうよ？　マジで外壁のよじ登りが決定になっちゃうよー？　やっほー？」

どうやら故障中みたいだ、返事が無い。やっぱりよじ登るのが趣味なのだろうか？　試しにゴブリンキングの棍棒を見せると……再起動した!?　再起動はしたのだが今度は棍棒を持って震えているから治ってはいないようだ？

「う、売ってくれ！　家宝にする、毎日磨くから売ってくれっ！　いくらでも払うぞ、分割で良いか？　頭金はいくらだ？」

いや、商品だから売ろうよ？　まだいっぱいあるから全部出したら、棍棒を抱えて悩み始めた。もう勝手に階段を造って、勝手に内装も進めよう。

だって目の前で造ってるのに棍棒しか見ていない。何で鍛冶師なのにそんなに棍棒が好きなのかは謎だが、この様子だとゴブリンエンペラーの棍棒は見せない方がよさそうだ。うん、絶対に振出しに戻っちゃうよ。

さて、ほとんど完成したし、お金もあるだけ強奪したからもう良いや？　だが、おっさんは未だ家宝の棍棒が決まらないらしいが、それって子孫は喜ぶんだろうか？　代々引き継がれちゃうの、棍棒が？

　内装も武器屋なんだから変に趣向を凝らして奇麗にするより、武骨な感じのままの方が良い。だって、お洒落《しゃれ》な武器屋ってなんかちょっと嫌だし？

　地下の鍛冶場も広くして、炉も増やしたんだけど全然見てくれないんだよ？　見ないから要望も聞けないが、まあ使ってみれば追々意見も出て来るかも知れないから手直しはまた今度で良い。早くたっぷりと強奪したお金を持って行かないと、強欲さんが俺のお財布を待っているんだよ！


　そして雑貨屋さんは大賑《おおにぎ》わいだった。街中の人が入ってるのって言う位の大繁盛で、いつの間にか女の子の店員さんが2人もいた。

　そして、聞いてみたら雑貨屋のお姉さんには家族の為《ため》の薬や食料を格安で分けて貰《もら》っていて、そのうえツケにまでして貰っていたんだそうだ。それで雑貨屋のお姉さんが困ってると聞いて駆けつけて手伝い始めたら……店員にスカウトされたらしい？

　まあ、なんか「茸《きのこ》をありがとうございました」って泣いてたから、茸弁当のお裾分けを貰った茸ファンの人のようだ？　うん、でも3人でも無理だと思うよ。受付だけで大わらわだし、目がまわる忙しさっていうか3人共目がぐるぐるだった。

「うん、お客を回転させないと委員長さん達が来店できないから、俺がぼったくれないんだよ？　あの集団って実は金《J・K》持ちで稼いでるんだよ……困ったな？」

売れに売れて商品の棚出しも、補充も間に合わなくなっている。まあ、俺が勝手に棚を作って並べたんだし、倉庫も俺が造って在庫を分別して置いているから何処に何が有って何処に出せば良いのかはわかってる。

うん、流石に可哀想《かわいそう》だからちょっとだけ手伝おう。

「出《い》でよ夢幻の腕《かいな》、降り注げ無限の商品達よ、森羅万象って言うか全ての商品棚を埋め尽くせ商品補充《ディスプレイ》・レイン！」

無限の補充が降り注ぎ、あまねく棚を埋め尽くす豪雨。

ふっ——世の中とはわからないものだ、まさかあんなに練習したソード・レインが雑貨屋さんのお手伝いフラグだったとは思いもしなかったよ!?

ずっと『掌握』で剣や槍《やり》を扱う練習をしていたのに、大量の商品を掌握して棚に補充し、倉庫からも掌握された商品が次々に運び出されてくる無限の商品補充の雨！

きっと、掌握魔法さんも思わぬ出番に吃驚《びっくり》している事だろう……うん、俺も吃驚なんだよ？

宙を舞い補充されていく商品にお客も店員も吃驚してるから、異世界でも商品補充・レインは珍しかったみたいだ。もう、レインでもなんでもない気もするんだよ？

「ありがとう、助かったわ。もう何が何だか分からなくなるくらいに忙しくって、商品の補充にまで手が回らなかったのよ。よく考えてみたら忙しい原因を作った張本人なんだけど、それでもありがとう。って言うか疲れた、お腹空《なかす》いた！　茸弁当はないの!?」

ようやくお客さんも減り、お店も落ち着いたようだ。朝から大忙しでお姉さんも店員っ娘《こ》達もご飯を食べる暇もなかったみたいだけど、女子さん達が食べる分にはかなり余裕があるんで、茸の炊き込みお結びとフライドポテトとスイートポテトのお弁当をあげたら大喜びで食べていた。

なんか涙目で喜んでたけどみんな茸中毒なの？　ちょ、禁断症状だったの？　そう言えばお薬を分けて貰っていたらしいけど、もしかして茸中毒者が増加中!?

ついでに新商品もお姉さんに売りつけて、街をぶらつきに出る。どうやら委員長さん達は雑貨屋さんが満員で中に入れず、何処かで時間を潰しているらしい。まあ、暇なら今のうちにポテト弁当でも届けてあげよう。

しかし凄《すご》い大賑わいだった。この街は平和になって豊かになってきてるんだけど、あまりに買うものが少なすぎる。だからお金が回らない、回らないと物が増えないから豊かにならない、だから商品とお金が足りてないせいで物を作る人間と仕入れて売る人間が有効に活用されていない。この街に必要な物は安全と豊かさ、つまり武器屋と雑貨屋なんだよ。

きっと額面的には俺ってお大尽様に成ってるはずだ。武器屋と雑貨屋に投資して、その仕入れを一手に牛耳っているんだから御代官様付きの越後屋さんな良いではないかな独占状態なのだ。

なのに、なんで何時《いつ》もお金が無いんだろう？　うん、お小遣いで細々と暮らしてるお大尽様ってあんまり聞いた事が無いんだよ？　うん、何故か貧しき越後屋さんなんだよ？

欲しい物と色とサイズさえ分かっていれば確実に売り抜けられるんだよ。

47日目　昼　オムイの街中

街をぶらぶら。あっちのお店を覗《のぞ》いたり、こっちのお店を散策したり。

おしゃべりとお買い物に華を咲かせて、百花繚乱《りょうらん》に街を練り歩く乙女の大行進。

屋台が沢山出ている、さっきなんかコロッケ屋さんがあった。しかもすっごく美味《おい》しかった、名前は黒マント印のコロッケで、行列ができるほど大繁盛していたの。

みんなでコロッケを齧《かじ》りながらワイワイ騒いで、練り歩きの物見遊山なお買い物ツアー。

雑貨屋さんには満員で入れなかったから、ぶらぶらと時間潰して、わいわいとおしゃべりしながら大通りを散策する。

雑貨屋さんはそれはもうすっごい混雑だった！　でも服はまだ充分に残ってたから大丈夫。まだまだお洋服は高額商品の部類で、街の人達もなかなか手が出せないみたいだ。

「お店増えたねー？」「商品もだよ！」「「「まず人通りが段違いだって!?」」」

でも雑貨屋さんだけじゃなく、街中に商品が増えている。量もだけど種類も増えている。

きっと街が潤っているんだ、だって店員さんも街往《ゆ》く人もみんな笑顔だから。

さすがに雑貨屋さんよりは見劣りするけど、掘り出し物や新商品を見付けて、みんなで大騒ぎしながらお買い物。

騒がしいけど許して貰おう、だって女子が21人でお買い物なんだから大人しくなんてできないの。もう楽しくて嬉《うれ》しくて街中のお店を覗いていたら……遥《はるか》君がやって来た。

「そろそろお昼だよー、って言う事でポテト弁当？　あと雑貨屋さんも大分暇になったみたいだよ。うん、あと甲冑《かっちゅう》委員長さんお金足りてる？　はい、お小遣い？」

そう言ってお弁当をみんなにくれた。中は茸の炊き込みお結びと、唐揚げさんにフライドポテト、デザートはスイートポテトのポテト弁当だった。とっても美味しそう。

「この表紙の『芋姉ちゃん絶賛（当宿調べ）』って――誰のことかな？」「「うん、後でボコろうね！」」「でも、美味しい！」「何気に器用でマメだよねー？」

しかし本当に貢いでいるんだ……アンジェリカさんに渡してた、お小遣いの入った袋が重そうだった。随分と真剣に称号が『ひも』にならないか心配していたけど、全然全く心配無いと思うんだけど？　うん、寧《むし》ろ貢ぐ君!?

みんな久しぶりの唐揚げさんにフライドポテト、揚げ物コンビで危険物だけどパクパク食べてしまった。だって、こんなに美味しい物が残せる訳が無いんだから、たとえその後に超危険物のスイートポテトが待っているとしても食べちゃうの！

でもコロッケも全部食べちゃったし、帰ったら燃焼魔法とかを覚えないと、乙女の秘密部位がヤバいかも！

　その遥君は帰ってお昼寝するらしい。うん、昨日の夜も頑張っちゃったのだろう。寝ないで何をしていたかは聞かなくても分かるけど……アンジェリカさんは大丈夫なのかな？　よし、詳しくは夜にしっかり聞き出そう、具体的に。

「「「本命の雑貨屋さんを襲撃だ！」」」「「「うをおお――っ！」」」

　急いでお腹いっぱいのまま、みんなで雑貨屋さんに向かう。お洋服も入荷されたばかりみたいで、瞬く間に友情は跡形もなく消え去り、売り場《フロアー》は仁義無用の乙女の戦場と化した！

「「「可愛《かわい》い！」」」「これ買う！　私のー！」「なにこれ、お洒落だ、可愛いよ!!」

　お店の入り口のディスプレーには素敵な木の編み込みの籠。シックでイタリアンな雰囲気で街の奥様も女の子達《たち》も足を止めて見惚《みと》れている。

　これ欲しい！　白木や赤っぽいマホガニーもお洒落だけど、ブラウンにライトブラウンの高級感も素敵で、黒もスタイリッシュで格好いい！　サイズもデザインも何種類もあって目移りしちゃう、全部欲しい！　だって、みんな可愛い！

「「きゃあああっ！　ブーツだよっ！　ミュールだよっ！　サンダルも可愛い！」」「サイズは！　試着できるのっ！　ああ――っ、その黄色いのは私のだよ！」「黒のブーツ！　大人の女だー！　アダルトさんで、セクシーさんだよーっ！」「ミュール、ミュール、あーん、ぜんぶ可愛い！　いくらなの？　買い占めちゃう？　あー、何で脚が2本しか無いのよ？」「買い占め駄目！　私のが無くなる！って言うかそれ私の！　私のって決まっちゃってるの！　きっと法律で？」「あ～ん、胸がキツいよ～っ、胸だけ大きいサイズないのかな～？」「「「ソウデスカ、ヨカッタデスネ！」」」「可愛い、これじゃないと嫌だよっ？　サイズ！　サイズ違いは何処《どこ》？」

革のストラップブーツはクラシカルだけど素敵で、金具は無いみたいでストラップは結んじゃうタイプばかりだけれど、それがまた可愛い！　革の編み込みのサンダルも格好良いし、メッシュ編みで大人な感じでヨーロッパ風？　木底のクロックスな厚底なミュールも何となく……北欧風？

どれもこれもすっごいお洒落で、木靴に革を釘《くぎ》で打ってあるのがアクセントになってて超欲しい！　でもデザインがみんな現代風？　異世界ってもっとみんな長靴っぽいよね？　これ……何処で仕入れて来たんだろう？

「革《レザー》のお洋服だ！」「「「おおーーっ、大人のお洒落さんアイテムだっ！」」」「あ～ん、スカート可愛い～、買う～！　絶対買う～！」「素敵すぎる、ロングのフレアスカートなのに巻きスカートでスリットが！」

レザーのベストにレザーのフレアスカートまで有って、みんなお洒落でブランド物みたいにエレガントに格好良い。基本的に簡単な作りの物ばかりだけど、みんなデザインが現代っぽくってお洒落で可愛い……うん、やっぱり間違いない。

だってみんなお洒落で可愛すぎる、そして何処となく見覚えがある。こんなの中世ではあり得ないし、デザインの地域性も混じり合っている。つまりこれってみんなこの街で手に入る素材を現代の知識で作ったものだ。そして、全てがさっき入荷したばかり。

「あれ～？　これって～、アンジェリカさんの着てた服の型違いだよ～？」「「「うん、犯人わかっちゃった？」」」

そう、きっと誰かさんが夜なべして作ってたんだ。みんなが明日お買い物だって聞いたから、夜中に大急ぎで仕上げたんだ。

御休みをみんなが楽しめる様に、嬉しい買い物が沢山できる様に、そして明日もきっと楽しいって思えるように……1人でこっそり内職してくれてたんだ。それでお昼寝。

「「「しーちゃーくーしーつぅー！　早く――！」」」「早く、速く、まだなの？　もう脱いじゃうよ？」「これだけは譲れないんだよーっ！　一目惚《ひとめぼ》れなの！　お願い譲って！」

「あぁぁぁん、予算が、予算が足りないよ。どっちも欲しいのに！」「お願い交換してよ、白が良いの！　白が欲しいんだよ！　青と替えてよー、お願いだから」

みんな喜んでいる。良かったね――でもね、これは譲れないの！　これは私のなのっ！

えーい、こうなったら縮地で突破するまで！　加速っ（以下修羅場）

もう、大満足だった。もっともっと欲しかったけど、もうみんなスッカラカンで、みんな宿代残ってるんだろうか？

雑貨屋のお姉さんにツケにして貰《もら》って買っちゃった娘もかなりいたけど、私達って破産間近なんじゃないの!?　このまま借金地獄巡りなの？

「「「余は満足じゃー♥」」」「お家《うち》に帰って試着までがお買い物だよ！」「「「おお――っ、含蓄がロマンチック！」」」

でも買っちゃう。だって此処《ここ》にしか無い特別仕様なの、だって私達の休日用限定商品だったんだから。だって……一生懸命作ってくれたの、だから絶対に買っちゃう。当たり前だ、これを買わなきゃ乙女が廃って罰が当たっちゃうんだから。

「どうしよう、来て帰っちゃう？」「「「良いねー！」」」

みんな試着しては元読者モデルでファッション通の島崎《しまざき》さん達にコーディネートして貰ってる。やっぱりバッグも大事《ポイント》なの？　バッグも買わなくちゃ！　木の編み込みのバッグは何処！　何処なの!!

アンジェリカさんもいっぱい買っていたけど、本命の帽子だけは良いのが無かったみたい。

でも宿に帰ってから遥君から帽子をプレゼントして貰っていた。きっと出来立てほやほやだ、アンジェリカさんの顔もふにゃふにゃだ。

良いなー、遥君のオーダーメイドサービス。それは私達まで嬉しくなるような微笑《ほほえ》みで、そしてちょっぴり羨ましい。

「しかし遥君ってレディースのファッションに詳し過ぎない？」「これって、何気に流行《はや》り物も押さえてるよね？」「実は隠れお洒落《しゃれ》さんだったの？」「でも、おかげで満足♥」「でも、帽子……良いなー？」「「「だよね？」」」

みんな大満足の1日だったけど、最後だけはちょっぴり羨ましかった。良いなー、アンジェリカさん。

女子をストーカーして大泣きさせてお菓子を上げて宿に連れて行って説教されてる男子高校生な扱いなの？

47日目　昼　オムイの街中

委員長達にお弁当も配ったし、甲冑委員長さんにもお小遣いを貢いできた。

だが、すぐに回収されている事だろう。だって誰が何を欲しがっているか、甲冑委員長さんが全部報告《おはなし》してくれるんだよ？　うん、滅茶《めちゃ》内職を頑張った、だってお金無いんだから。また宿代を溜《た》めてたのがばれて没収積立金から払って貰って、お説教付きで強制積立分の増額だったんだよ！

お大尽様買いは金《エレ》は天下を回り回ると経済が回ると謳《うた》われる経済活動の法則で、入ってきても即座に霧散消失する。だけど迷宮に潜る女子さん達は稼ぎ頭で街で最も稼いでいる、そこを狙って作ったらほぼ確実に売れる安定の商売だ。

何故《なぜ》ならば現代のデザインなら、俺の独占販売で売り抜けられる。目の肥えた現代っ子の女子高生達なら必ず選ぶ、きっと今頃は雑貨屋さんで有り金を巻き上げられている事だろう。うん、大儲《おおもう》けだな？

だから1人で別行動。幸い甲冑委員長さんは女子達に連れて行かれたから、今日はゆっくりたっぷりと楽しめるはずだ。うん、こっちは付いて来ても楽しくなさそうなんだよ？って言うか……付いて来られてるし？　うん、何かずっと強盗さんなのか尾行者さんなのかストーカーさんなのかが付いて来ている？　しかし、男子高校生をストーキングして何か楽しいんだろうか？

うん、ずっと見ててもポロリとかしないよ？って言うか男子高校生が街中でポロリって、それただの事案じゃん!!

だが気配も悪意も殺気も感じられない、だから危険は無さそうな気も？　完璧に気配を消し隠密《おんみつ》を発動して、姿も音もない見えない追跡者《インビジブル》が尾行して来るんだけど、なんかメッチャ頑張ってるんだけど……空間把握できちゃうから、丸分かりだったりする。

うん、羅神眼あるから後ろも見えてるし、見えない所も見えるんだよ？　だがそれでも姿が捉えきれない、おっさんだったら容赦なく焼くんだけど、どうも空間把握の反応から見て小柄だから女の子っぽい？

しかし、姿を隠して付いて来て、それでいて悪意も殺気もないなら何なのだろう？　ま、まさか好意？　つ、ついに俺にあの伝説のモテ期が？　ちょ、これは噂《うわさ》に聞くファンクラブと言うものだろうか。って言うかサインいる？　うん、昔練習してたから得意なんだよ、全部で5種類有るんだけどどれが良いだろう。追跡者さんは色紙とか持ってるんだろうか、いやサインがいるんだったら俺が色紙買って来ちゃうんだよ！　うん、マジで!!

だが行けども行けどもなんか見てるだけ？　もしかして生暖かく見守られてるの？　いや、見学してるのかも？

だとしたらサインではないのだろうか？　なんなら、今なら握手券だって付けちゃうんだよ？　だって付いて来てるのは、やはり小柄な女の子の可能性大だ。もしかすると子供かも知れないけど、子供ってあんまり気配を消して『隠密』とか発動して付いて来ないと思うんだよ……やっぱりファンクラブなモテ期到来でサイン攻めの準備完了なのだろうか？　まあ無いだろうな？　うん、あったら怖い。

だって気配を消して『隠密』を発動して尾行する娘《こ》がファンクラブだったら、世のアイドルさん達は全員ノイローゼ確実だよ、怖いよ！

うん、無いな。どうやら色紙は買わなくて良いみたいだ……5種類も有るのに需要はないようだ（泣）。

　だけど何処まで行っても付いて来る、付いて来るだけなんだけど何なんだろう？　まじストーキング？　それともオークキング？

　いやオークキングは街の中で付いて回らないはずだ。って言うか、街の中にいたら門番説教だよ！　通すなよオークキングを！　気付けよ門番！

　だから聞いてみた？　人気のない街外れ、入り組んだ袋小路の奥の奥で。

「ねーねー、なんか用事なのかな？　物取りさんなの？　俺お金持ってないよ、マジで無いんだよ？　もっとお小遣いを増やすように言ってやってよ！　俺が物取りしちゃいそうなんだよ！　俺、強盗さんに会う前に既に強奪されてるんだよ？　だから、ずっとお金ないと思うよ？」

（シ――――ン）

　返事が無い？　ちょ、なんか1人で喋《しゃべ》ってる痛い人みたいだ!?

　ちょっと心が痛いんだけど……でも俺がストーカーを追いかけると、その場合は今度は俺がストーカーになるのだろうか？

　はっ、小柄な女子をストーカーする男子高校生！　危なかった、罠《わな》だ、これは罠だ！　危うく俺の好感度さんがお空の星になる所だったよ。でも、それなら好感度上昇になるのだろうか？　うん、なんか上昇し過ぎて手が届かないんだけど急速急上昇？

まあ試すと好感度さんが流れ星さんになって消えちゃいそうだから止《や》めておこう、きっと俺の好感度は星空よりも儚《はかな》そうなんだよ、かなり?

まあ別に付いて来るだけなら別段何の害も無いんだけど、甲冑《かっちゅう》委員長さんが帰って来たらストーカーさんが危ない。

実は結構過保護で、迷宮でもあれって俺の周りの魔物を排除しているようだ。つまり、あの虐殺って過保護の結果なのだから……ストーカーさんがマジ危ない!

「ねーねー、なんか用が有るの？　強盗さんなの？　金目の物は強奪されてるから残ってないよ？　マジで無いんだよ!?　うん、文句は強欲さんに言ってやってよ、俺が強盗しちゃいそーだよ？　俺って稼いでも稼いでも強欲さんに貢いで終わりなんだよ？　だからずっと金目の物はないと思うよ？　割とマジで!?」

（シ――――ン？）

返事が無い！　なんか1人で喋ってる痛い人に決定しちゃったよ！

ちょ、マジで心が痛いんだけど？　でも俺が小柄な女子をストーカーする男子高校生なのにストーカーされて心と好感度さんが大打撃中？　意味が解《わか》らない！　だって、いつの間に俺がストーカーに決定しちゃってたの!?　いや、だったらせめて小柄な女の子よりグラマーなお姉さんでお願いします？

「ねーねー、お返事は無いの？　ガン無視なの？　俺の心が1人で喋ってる痛さに好感度さんと一緒に激痛で大被害なんだよ？　もう可哀想《かわいそう》に好感度さんの残機も残ってない気がするんだよ？　うん、マジ何処に有るんだろうね!?」

　僅かに気配が動く。やっと反応した!?

「って言うかなんなの、俺に異性の好感度が無いからガン無視なの？　好感度が無いと女の子ってお返事もしてくれないものなの！　だって異性の好感度は行商に行ってて迷宮にも無いんだよ？　マジで？　みたいな？」

　うん、気配が動いた。って言うか袋小路に追い詰めてみた？

「……あのー、何で隠れてるのに見つけて来て、話しかけて来るんですか？　何で私って隠れてるのに見つけられてキレられちゃってるの？　しかも話しかけられてるのに話の意味が分からないって何？　せめて真面目に話をしてくれないと返事できないですよ？　あと、お金は貸しませんよ？」

　おーっ、ジト目ストーカーさんだった！　これは良いストーカーさんだ、だってジト目だし、あと……うんジト目だ！

　まあ、色々と言いたい事は多々多様多事多彩に有るのだけれど、ジト目でストーキングなら大歓迎せざるを得ないだろう。うん、1回いくらなのかな？　これってジト目ストーキング回数券とか有るの？　できたら茸《きのこ》払いか棍棒《こんぼう》払いでお願いします。

「意味が分からないって、俺が分からないんだよ？　うん、何で俺がストーカーを追いかけると俺が小柄な女子をストーカーする男子高校生で、好感度が急上昇なのにお星さまな

の？　何で真面目にお話してるのにガン無視した挙句に文句ないちゃもんなの？　良いストーカーさんだからってあんまりだけど、回数券なら買うんだよ？　そりゃー買っちゃうよ。マジで？　お幾らでしょうか？」

小柄だが少女？　そこまで年は離れていないだろうが……中学生くらい？

「もう嫌だよーっ！　お家《うち》に帰りたいよーっ！　こんな変な人の調査とか無理だから！　いくら調べたって意味分からないのに、喋ったらもっと意味不明だし、尾行してたのにストーカーされちゃうよー！　大体、何でお金無いのに回数券買っちゃうの!?　回数券とか売ってないのーっ、って何の回数券なのー！　うえええええぇ～っん！」

突然ストーカーさんが泣き出してしまった。どうやらお家に帰りたいらしいが、お家に帰りたいのにストーカーしてたの？って言うか迷子だったの？

それよりも小柄な女子をストーカーして大泣きさせてる男子高校生なのは不味《まず》いんじゃないだろうか？って言うか何で泣いてるのだろう？　お腹《なか》が空《す》いてるの？　やっぱり迷子？　取り敢《あ》えず一挙動で間合いを詰め……ポテト弁当をあげてみた？

「美味《おい》しいーっ！　甘美味しいです！　ありがとうございます、美味しかったです!!　今までこんな美味しい物食べた事無いけど、迷子じゃないし、お腹が空いて泣いてたんじゃないです。でも甘美味しかったです」

スイートポテトで泣き止んだ、良かった。だが今度は小柄な女子をストーカーして大泣きさせた挙句、お菓子を上げてる男子高校生になってる気がする……うん、何か怪しさがアップだった！

だが、ここで助けを求めて宿に戻ると「小柄な女子をストーカーして大泣きさせてお菓子を上げて宿に連れて行く男子高校生」になる気がする。だがしかし、もうこれ以上悪化してもしなくても変わりない気がする？

うん、どうもこの娘は何を言っているのかさっぱり分からないから通訳を頼もう。通訳委員長さんは帰って来ているだろうか？

「って言う訳なんだか何なんだか何だかんだでストーカー事件がなんと解決せずに事件が迷宮化で、それはもう事件が迷宮入りする前にダンジョンマスターも困惑間違いなしなくらいに意味不明なんだよ？　うん、ストーカーさんはスイートポテトで甘美味しくて回数券は売ってないらしいけど、ダンジョンマスターさんには聞いてないんだよ？　うん、吃驚《びっくり》だよね？」

「「黙ってて！　そのお口こそが意味不明なの!!　それで説明してるつもりなのが何より一番な吃驚なの！」」

何故、俺が怒られているんだろう？　そもそも、なんで俺が「ストーカーを追いかけると俺が小柄な女子をストーカーして大泣きさせてお菓子を上げて宿に連れて行って説教されてる男子高校生」な扱いなの？　うむ、解せぬ？

そして、通訳委員長さんが通訳を始める。膝を落として微笑《ほほえ》みかけながら、優しく尋問している。うん、俺にもこれくらい優しく聞いてくれても良いんだよ？

「えーっと、要はこの街に凄《すご》く危ない人がいるから、その人が危険かどうか調べる依頼をされて。それが凄く危ない人だから、強い人より見つからない人が良いって選ばれちゃって……調査してたけど意味解らなくて、見つかって泣かされちゃったんだね？」

「はい」

「「「遥《はるか》君！」」」

凄い人は知らないが、凄く酷《ひど》い人なら今いっぱい俺を睨《にら》んでるんだよ？

「いや、その話の流れでなんで俺が悪いの!?　だって、なんか付いて来たからスイートポテトあげただけだよ？　だって、泣いてたらお腹空いてる迷子かと思うじゃん？　ほら、俺悪くないよ。無罪だよ、免罪符だよ、断崖裁判だよ！」

「まず無罪の人は免罪符は買わないから！　それに弾劾裁判どころか断崖裁判って、それ自白しないと突き落とす気満々で全く裁判されてないサスペンスだから!!　あと、大体通訳が必要なのは遥君だからね？　そして、いつから私は通訳委員長になっちゃったのよ――っ！」

どうしたら俺が悪い話になってるんだろう？

「うん、誤解しないで欲しいな……だって、俺は付いて来たストーカーさんに話しかけてスイートポテトあげただけなんだよ？　フライドポテトじゃないいんだよ？　何がいけないの？　いや、だってあそこは絶対にスイートポテトだよ、だって喜んで食べてたよ？　うん、美味しいんだよ？」

「「「「もう嫌だーっ！」」」」

うん、美味しいよ？　だって俺は悪くないし？

料理が得意でお裁縫も上手で家具作りも上手でお菓子もくれるのに碌でもないって何？

47日目　夜　宿屋　白い変人

始まりはとある報告。ある日辺境に迷宮王を殺した化け物の様に強い男が現れた。それは危険極まりない事態だ、ある意味魔物よりも危険。

凶悪な武力を知性と野心を持って揮《ふる》うのだから、それは魔物よりも脅威に成り得る。

しかも人故に今隣にいても分からない、それが化け物だと言う事に。

そして自らの意思で行動する、欲望のままに、野望のままに。

「辺境の街に化け物のような男が現れた。

たった1人で魔の大森林の魔物を殺し尽くし。

たった1人で最古の大迷宮の魔物を殺し尽くし。

たった1人で魔物の大襲撃の魔物を殺し尽くし。

街の富を独占し。街を我が物の様に振舞う。


そんな化け物のような男が現れた。

その男が何をしようとしているのか？

その男が何処《どこ》へ行こうとしているのか？

その男の目的は何なのか？

そしてその化け物のような男は何者で、どんな男か？

調べてね？って言う指示だったんです？」

あー……あれ？　何も間違ってない気がする。フォローしようと思ったけど、概《おおむ》ね合ってる？

「その男は何もしようとしてないよ？　エロい事で忙しそうだよ？　毎晩ずっと」

「その男は何処へも行く気無いよね？　目を離したら洞窟にひきこもろうとするし？」

「その男は目的なんか考えてもないよ？　その日暮らしで生きてるから？」

うん、そーだよね。合ってる、間違いはない。

「化け物のような男は何者って良い悪者だよ、碌《ろく》な事しないけど？　あと、一緒にしたら化け物さんに失礼だよ！」

「化け物のような男はどんな男かって料理が得意で実はお裁縫も上手らしい？　家具作り

も上手だし、基本は自給自足な悪者？」

「うん、化け物のような男かって建築と商売も結構やってる？　お金儲《かねもう》け好きだけどお金持ってないよ？　いっつも無いの」

「そうそう、化け物のような男はどんな男かって美味しいものが大好きだよ？　エロい物も大好きだね？　だからお金無いんだよねー」

何も間違ってないけどそんな報告書で良いの？　そんな事知りたい人いるの？

「えっと、尾行《ストーカー》して調べてたんでしょ？　何か分かった？」

「はい、武器屋さんの増築工事をして、雑貨屋さんのお手伝いをして、お弁当を配ってスイートポテトをくれました」

駄目だ。代わりに報告書を書いてあげようと思ったんだけど、なんて書いて良いか全く分からないの？

知りたい情報を正しく纏《まと》めれば良い――間違っているのは迷宮王じゃなくて、迷宮王さんの上司の迷宮皇さんで、殺してないけど毎晩死ぬかと思ったって言ってるくらい？

あとはみんな殺し尽くしてるし、富を独占してるけどばら撒《ま》いて貧乏で、街を我が物の様に振舞うっていうか……ただ我儘《わがまま》なだけだし？

うん、なんて書いたら良いんだろう？

「危ないから近づくなとか？」

注意書きなの？

「係《かか》ると有り金巻き上げられるとか？」

バーゲン経験者談？

「ご飯が美味しいとか？」

感想なの？　評論ですらないの？

「マッサージがすっごく上手だよ～っ」

……振動魔法が気にいっちゃったみたいだ？

「お菓子もくれるよ！」

うん、其処《そこ》は大事だ！


でも調べるくらいだから、かなりの脅威を感じ警戒してるのかもしれない。多分知りたいのは害があるのかどうか？　どうなんだろう、基本人畜無害なんだけど災害だ。

「どんな人かって……まず人かどうか？」「「「だね!?」」」

後は危険性？　危険性って言うよりは性的に危険？　うん、そっちはかなり危険らしい。

それはもう凄いらしい！

「何をしようとしてるのかって……それ報告書が全部伏せ字になるよね？」「「「うん、黒塗りを超えた、黒紙になっちゃうね！」」」

他は為人《ひととなり》？　性格は適当で好《い》い加減。お人好《ひとよ》しで人柄は良いけど、人でなしで自称人族の人外な人？

「何を知りたいんだろうね？」「「「うん、知らないほうが幸せなのにね？」」」

大体凶悪だけど武力も魔力もエロい事してるし、知性もご飯作りか内職してる。野心もお小遣いの値上げ位だし、野望は深夜に戦国絵巻を繰り広げてるくらい？

うん、でもお小遣いの値上げも何も、強制貯蓄分まで使いこんじゃってるのに、また宿代をツケてたんだよね！

そして……隣にいても分からないって言うより、ずっと隣にいても訳分からない？

でもそもそもが化け物のような男じゃないんだから？　訳が分からない男なんだから。みんな訳が分からないまま殲滅《せんめつ》されたり、訳が分からないまま助けられたり、訳が分からないまま皆殺しだったり、訳が分からないまま幸せにされたりで訳が分からないんだからね？

『訳が分からないから報告なんて出来ないの。きっと自分の目で見てみても訳が分からない、話なんかした日には訳が分からない事すら分からない訳なんだから絶対に理解できないし、あれは訳が分からないんだから分かっちゃいけないの。寧《むし》ろあれが分かっちゃったらその人はもう駄目だから、分かろうと思っちゃ駄目なんだから、分かってる事は訳が分からないって事だけなの。分かった？　分からないでしょ？　だから訳が分からないの。

(以上報告終)』

うん、書いてみたけど化け物のような男の報告がこんな報告書で良いのかな？

きっと報告したら怒られるだろう。みんな書いてみてるみたいだけど報告までもが迷宮入りしたようだ。だって、みんな頭を抱えて悩んでいる。

全く何もかもちゃんとしない人の事をなんて書けばちゃんとした報告書になるんだろう？

禁断の書とか禁書って言われると格好良いのにタイトルに難がある。

47日目　夜　宿屋　白い変人

追い出された。みんなは食堂で会議しているが、何故《なぜ》だか当事者の事細かく綿密な状況描写が排除されてしまった？

そして、どうやら他所《よそ》の領主だか貴族だかに調べられていたみたいだ。まあ、調査中なら今の所は害は無さそうだけど、この世界で黒髪黒目は目立つんだよ。

そして、黒髪黒目は俺だけじゃないから、女子さん達《たち》を巻き込む危険がある。まあ、男子は良いや？

だが、仲間であると思われているからには、間接的に狙われる危険だって高い。俺ってぼっちでパーティーも組めないんだけど、一応仲間扱いらしい？

さりとて別段この国にいなきゃいけない訳じゃない、それ以前にこの国が何処かもわからない。

遠くに行って目立たない様に暮らせば良いだけなんだけど、それはそれでなんか逃げるみたいでムカつく。うん、今どきのキレやすいナウな男子高校生的にはムカ着火ファイヤーだ、それはもうムカ着火インフェルノだと言っても過言ではないだろ。なんだか、あんまり今時そうじゃないな？

うん、俺だけなら国どころか洞窟だけでも良い。だが、何故かひきこもりなのにひきこもりが禁止されているんだよ？　甲冑《かっちゅう》委員長さんと2人っきりの洞窟生活は、それはそれでとても良い物だろうが駄目人間になっちゃいそうな気しかしない。だってジャグジーだよ？　泡泡ボディーなんだよ？　そのボディーがすっごいんだよ！

うん、よく考えたら洞窟関係ないかも？

でも、レベル上げにも装備の強化にも迷宮巡りが一番効率的だ。何よりダンジョンアイテムは集めておいた方が良い。

そうなると、取り敢《あ》えずはこの街が便利で安全だ。他所の領主とか貴族とか面倒そうだし、メリ父さんみたいな良い変人ではないかも知れない。

だったら辺境のダンジョンが無くなるまではこの街を拠点にしたい、ここがお家《うち》に一番近い街だし？　うん、せめて日帰りジャグジーだけでもね？

「俺を調べるってやっぱり隣街？って言うか、隣領の遠いけどお隣さん？って言うかお隣の領地なんて1個しか無いんだよ？　だったら絶対そこだよね？」

追い出されたから、ぼっち会議だ？


この辺境領は奥は魔物の森で、その周囲は切り立った高い岩山で囲まれている、ぶっちゃけ広大な円形台地だ。

外部に通じているのは左右を岩山に囲まれた細い路《みち》1本だけ、そこだけが繋《つな》がっている孤立地帯。その先にお隣さんな何とか領があり、それ以外何もない。

そこから王国が広がり、王国の一番向こうに王都があるらしい。つまり路はそこしかない。だからお隣なんて一つだけなんだよ！

あとは魔物の森と崖だけ、そこが関所となって高税を掛けるから、物資が不足して貧しかった。


要は隣街が通行や物流に税金をかけて利益を奪っている。でもそこを通らないと売買できないからやりたい放題できるだろう。

そして今までやりたい放題してきて、これからもやりたい放題する気ならこの街の事が気になってしょうがないはずだ。

だから何かがあればすぐに調査する。何せ辺境のお金を掠《かす》め取って繁栄しているだけの領地なのだから、向こうにすれば生命線だ。

うん、この展開は隣の領地と揉《も》めちゃう揉め事なのだろう。いや、揉むのは好きなんだけど、揉め事は面倒だ。揉み事なら大丈夫だからすぐ行くんだよ！

「もう、すぐ揉んじゃうよ、それって何処に行ったら良いの!?　隣の領地？　揉めるの？　いや揉めそうだ？　あれ？　あれ？」

まあ領主どうしで何かしているだろうし、情報が無いから手出しも出来ない。何かされたら動けばいいだけだけど、でも女子さん達には単独行動はとらない様にさせないと……うん、あれ襲うと危険なんだよ！

単純な戦闘なら女子さん達に問題はない、男子達は……どうでも良い？　だから怖いのは搦《から》め手《て》だ、毒、催眠、傀儡《かいらい》、罠《わな》って……あれ、全部俺の得意分野だった？

まあ得意なんだから対策も出来るし、搦め手も得意だ、そして脚を絡めるのも脚を引っ張るのも、大きく割り開くのも大好きだ、マジで！

「うん、取り敢えず商業活動で製作活動だな？　だって最大の対策になって、お金にもなって、スキルも上がって言う事無しなんだよ。って言うことは今晩も働くのかー？　何る。それで恨まれるのは隣領だ、商人や他貴族を勝手に敵に回せばいい。

輸出を規制するなら輸出しなければいい、内需を充実させて、欲しいなら買いに来させか『にーと』なのに休みが無いよ!?」


そして、それができる。


雑貨屋のお姉さんがようやく仕入れて来てくれた異世界の本に、小説は無かった。

——だが禁書が有った。

辺境だからこそ焼かれる事無く残れた書物。その禁断なる書の名は『ハァウ トゥウ 魔道具!』……うん、焼こう!って、誰だよ禁書にこんなタイトル付けた奴《やつ》! いや作者なんだけどさー? 「ハァウ」がイラっときて発禁? それとも「トゥウ」がムカつくから焚書《ふんしょ》されちゃったの?

でも内容は至極真面《まとも》に魔道具やスキル装備の材料や作り方がぎっちりと書き込まれ、その使用方法まで丁寧に説明されている錬金術の本だ。それは危険な辺境や装備が不足する貧しい街や村が救えるであろう内容、実際に紙面も魔物避《よ》けや戦闘の補助効果に多く割かれ、生活用品も充実している。敢えて悪用出来そうな物は載せていないみたいだし、これって危険な異世界では絶対的な推奨本で、発禁になる意味が分からない?

「うん、エロも無かったし? なんで、これが禁書?」

ただ、この世界の人は文字は読めるんだけど文盲気味だ、識字は出来るから単語や短い簡単な文や数字だけわかる人が殆《ほとん》どで、長い文章は苦手らしく本は需要が無いらしい。

しかも『ハァウ　トゥウ　魔道具！』は要錬金術の本。なのに、この世界では錬金術って言うか化学は発達していない、それどころか忌諱《きき》されている節さえ有る。うん、発禁はともかく売れなかっただろう、それでも書かれたのは誰かの役に立てて欲しかったからだろう。

まだ効果の低い物しか作れないけど、これでアイテム製作が可能になった。って言うか女子達が雑貨屋さんで買った服は全部効果付きだ。

きっと洋服を買うのに鑑定とかしていないだろうから、気付いてないと思うけど、あれは防御や回避、そして特に耐異常の効果を重視してある。うん、全部に付けておいたから低い効果でも重複するはずだ。

ただしダンジョンから見つかる装備品と比べるとしょぼい、多分10％も補正されていない。それでも武装していない時の気休めくらいにはなる筈《はず》だし、複数身に着けていれば冒険者や兵隊さんの装備よりは高い効果はあるはずだ。

「これって入門編なのかな、広く浅く簡単に書かれている分、わかりやすいけど効果が低いんだよ……続刊が待たれるな！　禁書処分にされてるけど？」

ただ戦闘用より効果の高い耐異常や罠探知が必要になりそうだったんだけど……うん、この魔石を使った指輪が良いだろう。これなら材料の魔石は売る程あるし、効果は低くても等級の高い魔石なら効力は比例する。ただ、けっこう難しいから時間が掛かるし面倒くさいから作ってなかったんだけど、これは念の為《ため》に作っておいた方が良さそうだ。まあ、アクセサリーなら儲《もう》かりそうだから、いつかは作ろうと思ってたんだよ？　だって、実質材料費もタダだし沢山売れるからお大尽様だ、頑張ろう！

魔石に魔力を籠《こ》め、包み込んで捏《こ》ねる……魔法はイメージ。それに錬金の知識が合わさり、今までは曖昧だった工程に事細かく干渉できる。

「おーっ、色が変わるの？　これ売れるよ、大ヒット商品だよ！　問題はデザイン？　石である以上デザインが限られるし実用性重視だとシンプルで頑丈で邪魔にならないデザインかー？」

ただ魔石を取って来て売るのでは相場でしか売れない。だが、こちらで付加価値が付けられれば相場を決められるようになる。魔石単体の買値が低ければ販売せずに加工販売できるのだから安く買い叩《たた》かれる事が無くなる。

「あー、だから禁書にされて燃やされちゃったのかも？」

魔石の最大の産地は辺境だ、当然他所は安く買い叩きたいだろう。その為には辺境に加工技術が有ると困る、恐らく加工技術を独占し利益をあげているはずだ。

だから、この辺境はこんなに貧しかったんだ。魔石の最大の産地なのに買い叩かれ利益は僅か、その利益すら隣の領を通る度に掠め取られる。

そして貧し過ぎて装備すら満足に整えられない為に、魔物が倒せず魔石が取れなくなり不足し始めていた。おかげで高騰してて大儲けだったんだよ……一瞬で無くなったけど？

その結果、辺境は軍事力不足に陥り、魔の森が広がるのを止める事ができなくなって、町や村が襲われ人口まで減ってしまった。だから、更に貧しく弱くなる。

国の政策だとしたら屑《くず》なうえに馬鹿すぎる、それで儲けても滅びちゃうんだよ？　だって魔物増え放題なんだから。

「いっそジュエルリングで良いか？　食べられないけど豪華そうだし？　うん、食べないように厳重注意が必要そうだ!?」

ただ、普段使いできる大きな石の指輪って無理がある。装飾には有利に働くが、逆に実用性は確保しづらい。

「あっ、石ごとリング形で良いじゃん！　だって形状が加工できるんだから古代翡翠《ひすい》指輪的な？　あれなら全部石で良いし、色はいくらでも変えられるんだから売れそうだ！　これはお大尽様だ！　ひゃっほう？　みたいな？」

大ヒット商品の予感！　独占商品なうえに付加価値付き、尚且《なおか》つ色とデザインさえ変えればリピーターも付いてロングセラー間違いなしのロングお大尽様生活だ！

気分が乗って量産に次ぐ量産。同一種類の大量生産ならば並列思考の一斉制御で、一人多重魔法による流れ作業で量産できる。『至考』さんの並列思考が大活躍な錬金と魔法の一人並列の流れ作業だ。
中々これ程迄《まで》に工業化された内職って世の中にちょっとないと思うレベルの大量生産だ。魔石がベルトコンベアの様に宙に連なり俺の周囲で螺旋《らせん》を描きながら、次々に廻《まわ》り並べられながら加工されて指輪になっていく。
生産速度も慣れれば慣れる程に加速して、あれよあれよと生産数が増えていく一人工場さんだ？　うん、これは一人工業地帯さんだと言っても過言ではないだろう、でも誰もお給料はくれないいんだよ？

はたらけどはたらけど、猶《なお》わが生活楽にならざり、ジトってみる？

うん、もう泣きぬれて猿蟹《さるかに》合戦を始めるくらい働いてるんだよ？　勤労男子高校生選手権でも勝ち抜けちゃうよ？　なのに何でお金が無いんだろう？　ジトろうかな？

圧倒的演技力で圧倒したら罵倒された。

48日目　朝　宿屋　白い変人

眠たいけど朝が来た。一晩中内職してたら朝だった!?　最初こそ時間が掛かっていたけど、途中からは制御がパターン化されて、それはもう流れるような流れ作業が流々と展開されて大量生産で……気分が乗ったら朝だった！

まあ、途中で甲冑《かっちゅう》委員長さんと内緒の内密な事をしてたりしたけど内職していたのだ、商機は逃しちゃ駄目なんだよ。

でも、よく考えたら女子さん達《たち》からはお洋服で有り金を巻き上げちゃってて、お金を持ってなさそうだ？　寧《むし》ろお金を持ってるとしたらオタ達か莫迦《ばか》達なんだけど、男子は指輪するんだろうか？　まあ、ぼったくってみよう？


階段を下りる、そして食堂にはレオタード――一体何がチャチかわからない片鱗《へんりん》が、そんなもんじゃが起きたありのままのレオタード？

「伸ばしきっては駄目です、伸び切る限界の手前までゆっくりです」

「「「はい！」」」

気配探知にオタ莫迦が掛からないと思ったら逃げやがったな！　うん、「朝、食堂へ下りると――そこは新体操だった」……異世界って不思議《ファンタジー》だな!?

「んぅ……っ、んぁ」「んふぅ、んんっ……はぁ、はぁ」「あぁぁ……キツいぃ」

うん、俺も逃げようかと思ったら背後から甲冑委員長さんに羽交い締め？　あ、オコだった？

「「「あっ、おはよう」」」

「うん、何で朝から妖しい喘《あえ》ぎで息も絶え絶えに身悶《みもだ》えてるのかは兎《と》にも角《かく》にも、うねってるのか、くねってるのか、如何《いかが》なものかと如何わしいのか？」

羽交い締めのまま引き摺《ず》られてゆく。どうやら強制訓練に連行されるようだ？

「如何わしくないから！　あと、誰がくねり喘いで身悶えてるのよ！」「「「そうだそうだ！　朝の健全な体操に変な解釈を付けないで！」」」「うぅ～、気持ち良いぃぃ～……んんぁあああっン♥」「「「如何わしかった!?」」」

柔軟体操《ストレッチ》。それは男子高校生の真っ直ぐな感情《ストレッチなエッチ》とは一切無関係な柔軟運動《ストレッチング》で、新体操を習っているらしい……何故《なぜ》なら最も回避と攻防の切り替えが上手《うま》いのは新体操部っ娘《こ》だからだろう。

「骨格と筋肉を常に意識してください。綺麗《きれい》な流れは必ず合理的なんです」

攻防一致は武術でも理想とされるが、新体操部っ娘は回避が即攻撃か矯《た》めになっている。その特筆すべきは柔軟性と体幹制御《ボディーバランス》。

だから姿勢が崩れたように見えて崩れない、体勢が乱れたように思わせて何の乱れもない身体制御。強いのではなく巧《うま》い、だから決め手にこそ掛けるが絶対に最後まで崩れないのは新体操部っ娘だったりする。うん、でもレオタードはいらないよね？

「体幹を軸で感じれば自然に手脚は動きます、動かすのは軸なんです」

「「「いきなり難しいよ！　スパルタだ!!」」」

そう、問題は伸縮素材が無い事だ。若干は柔らか目の素材なんだろうけど……あれって

絶対に補正下着《ボディースーツ》だよ、だって伸びきれずに滅茶《めちゃ》食い込んでるよね？
「「「ううう……んはっ！」」」「キツいぃぃ……うあぁぁ」「うぎゅう、凄《すご》いぃ……壊れちゃううう」「あぁぁ〜〜んっ♥」

うん、なんか健全で健康的なはずの朝の運動は、男子高校生への不健全な影響を与えちゃいそうな健康が危険な前屈《まえかが》みな光景なんだよ？　うん、エロいな！

そして、適度《メチャ》甲冑委員長さんに稽古《ボコ》を受け、満身創痍《まんしんそうい》で深夜の復讐《ふくしゅう》を誓いながら指輪の販売を始めてみる？
「「「おお――っ！　可愛《かわい》い！」」」「えっ、スキル付きなの!?」「素敵！　乙女と言えばリング！」「確かに女子プロレスのリングでも無双できそうな……いや、指輪《リング》なんだよ、正方形闘技場《リング》は売ってないし、指に嵌《は》めると重いと思うんだよ？」「「「誰が指に正方形闘技場《リング》嵌めるのよ！　プロレスラーさんですら、嵌めてないわよ!!」」」

練習に安い屑魔石で作った街売り用の指輪は『魔物避《よ》け』や『回復（極小）』を付けて大量生産したから雑貨屋さんに売り飛ばす。

本命は『耐状態異常（小）』の各種指輪《リング》に腕輪《ブレス》だ。強化よりも耐性特化、そして防御と逃走を重視したんだけど……誰も効果を気にしていない!?
「赤いのが良い！　赤！」「あーん、全色欲しいよ！」「くっ、デザイン違いまで……全部欲しい！」「全然足りないよ、何で指が10本しか無いの！」「いや、親指は無理みたいだよ？」「「「もう、試してたんだ!?」」」

好きな効果や色やデザインで選べるようにと、物凄く多めに作って置いたのに完売だった。売れ残りは武器屋で売ろうと思ってたのに1個も残らなかった……いや、全員の指の数よりいっぱい有ったよね!?

まあ、沢山付けてくれれば効果も倍増するし、俺も儲《もう》かる。うん、いい加減怪しい行商もやってくるはずだしお金を貯《た》めておかないといけない。全く、俺の好感度《フェロモン》は何処《どこ》まで行っているのやら？

迷宮で出た『テンプテーション・シャツ　誘惑効果（大）』とかなら、かなりの高額で売れそうではあるんだけど、あれは世に出してはいけない物だろう。うん、封印だな。


さて、今日はゴーレムさんのダンジョンの37層からだったかな？　下層に行けば行くほど宝箱の中身も期待できるから中層以降は期待大だ。迷宮は儲かるけど途中のあっちこっちの村を覗《のぞ》き特産品を買って回るとあら不思議とお金が無くなるの。その材料でぼったくり価格でご飯を提供して儲かって仕方がないはずなのだが、軽――く極々嗜《たしな》む程度にほんのちょっぴりお大尽様すると雲散霧消にお金が消えて行くんだよ？　異世界って謎に満ちている。

「「「手作りの指輪《リング》……」」」「綺麗……」「素敵……」「「「左手の薬指にぴったり!!」」」

なんか脳内旅行《トリップ》してるけど、魔力を通したらサイズは可変だからね？　まあ、状態異常無効の指輪は早めにつけさせておきたかったし、貧乏娘たちには「迷宮アイテムを見つけたら払い」と言う斬新な現物後払方法で指輪を販売したら、瞬く間に余剰分まで全品即完売だった。2個付けても2倍にはならないんだけど、それでも1・7倍くらいには効果が上がるし……うん、良いんだけどさー？　何でこの娘達に俺は無駄遣いだとお説教をされているんだろうね？

「うん、不条理だ？　俺はちょっと全財産を使ってしまって、借金を積み立てで払って貰《もら》ったら全部なくなって宿代が払えなくてツケちゃってただけなのに不可解だ？」

「「「桁と常習性が違うでしょ!!」」」「1日に何回も何回も億単位で破産したら、普通誰でも怒られるの!!」「うん、全く反省していない！」

ついでだからと余り物と言うか……何か見窄《みすぼ》らしい地味な尾行服の尾行っ娘に普通の服をあげるついでに、妙に仲良しになってる看板娘とお揃《そろ》いの洋服と指輪をあげてみた？

うん、なんか怪しい踊りが始まった!?

さて、お出かけだ、ダンジョンだ。

「「「行ってきまーす」」」

ストーカーの尾行っ娘はずっと付いて来るようだし、あまり手の内やステータスは知られたくない。だって、報告書に書いちゃうらしいから、変な事をすると広められる危険性が有る。

　だがしかし、情報を制するものが好感度を制する！　ならば寧ろ好感度が上がる様な行動をして報告書に書かせて、それをばらまいて貰ったら俺の好感度が急上昇で爆上がりかも知れない！　うん、有りだな!!

　そして迷宮……しかし、ゴーレムさんばかりだから連れてきたデモン・サイズ達の出番が無い。このままだと草刈り専用になっちゃいそうだが、魔の森伐採は木が結構高く売れたりするから悩ましい。

「またゴーレムさんだよ、ハーレムさんとかじゃないんだよ？　異世界迷宮でハーレムならばそれは素晴らしい出会いなんだけど、迷宮でゴーレムと諍《いさか》いだと普通すぎるし全く楽しくないいんだよ？　うん、石だし？」

「「「なんで異世界迷宮でハーレムに襲われる気満々なのよ！」」」

　だけどお金も迷宮装備も必要だし日々あくせくと働くしかない、称号「にーと」なんだけど職業無職のままなのにずっと働いててもお金が無い？　稼いでも稼いでも使ったら無くなる？　何でだろう？

「まあ、遥《はるか》君は放っておいて、ここから続きだから気を引き締めてね！」

「「「お――――っ！」」」

　よし、ここからは好感度が上がる様な行動だ。大鎌《デスサイズ》でゴーレムの首を刈り飛ばしながら、何をしたら好感度が上がるか思案する。

まあ、それが分かってれば好感度は上がっているんじゃないだろうかと言う気もするが、世の中で良い事と言われる事をしていれば自然と好感度も上昇するはず。

うん、何が良いだろう？　お菓子をあげれば良い人で好感度が上がりそうだが、女の子を見かける度にお菓子配ってる人って、それはそれで何故だか怪しい気がするのは何でなんだろう？　うん、俺じゃん！

「アイアン・ゴーレムがだんだん硬くなってない？」「Ｌｖ分硬いのかな？」「うん、あのＬｖって硬度なのかも？」

まあ本当に尾行っ娘に存在を知られると不味《まず》いのは甲冑委員長さんだ。なにせ前職が前職だし、あの強さは人に見せない方が良い。それに甲冑委員長さんと一緒だと尾行っ娘が危ない、昨日の会議でも警戒心を漲《みなぎ》らせて半睨《にら》みで見詰めていたらしい。ちょ、異世界ジト睨み対決だったの！　見たかったな!?

「それはさておき、遥君は何してるんだろうね？」「もしかしたら、あれは格好良いポーズで好感度を上げようっていう作戦を実行してるつもりなのかも？」「「「うん、確実に好感度さんがガリガリ削れてるだろうね？」」」

まあ、そんな訳で今日は甲冑委員長さんは別行動で、ちょっと女子文化部組が怪我《けが》が多過ぎるから指導に出した。

文化部は迷宮攻略自体はかなり進んでるんだけど、攻撃を受け過ぎてるみたいでポーションの減りが早過ぎる。まして聖魔法の『治療』持ちがいるのにあのポーションの減り方は良くない。怪我で済むうちは良いが万が一が有ってからでは遅い。

だから甲冑《かっちゅう》委員長さんを護衛に付けつつ、しっかり指導を受ければ改善するとは思うので指導係についてもらった。女子文化部組は中衛と後衛寄りで、搦《から》め手《て》や付与を得意とする剣と魔法の両刀使い。だからこそ単独パーティーだと得意な相手には無敵の強さを誇り、逆に魔法や状態異常が効き難《にく》い相手だと一気に大苦戦してしまう。

まあ図書委員が付いてるから大丈夫だとは思うんだけど、近接戦闘のレベルアップをしないと危ないのも確かだろう。

「えっと、あれも格好良いポーズのつもりなのかな？」「あれは爽やかな好青年路線を狙ってるんだって～？」「「「大鎌《デスサイズ》で魔物《ゴーレム》の首を刈りながら怪しいポーズをする好青年って、どんな路線なのよ!?」」」

護衛だけなら盾っ娘を送り込んでも良かったんだけど、甲冑委員長さんなら護衛しながら指導ができる。そして尾行っ娘から離して置きたいし、甲冑委員長さんにはいろんな娘達《たち》と仲良くなって欲しい。きっと友達が増えれば増えるほど幸せになれるだろう。

だって、甲冑委員長さんには俺の身代わりになって死んだり、心中したりして欲しくないんだよ。だからいろんな娘達と絆《きずな》を結んで、友達を沢山つくれば俺に何かあっても寂しくないだろうし、大体ずっと使役されてたらいけないと思うんだよ？　特に俺の世間体的に？　うん、マジで。

「あの凶悪で極悪な阿波踊《あわおど》りみたいなのは、何なの!?」「う～ん、迷宮で苦悩しながら苦労している好青年をアピってるらしいよ～?」「「「好青年さんに謝らせよう！」」」

甲冑委員長さんはかなりイヤイヤしてたけど頼み込んでお菓子も持たせ、指輪もプレゼントして文科部系女子達に付いて行って貰った。これが使役者の威厳という物だろう、帰ったら新しい帽子を作ってあげる約束までさせられたから今晩も内職だ。

だけど平気な顔で頑張ってはいるけど、男子組と違い女子さん達は精神的にいっぱいいっぱいなはず。だから無理はさせない方が良い。

「あの謎の邪悪極まりないパントマイムは?」「多分、苦戦をアピってるんじゃないかな～?」「「「うん、怪しすぎてゴーレムさんが怯《おび》えてない?」」」

だからこそ好機、ここでそんなに強くない無害な好青年な感じの男子高校生感を爽やかに演出してアピールしよう！　そう、アピって好感度を上げるんだ！

「うわあああ――、ちょーあぶなかったなー?　ああーなんとかたおせたよ?って言うそのような感じ?　みたいな、みんな大丈夫かい?　おやおや怪我はないかい、お腹《なか》は空《す》いてない?　お菓子いるかい?　的な感じをお受けしました?　みたいな?」

うん、迷宮で苦戦しながら懸命に頑張っているアピールだ、アピってるんだよ！　そう、これで俺のイメージは好青年と報告されて大人気になるはず。

「遥君なんか凄《すさ》まじいほど喋《しゃべ》り方《かた》変だよ?　棒読みなうえに『的な感じをお受けしました?』って何なの!?　何時《いつ》も言ってる事はおかしいけど、今日のはおかしさを極めちゃってるよ?」

あれ？　確か好青年ってこんな感じなんじゃないの？

「ほら、苦戦しながらも一生懸命に頑張って戦い、尚且《なおか》つみんなを心配してお菓子を配る優しい好青年さんなんだよ？　うん、超良い人って感じだよね？」

よし、アピってみた！　今のは会心の演技で、ポーズも決まったな！

「う〜ん？　『うわああ』から『そのような感じ？』って言ってる長台詞《ながぜりふ》の間に、全く苦戦せずにゴーレムさん達の首を切り落として、揃えて、並べて、足下に転がして〜……その首に躓《つまず》いて転げ回るゴーレムさん達の首を刈りまわって〜、そのまま殲滅《せんめつ》しちゃってるのが駄目なんだと思うよ〜？」

いや、便利じゃん？　頭丸いし？　まあ、丸石？

「うん、どう見ても身を挺《てい》して戦ってるアピールより、悪逆なゴーレムさんの虐待アピールになっちゃってるよね？」

いや、迷宮で魔物さんと戦うと好感度が下がるっておかしくないでしょうか？

「しかも、ぶつぶつと『好青年アピールだ！』とか、『好感度アップだぜ』とか、『首置いてけー！』とか聞こえちゃってる時点で、計画全部失敗しちゃってるよね？」「だって配役に無理があり過ぎだし？」「うん、キャラ的には好青年じゃなくて好性寝《こうせいね》んだしね？」

駄目出しされている！って、好性寝んキャラってどんなキャラ!?　うん、初めて聞いたけど、いるの、そんなキャラ？

だが、ここで挽回《ばんかい》だ！

「おおおう！　いいぇ～すぅ！　こんなところにたいへんな隠し部屋をみつけてしまった！　びっくりだ、大変なものを以下省略でどうしよう？　その様な感じでどうでしょうか的な？」

そう、40Fで隠し部屋です。この華麗なる偶然にも壁に手を突いたら、なんとそこに隠し部屋があったたって驚いてる感じの自然な演技。これは紅天男子高校生級の演技力な恐ろしい子だろう。

「さっきから全部、考えが口から洩《も》れちゃってるからね？　台無し的な意味で恐ろしい子だから！」「あと……全く躊躇《ちゅうちょ》なく迷いもせずに一直線で手を突きに行って、『おおおおう！』って言われても困るんだけど？」「それに～、『おおおう！』の後『いいぇ～すぅ！』は要らないんじゃないかな～？」

演技指導が厳しい。そのせいか尾行っ娘《こ》はジト目でこっち見てる。まあ見た事や聞いた事を報告するって言っていたから、今のところは名演技で問題はない筈《はず》だ。

「こ、こんなところに宝箱が――？　たいへんなものをみつけてしまったー？　如何《いかが》しませう、どうしませう？」

「旧仮名遣いでも駄目、無理だから、不可能だから！」「「「寧《むし》ろ、どうしてそれで好青年の振りが出来てると思えるの!?」」」「何なの一体、何処かにそんな好青年が存在した事が有るの!?」

ついに副委員長Aさんからも駄目出しだったよ？　うん、キラッて感じの笑顔で言ってみたんだよ？　なにが駄目なんだろう？

「ふっ、一体いつから――好青年じゃないと錯覚していた？　のかなー？　うん、おかしくない？　ちゃんとお菓子くばってるよ？　いとをかし？」

「遥君が好青年に見えたら錯覚じゃなくて幻覚だから！　催眠どころか寝ぼけたまま昏睡《こんすい》しちゃってるの！」

「好青年な遥君がいたらそれ偽者だよね？　だって、その人はお菓子配ってるだけだよね!!」

「えっとね～？　好きもの青年だったらいけると思うよ～っ、現在進行形でいっちゃえてるよ～っ？」

「わ～い、お菓子くれるの～。やった～！」

取り敢《あ》えずクッキーを配ってみたら、みんな大喜びしているから好青年だよ？　だって嬉《うれ》しそうに食べてるじゃん？　うん、もう誰も宝箱なんて見向きもしてないし？　マジで。

淋《さび》しげなみんなに忘れられてる空気な宝箱を開けてみる。その哀愁すら漂わせる宝箱の中身は『鬼迫の帽子　ViT10%アップ　威圧効果（大）』。って好感度上昇グッズじゃないよ？

「ちょ、空気読めよ！　普通、ここでこの展開はフラグ的にもスキル『好青年』とかだよね!?　気迫？　そこは好感と交換できないのかな？」

好感度を上げたいのに威圧効果をあげてもしょうがないから、俺はいらない。しかもなんかテンガロンハット？　この世界に銃は無いみたいだからガンマンの需要はないと思うんだけど？　まさか、魔法撃ってるからガンマンな解釈なんだろうか？

だが、大賢者なのにまったく魔法を撃たずに撲殺で大虐殺で大揺れな人の事は考えちゃ駄目だ——うん、あの大振撃見ちゃうと尾行っ娘に報告されそうだ!?

「これ、私が貰《もら》っていいー！　可愛《かわい》いよ、威圧的なんだよ！　大人の女なんだよ！」

お口の周りにクッキーの欠片《かけら》を付けた小動物がはしゃいでいる。でも、テンガロンハットって威圧的な大人の女なの？

結果、革鎧《よろい》装備にテンガロンハットを被《かぶ》り、両手に斧《おの》を持ってくるくる回る謎の小動物が完成した。うん、大人の女も無理そうだが、威圧も無理そうだな？

悪口の報告書が書かれ裏サイトとかに投稿されるみたいだ。

48日目　洞窟　46F

基本あんまり手を出さない様にしてるから、やっぱりあんまり進まない。だって、尾行っ娘に後ろから観察されてるんだよ？

「ぐうっ、硬い——っ！」「関節狙っても一撃では無理!!」「でも、大振りは駄目だよ！」

「わかってる！」

既にみんなバイブレーションソードは使えてるんだけど、40階層からは「メタル・ゴーレム」さんになって硬さがアップ。だから、どうしても時間が掛かる……そう、大賢者さん以外？

「そ～れ～♥（ドッカ――――ン！　グシャッ!!　ドッゴオ――ン!!）」

まあ、副委員長Bさんはバイブレーションソードは使っていないが、大振動《ヴァイブレーション》してるから振動なのだろう。うん、激震中だ！

「「「何処《どこ》を見てるのよ、何処を!!」」」

「いや、大賢者さんの大魔法に多大な関心で監視してたら大振動で大激震だったんだよ？うん、あまりの大揺動に動揺を隠せないんだけど……大賢者？」

未《いま》だ一度たりとも大賢者さんが魔法を使うところを見た覚えが無い気がする。いつ見ても振り回してぶん回してるんだよ？　うん、杖《つえ》とかいろいろと……それはもう激しく我儘《わがまま》に傍若無人にぷるんぷるんと振り回してるんだよっ！

「「「うん、あれは考えたら負けだから」」」

委員長さん達には、一応は振動破壊も教えているけど、そっちはまだまだ実戦には使えない。振動魔法のレベルは一気に上がってるんだけど、何故《なぜ》か実戦に使えないんだよ？何故だろう？　練習方法を聞いたら怒られたんだよ？

（じいいいいい――――っ！）

見られてる。だから最大限スキルを使わずに、武術っぽく金属巨人《メタルゴーレム》の攻撃を躱《かわ》し、苦労している感じで汗なんか拭うポーズをいれながら、緻密な偶然っぽい演技でゴーレムの後頭部を——叩《たた》き潰す。

うん、手の内を隠すために樹《き》の杖で殴って倒してるんだけど、一撃だと不味《まず》いのだろうか……だって、なんか滅茶《めちゃ》見られている！　そして、なんか書かれている！

まさか木の棒で殴る野蛮人とか書かれちゃって報告されちゃうの？　でも、木の棒で上品な倒し方って有るんだろうか？

「なんか調子が出ない？って言うか、凄《すご》くやりにくいんだよ？　うん、ジトは良いんだけど、あの視線が気になって戦いに集中出来ないんだよ？　あと、ゴーレム飽きちゃったし？」

「それ、最後のが本音だよね？　普段は絶滅されてて魔物が足りないとか散々文句言ってる癖に、いっぱい居たら居たで飽きちゃうんだよね？　あと、好青年計画は何処に行っちゃったの、普通に素に戻ってるよ？」

だって、ずっと「メタル・ゴーレム」を殴るだけの繰り返し。でかくてブンブン殴って来るだけで全部一緒。うん、核《コア》の位置も羅神眼で見えているから殴ったら終わりって飽きちゃうんだよ？

「報告。飽きっぽい、駄々っ子、棒で殴る、好青年ではない！（書き書き）」

ああ、また悪口の報告書が書かれてる！　きっと、そのうち裏サイトとかに投稿される

んだよ！

まあ気にしたら負けだ！　うん、こっちに隠し部屋があるから先に寄っておこう。そうそう、好青年、好青年。

「ああああ、疲れたなー？　おぅうわあああぁとわぁぁああ、ちょっと疲れたから壁にもたれかかったら壁が動いたんだよ——！　まああああぁぁ、何という壁でしょうって言うかこんなところにもかくしべやだ？　ああ、びっくりだ？　ああーあ？（棒）」

「「「その演技力に私達《たち》が吃驚《びっくり》だよ！　逆に感動的な演技力だから！」」」「うん、生まれて初めて聞くくらいの全部が不自然な台詞《せりふ》で吃驚だったね！」「あと〜、最後のカッコ棒って、自分で言っちゃったら駄目なやつだよ〜？」

厳しいな？　えっと、宝箱の中身は『衝撃の首飾り　打撃、斬撃に衝撃力付与（大）＋ＡＴＴ』……売ったら衝撃プライスなんだろうか？　でも衝撃プライスで驚いた事が無い、寧ろあのプライスで吃驚って言ってる事になら吃驚してたんだけど？

「えっと、アイテムは『衝撃の首飾り』で、衝撃力付与だし前衛向きで、衝撃で斬り飛ばせば間合いも取れるし、うまく使えれば複数の敵も弾《はじ》き飛ばせるかもしれないんだよ？　要る？」

うん、委員長か小動物、いや盾っ娘にも良いのか？　何故か後衛の大賢者さんに最適な気もするが気のせいだろう、副Aは切り裂きタイプだから使わないだろうし、俺は吹っ飛ばせるようなＰｏＷが無いから要らない。

「「「「う――ん、欲しいけど悩むね？」」」」

そして話し合いの結果、何となくそんな気はしていたけど、結局大賢者さんに決まりました。しかし、あの首飾りがあの胸の深き峡谷の狭間《はざま》にいいいいいーっ！って何でもないよ？　うん、ちがうんだよ、くびかざりをみていたんだよほんとうだよ？　うん、ぽよんってみてたよ？

怒られた。

やはりと言うか誰一人大賢者さんの魔法に期待はしていないようで、迷わず全会一致で首飾りが渡され。そして至極普通に最前線へ突っ込み、楽しそうにゴーレム弾き飛ばしちゃっている？　うん、あの大鎚《ハンマー》にしか見えない杖は『神秘の杖』って言う聖魔特化の魔法強化用の聖杖《せいじょう》らしい？　うん、あれは杖で、なんか破砕してるけど魔法用の聖杖なんだそうだ？

（グギャッ、ドガアアアア――ン！）

うん、魔法用の聖杖なんだそうだ？

そして次がようやく最後の階層？　奥に隠し部屋なのか何かあるが、もう階段も下の階層も無さそうだ。まあ、下りてみればわかる。

「おおー、おひさだよ。階層主兼迷宮王さんみたいだけど……またゴーレムさん？」

そして、非常に残念な事に女体型ゴーレムのフラグは立ちませんでした。普通の巨人です、進撃して来てます。

「駆逐してやる!! この世からってどの世からが大きな問題で、異世界から駆逐しちゃったら元の世界に行っちゃうのかな?って言うか、この世からってこの世界の名前もまだ聞いてないいんだよ? 多分? 聞いたっけ? どの世なの?」

「「うん、全く一度も掠《かす》りもしてなかったけど、完全に好青年忘れてるよね!」」

でかい、そして強くて硬い。淡く銀色の輝きを放つ巨人、「ミスリル・ゴーレムLv50」は魔法反射に状態異常無効持ちの物理特化。

だから真向勝負しなきゃいけないみたいなんだけど、剛力に斬撃耐性に打撃耐性に再生と弱点が皆無。この全く倒される気が無さそうな完全無欠のスキル構成は階層主兼迷宮王さんで間違いないだろう。

「強い! どうする?」「これ、1パーティーで相手できるレベルじゃないし、撤退しようか?」「う～ん、魔法も物理も全然効いてないよ～?」

完全防御、絶対無敵の難攻不落……って言うかミスリル!! 遂《つい》に素材系現る! これってミスリルが残るんだよね? フラグだよね? 俺この世界に来てからフラグ不信に陥っちゃってるんだけど、ミスリルなら『ハァウ トゥウ 魔道具!』でもお薦めの素材だった。

ファンタジーの定番にして王道なお約束、それは白銀色の鋼、聖なる銀、魔力を増幅させる金属、エルフさん御用達《ごようたし》、ミスタリレ、真の銀、モリア銀、そして灰色の輝き《ミスリル》。それは伝説上の魔法金属さんなのだ――っ！

「えーっと……遥《はるか》君はいったい何しちゃってるのかなー？」

「え！　だってミスリルだよ！　欲しいじゃん？　ちゃんとみんなで分けるから心配しなくても大丈夫だよ？　うん、オーダーメイドも受け付けるから問題ないよ、おっきいから取り分も大丈夫だよ？」

　フラグは信用できない。ならば自力で分解し、魔石になる前にアイテム袋へ隔離する！手を添えてミスリルを掌握し、振動で分解しながら熱加工中だからちょっと待っててね？うん、心配しなくてもちゃんと分けるんだよ？　好青年だから独り占めしたりしないんだよ？

「「「うわーっ、核《コア》が捨てられちゃってるよ？　ミスリル・ゴーレムさんなのにミスリルだけ全部奪われて、コアさん用無しだよ!?」」」

「うん、核《コア》は多分ほっとけば魔石化するんじゃないかな？　そんなことよりミスリルだ！うん、核《コア》は魔石になるまで要らないし、その辺に置いといたら良いよ？」

　大丈夫、魔石は加工する必要もないし、壊してもちゃんと毎回ちゃんと魔石化してる。だから大丈夫なんだよ、そんな事よりミスリルだよミスリルだ！　もう、迷宮王とかどうでも良いよ、だってミスリルなんだよ！

「よし、取り敢《あ》えず延べ棒にして持って帰ろう。大収穫だよ？　ミスリルだよ？　売っても大儲《おおもう》けだよ？　待ってたら、もっと湧かないかなー？　もう1匹位？」

「「「うん、お願いだから魔石さんの事も思い出してあげて！　足下で無視されてて可哀想《かわいそう》なの!!」」」

あ？　だって異世界で初異世界素材だよ、ファンタジー展開だよ……俺の装備なんて未だに木と革と布、って自然《ナチュラル》すぎるんだよ！　うん、なんかずっと天然素材１００％のままで異世界感が足りないんだよ？　まあ、厳密には異世界天然素材なんだろうけど、それはそれで何か有り難みが無いんだよ、欠片《かけら》も？

そして、何故だかみんなジト目で見ている。だってミスリルだよ？　みんな感動が薄くない？　胸が薄い人もちらほら……いえ、違います！　ミスリルです。ミスリルの鉄板を見てたんで胸部の平板……ゲフンゲフン！

うん、何にも疚《やま》しい事もやらしい事も考えたりしてないから、二斧《にふ》流も四刀流も仕舞おうね？　うん、その目はもはやジトじゃない何かで怖いんだよ!?

「いや、ミスリルは良い物なんだよ？　そのまま使ってもミスリル装備になるし、今持ってる装備の強化にも使えて、魔力も魔力伝導も上がるんだよ？　うん、強度も高まるし、スキル効果も上昇するかもだよ？　これは良い物で、良い拾い物だったんだよ」

このロマンがわからないとは……これだから女子さんにはファンタジーな心意気が通じていないんだよ。全く困ったものだ？

「うん、拾い物って、落ちてなかったよね？　生きたまま分離されて、剝ぎ取られてたよね？　迷宮の王様なのに可哀想なコアさんが寂しそうに剝《む》き出しで、無視されたまま死んでいったんだよね？　空前絶後に悲惨な孤独死だったよね!?　全く無敵の再生能力を使う間もなく、身体《ミスリル》を毟《むし》り取られて迷宮王さんは死んじゃってたよね!!　魔物さんを倒しに来てるはずなのに、毎回毎回魔物さんが可哀想すぎるから同情しちゃうのよ！！！！」

そうなんだよ……迷宮王だから死んじゃうと迷宮も死んじゃう。だから、もう湧かないんだよ……もっと欲しかったのに。

うん、あんだけでっかいんだから10匹とかいたら全員の装備を全て造っても余裕そうだったのに、たった1匹で終わりだったんだよ？　物（量）足りないな？

迷宮の帰りに小っちゃいゴーレムを作って遊んでたら小っちゃい小動物が対抗心を燃やしていた。

48日目　昼　洞窟　46F

異世界ファンタジーなのに棒で撲殺という不条理を乗り越え、ついに伝説のファンタジー素材だ、ミスリルの延べ棒だ！　うん、これで撲殺すればファンタジー感が出るんだろうか？　鈍器《ミスリル》？

「大儲けだー、伝説の金属げっとだぜー！って、異世界素材だー！　うん、今夜も内職だ!?　でも絶対に内密も頑張るんだー？　寧《むし》ろ内職より内密が大事なんだよ？　いや、寝不足なんだけど、マジなんだよ？」

「「「うん、実は途中から伝説の金属の事はどうでも良くなってるよね!!」」」

甲冑委員長《ごうよく》さんにも良いお土産ができた。だって伝説の金属ミスリルだ、装備の性能をアップさせる魔力の伝導体にして、増幅と貯蔵を司《つかさど》る魔法金属。

でも、これでまた内職が止《とど》まる事を知らないんだけど、睡眠時間が殆《ほとん》ど無い！　ちょ、壮絶なブラック異世界だよ！　いやきっと無理なんて嘘《うそ》つきの言葉なんだよ。なにも食べなくても感動を食べれば生きていけるんだ！って、感動は心に刻んで、食べちゃったら駄目だと思うんだよ？　うん、わりとマジで？


さて迷宮も死んだことだし、そろそろ夕方になる位だ。帰るのにちょうどいい時間なのだが、最下層にも隠し部屋がある。ならば宝箱も有るだろうし、50階層の迷宮装備なら期待は高い――つまり俺の名演技が期待されているらしい！

「おおあああおおあ、こんなところに偶然にも～「「「もう、それいいから！」」」……えっと、隠し部屋です？」

怒られた。俺の好青年で好感度急上昇な報告書が書いて貰《もら》えないらしい。よし、後で尾行っ娘《こ》にお菓子をあげよう。

なんだか頭がちょっと可哀想な娘みたいだから、お菓子をあげたら好青年って書いてくれるかもしれない？って言うか書かせよう。うん、1回好青年って書く度にお菓子1個で良いだろう、完璧だ、見事な好感度アップだ！

「うん、聞かれてるからね？　呟《つぶや》きだだ漏れで、『頭がちょっと可哀想』まで聞かれちゃってるからね？」

うん、何か背後から強烈なジトと、悪意に満ち満ちた執筆音が聞こえるんだよ！

「好青年ではない！　好青年ではない！　好青年ではない！　好青年ではない！（カキカキカキカキ！）」

なんか邪魔な隠し部屋に隠れてるゴーレムの首を大鎌《デスサイズ》で刎《は》ねて、ようやく宝箱に……って、宝箱に鍵がかかってるよ！　遂に鍵がかかっていた！って、副委員長Bさんが叩《たた》き壊しちゃった？

まあ、そーだよね？　いちいち鍵開けなくても普通は壊すよね？　うん、いったい何のためにマジックキーは存在しているんだろう？

でも、あれって超意味ありげに大迷宮の深層のアイテムだった？　うん、つまり超レアなんだよね？　どうやらあまりにレア過ぎて、使うところが無いくらいにレアなのだろうか？　いるの、それって？

そして中身は指輪――えっと、『ゴーレム・メーカーの指輪：【ゴーレムを作製、操作、支配する】』……これが有ればやれる。あの地形なら決め手になる？　かも？

「お願い、これ譲ってくれないかな！　譲ってくれたらお礼にミスリルのオーダーメイドを無料受け付けするよ？　駄目？　だったらオーダーメイドで洋服も作るし、何なら指輪のオーダーメイドも受け付けようか？　それとも後は……うわあぁっ!?」

「「「譲る！って言うか譲った!!　オーダーメイドのお洋服もだけど、て、て、て、手作りの指輪!!」」」

目が怖い！

「あ、ありがとう？　みたいな？って良いの？　これ、ゴーレムさん造れちゃうんだよ？」

聞いてない。キャーキャー言いながら洋服会議が始まったみたいだ？　そして指輪も悩んでるようだが、伝説の金属にして魔導の真髄なミスリルさんはどうでも良いの？

うん、装備のグレードアップに、ミスリル装備やミスリル武器だって造れちゃうよ？　だって、あの有名なミスリルさんなんだよ？　貴重で希少で貴金属なんだよ？　うん、聞いてないね？　でも……朝のも手作りなんだよ？

「報告。女の子をお洋服で誑《たぶら》かす、手作りの指輪で籠絡する、あと好青年ではない！（書き書き）」

根に持ってた！　後ろで尾行っ娘が報告書という名の悪口を書いている、尾行っ娘を籠絡する為《ため》に大量のお菓子が必要そうだ……つまり、また内職が増えていく。俺、生産職じゃないいんだよ？　無職なんだよ？　朝から晩まで無職な戦闘職で、晩から朝まで内職で生産職ってブラック企業も真っ青なダーク企業間違いなしだよ？

扉《ゲート》で迷宮を出ずに階段を上る。大迷宮に較《くら》べれば回数、段数ともに僅かだ……あの時、扉《ゲート》を開ければ苦労はなかったのに……うん、あの階段上りこそが試練だったんだよ！

そして偶《たま》に湧いて復活しているゴーレムさんを壊しながら上がって行く。うん、湧き直し《リスポーン》、時間を掛けて攻略するとこれが有る。なのに、みんなお洋服の話に熱狂してて誰も戦ってくれない、1人でコツコツと壊して行く。1人でポツポツと魔石を拾う、そして宿に帰ったら延々と内職だよ？

それなのにお金が無い！　街に現金が足りてないからだ、経済の流通が阻害されているから現金《キャッシュ》不足で俺にお金が回ってこない、もう隣の領地潰しちゃう？

「うん、ちょっと岩山に上って、仮住まいのお家《うち》でも造って、そこで長閑《のどか》に暮らしながら一週間くらいずっとメテオの連射を降らしたら消えて無くならないかな、隣の領地？」

だって俺のお金をあそこが堰《せ》き止めちゃってるから俺が貧しいんだよ？　良いよね、滅ぼしても？　だって勤務しないにーとさんの残業時間が24時間超えなんだよ、それはもう残業が忙し過ぎて勤務する暇が無いからにーとなんだよ、きっと？

「お――い、遥くーん、独り言が物騒になってるよー？　お隣の領に住んでる尾行っ娘ちゃんが脅《おび》えて涙目だよー？　隣の領地の前に好感度さんが消えて無くなるからね？　あと、あるだけ全部使っちゃってるんだから完全に自業自得だから隣の領地が無くなっても、しっかりずっと貧乏さんだと思うよ？　うん、間違いなく！」

あれ？　声に出てた？　ちょ、好感度さんが消えて無くなっちゃったの!?

「大丈夫だよ？　隣の領地もきっとすぐ湧くよ。うん、俺のお金を堰き止めてる領主を毎回半殺しで止めとけば、きっとその内復活するんだよ？　知らないけど？」

「「「復活して湧くのは迷宮だけなの！　なんで隣の領地が湧くのよ‼　あと、領主さんを毎回半殺しって、それ全殺しより非道だからね！　まったく、もう尾行っ娘ちゃん泣いちゃってるよ！」」」

駄目みたいだ？　どうも隣の領地は復活しないらしい？

「報告（泣き）。お金あげないと街が火の海になる、お金あげないと迷宮か魔物の扱い、絶対好青年ではない！（泣きながら書き書き！）」

そして人聞きの悪い報告が書かれてるよ？　ちょ、お金あげないと街が火の海ってまるで悪い魔王さん並の扱いだよ？　プンプンだな？

「普通、街に一週間くらいずっとメテオの連射を降らしたら、それ魔王さん扱いで間違いないからね？」

「うん、悪い魔王さんより悪者だからね～、ちゃんと魔王さんにゴメンナサイしないと駄目だよ～？」

「だよね、魔王さんだって毎回毎回半殺しなんて残酷な事しないで、スパッと楽にしてくれると思うよ？って言うか、撃っちゃ駄目だからね！」

駄目らしい？　でもさー？

「こっちが何もしないからって、あっちも何もしないとは限らないんだよ？」

少なくともメリ父さんならたとえ魔王って呼ばれても自分の領地を守り抜くと思う。

「だって領民を守る為なら。メリ父さんも悪魔にでも魔王にでもなって戦うと思うよ？　だって、守りきれないなら攻め落とすしか無いんだよ、この領地は人が全然足りていないんだから守れないよ？　うん、俺と同じで守る力が無いんだよ？　だから、こちらから攻めないと何処《どこ》かで誰かが死んじゃうよ？　先手が打てなければ本当に誰かが死ぬし、何処かの村か町が滅びちゃうんだよ？　あの看板娘一家みたいに家も街も失って流浪するんだよ、あれだって白い変人が身体《からだ》を張って命を捨てたから逃げられたんであって、普通そのまま死んじゃってたんだよ？　魔物じゃないからってなにも違わないよ、魔物の群れだって軍隊だって攻めて来れば同じような物なんだよ。魔物の氾濫なら止めて軍隊ならほっとくの？　ほっとけば街の人も村の人もみんな死んじゃうよ？　何故《なぜ》なら向こうはもう調査を始めてるんだから。戦争の第一歩は情報収集で、今書かれている報告書が戦争の第一歩なんだよ？　それ以前に此処《ここ》の領主一家は既に襲われているんだよ、しかも兵隊に？　隣の領地なんて一つしか無いし、もうお隣さんは戦争を吹っ掛けちゃってるんだよ？　うん、自覚が有るのかどうかは知らないけれど、領主を襲った時点で戦争になっててもおかしくなかったのに、まだ懲りてないんだよ。きっと自分の身が危険になるまで理解できないんだと思うよ？　だってやってる事が馬鹿すぎるから。危険な男が現れたかもしれなくて、その男と仲良くやってる領主が襲われても戦争を我慢してるのに、調査であれ何であれ手の者を送り込んじゃったんだよ？　そこまでやっておいて——街を焼かれたくらいで、何がいけないの？」

みんな黙り込んでしまった。でもちゃんと報告書に書いておいてね？　それが最後通《つう》
牒《ちょう》だから。あとは進軍して来るのか、改心するかは向こうの勝手だ。

「でも……隣の領地の街の人は何も悪い事なんかしていないよ。その領主が勝手にやってるのに街の人達《たち》は関係ないよね？　良い人ばかりかも知れないのに、そんな事したら駄目だよ。それは絶対に駄目だからね！」

「辺境《ここ》の街も、街の人達も何も悪い事なんかしていないんだよ？　隣街と違って領主まで悪い事なんかしていないんだよ？　多分？　その人達が家を焼かれたり、殺されたりするのは良いの？　隣の街に良い人達もいるはずだから、辺境の街の良い人達は殺されても良いの？」

尾行っ娘も泣きながら、でも反論も出来ずに唇を噛《か》み締めて黙っている。きっと隣街はこの辺境の悲惨さも、その原因の一つが自分達の領だと言う事も知っているのだろう。なにせ隣なんだから。

「たとえその原因が貴族であっても、その領で暮らすというのはそういう事なんだよ。悲惨で貧しい辺境になんて逃げたくないから、その領に留《とど》まり税を納める。その税で貴族は軍隊を作ってるんだよ。そうして辺境からお金を毟《むし》り取り続けて発展してきた街に自覚が有ろうと無かろうと、それは充分殺される理由になるんだよ？　ある朝、目覚めたら火の

玉が降って来ても何にもおかしくなんかないよ？　うん、死にたくないなら殺されるような事はしちゃいけないいんだよ」

なんて報告書に書くかは分からない。その隣の馬鹿領主が報告を読んでどう判断するかなんて知った事じゃない。だから、なんて書いても良いんだけれど。

せめて、こうして出会ったのだからきちんとこれから起こる事の意味だけは理解して欲しい。もう出会ってしまったのだから他人事《ひとごと》なんかじゃないという事を。それが無自覚でも他人事なんかじゃないという事を。あと好青年もお願いします？

尾行っ娘の一人語りって今迄殆ど台詞なかったよね？

みんな無言で階段を上る。今、地上で戦争が始まっていたっておかしくもなんともないっていう事を理解してしまったのだから。

まあ、させないんだけどね？　うん、俺は他人が好き勝手をするのは許せないんだよ。自分が好き勝手をするのは大好きなんだけど、他人がするのは超嫌なんだよ？　なのに世の中って何故か好き勝手に大好きな事を一生懸命にすると、だいたい朝から涙目で滅茶《めちゃ》怒られて、お説教されるんだよ？　うん、だからそっちも怒られても文句言わないでね？

48日目　夕方　オムイ　路上

報告書は出来た。こんな物をあの領主様に提出すれば、きっと私は只《ただ》では済まないだろう。

でもこれは絶対に提出しなきゃいけない。だって遥《はるか》さんが怒っていた……普通に淡々と喋《しゃべ》っていたけれど、あれは怒っていた。

辺境は貧しく、そして貧しいが為に充分に領民を守れずに死んで逝く。沢山の辺境の人達と歴代の領主様が犠牲になっている。辺境の領主様に館で亡くなられた人は殆《ほと》んどいないそうだ、みんなお墓だけで中身なんて空っぽなんだそうだ。だって、戦って戦って死んでいく運命だから。

そんな立派な領主様がいても貧しい原因が隣の領地「ナローギ領」。それは元々は魔物と戦い続ける辺境軍の物資補充のために造られたはずの街。

それが、いつからか王国から辺境軍に送られる物資を着服し、辺境から齎《もたら》される魔石の上前を撥ねて発展してできた街。

街の人はみんなそのことを知っている。みんな領主の悪口を言っている。辺境の人達は可哀想《かわいそう》だと憐《あわ》れんでいる、でも何もしていない。

誰もが明日の朝、突然空から火の雨が降り注げば驚くだろう。それが当然なんて思いもしていないだろう、自分達のしていることが自覚が有ろうと無かろうと充分に殺される理由になってるなんて思ってもいないんだから。私だって言われるまで一度だって考えた事も無かった。

だけどそれでも街の人達を助けたい、良くしてくれる人も、仲良しの友達も、大好きな人達も沢山いるんだから。たとえ殺されて当然なんだとしても……守りたい。

私だって大切な人達を守りたいんだ。黒髪のお姉さん達は絶対に遥さんを止めるから大丈夫だって言ってくれた、看板娘ちゃんは私が帰ると聞いて沢山のお菓子を持ってきてくれた、きっと遥さんから貰《もら》ってきてくれた。遥さんがくれたんだよ？　隣街の密偵の私に。

でも大丈夫じゃないって分かってるし、大丈夫なんかじゃいけない。だってお姉さん達が遥さんを止めても、私に領主様を止める事なんて出来ないんだから。

仲良くなって聞いた話──看板娘ちゃん達一家は昔に家も街も失って流浪して、やっと今の街に辿《たど》り着き宿を建て暮らし始めたんだそうだ。その時、たった独りで街の人の代わりに戦ってくれた人がいなかったら、そのまま死んじゃっていたらしい。

お姉さん達が遥さんを止めてくれたとしても、ナローギ様を止める事など出来ない以上オムイが攻め込まれる。それは看板娘ちゃん達一家がまた家も街もすべて失って流浪する、それどころか死んじゃうかもしれないっていう事だ。ずっと隣の領地にいながら、ちゃんと考えた事が無かった。

既にナローギ様はオムイ様を何度も襲っているらしい。いつ戦争になっても、いつ火の雨が降ってきてもおかしくなんてなかったんだ。

何も知らなかったし、その意味なんて考えてもいなかった。だけれどオムイ様やそのお嬢様の情報を調査して報告したのも私達の一族。関係なくなんてない、知らないなんて許されなかった。

だって私達の一族は代々辺境軍を助ける為《ため》に調査や偵察をする為に遣わされた部隊の末《まっ》裔《えい》、本来ならオムイの為に働いている筈《はず》の一族なんだから！

ただ戦闘力が低いために後方を拠点としていた、そしてナローギ領に取り込まれてしまった。オムイに行くことを悲願としながら戦闘力の無さから辺境に行けないままにナローギ領に取り込まれ、そして家族や友人が人質にされてオムイを苦しめる手伝いをさせられてしまっていた。

「戦争の第一歩は情報収集だよ？」

遥さんが私に告げたその一言で理解できた。私はあの場で殺されて当然だったんだと。だって、それは一族に代々伝わる言葉なのだから――「情報収集こそが味方を助け、敵を倒す最初の攻撃だ」と。そう教えられて育ったはずなのに、それなのに自分がしている事を、その行動の意味を考える事もしていなかった。

「自分の目で見て、自分の耳で聞き、嘘《うそ》も本当も間違いも秘密も全て知り、それを自分で考えろ」そう教えられていたのに、何も見ていなかった、何も聞こえていなかった。

ただ、ぼんやりと大事な事を見逃し、聞き逃したまま何も考えずにいた。しかも言われるまで気付きもしなかった。


だからこの報告書を届ける。一族に届ける。そしてナローギ様に届ける。きっとそこで殺されるだろう。この報告書を渡せばきっと殺されるんだろう。

それでもこの報告書を届ける。殺されて当然なのだから、報いを受けて当たり前なのだから。


走りながら思い出す――オムイの街はみんなとっても優しかった。

本当なら私達がいたはずの場所は、貧しくても、危険でも、悲惨でも、絶望的でも、みんなとっても優しかった。

この街こそが守ろうとしていた本当の場所なんだ。

魔物と戦い、後方の街や国を守る最前線。

あの街にずっと守られている事すら分かっていなかった。

あの街が守ってくれている事すら忘れてしまっていた。

あの街の人達に全部押し付けて、都合の悪い事を忘れて、見もせず、聴きもせず、考えもしなかったんだ。

だから、怒られても当たり前だ。焼かれても当然なのかもしれない。

だけどそれでも街の人達を助けたい、良くしてくれる人も、仲良しの友達も、大好きな人達もいっぱい居るんだから……たとえ焼かれても当然なんだとしても守りたい。

私にできる事は報告する事だけだ。だから私の見たもの、私が聴いたもの、そして私が考えた事を全部書いた、何もかもを書き切った報告書だ。

これが、きっと最後の報告書。でも初めて私が見て、私が聴いて、私が考えて書いた初めての本物の報告書だから。

だって遥さんが教えてくれたんだ。黙って殺してしまえば良いだけだったのに教えてくれた、怒ってくれた、敵の私にいっぱい優しくしてくれた。

敵なのに美味《おい》しいお菓子もいっぱいくれた。泣いたら頭も撫《な》でてくれた。そういっぱいの物を貰ったから。

看板娘ちゃんとお揃《そろ》いの綺麗《きれい》な服と指輪も貰った。それは効果付き《スキル》の高価な指輪。だけどなにより親友になった看板娘ちゃんとお揃いなのが嬉《うれ》しかったし、遥さんに作って貰えたのが嬉しかった。その大切な宝物《ゆびわ》を見つめながら心を決める。

遥さんには何も返せないけれど、せめてほんの少しでもオムイに恩を返すんだ！

もう少し物は言い様って有ると思うんだよ？

48日目　夕方　宿屋　白い変人

「ありがとうございました。お世話になりました。私にできる事をしてきます、本当にありがとうございました」

そう言って頭を下げ、振り向きもせずに尾行っ娘《こ》ちゃんは駆け出して行った。

「大丈夫なのかなー？」

絶対に大丈夫なわけがない。だって、あの最後の目は決意した目だった、あれは死ぬ気の目だ。

あんな、まだ中学生くらいの娘がして良い目なんかじゃない。あんなの絶対に大丈夫な訳が無い。だから、すっかり仲良しになった看板娘ちゃんも、心配そうに眼《め》に涙を浮かべおろおろしている。優しく看板娘ちゃんを抱きしめながら、はっきりと宣言する。

「大丈夫だよ。全然大丈夫じゃなくても絶対大丈夫なんだからね？」

うん、全然大丈夫じゃないけれど、でも絶対的に大丈夫。

「「「だよね」」」

だってお見送りに遥君がいないの。しかもアンジェリカさんまで居ないの？

だったら最悪なまでに大丈夫じゃなくっても、究極的に大丈夫なんだから！

全然大丈夫じゃない悲惨で凄惨な悲劇さんが待ち受けていたって、絶対に大丈夫にされちゃうんだから？

そう、悲劇さんにとって究極的に相性最悪な2人が此処《ここ》から居なくなっている。うん、そっちに行っちゃったの。

「うん、きっと大丈夫かどうかなんて意味がわからないくらい、滅茶滅茶《めちゃめちゃ》に大丈夫にされちゃうよね！」

「「「そうそう、諦めてね。だって大丈夫にされちゃうんだから？」」」

みんなが抱きしめて看板娘ちゃんの頭を撫でる、誰もが武装を整えながら優しく語りかける。ほら、みんな信頼しきった瞳をしているでしょ？


だって、私達《たち》からすればこの異世界に来たことこそが悲劇だった。異世界へ突然転移させられ、それからは悲劇の大盤振る舞いの毎日だった。もう辺り一面、何処《どこ》を見回したって何もかもが悲劇でいっぱいだった。

でも今も心配そうな顔をしながらみんな信用し、信頼している。だって私達は悲劇なんてどうせ撲殺されちゃうんだろうって信じているんだから。

しかも、今回は悲劇連続撲殺犯に、なんと最強悲劇斬殺犯が付いて行ってしまったお得用の絶望的な大丈夫さなの。だって、あの絶望と悲劇しか見えなかった見渡す限りの魔物の海を、大迷宮を覆い尽くした悪夢の様な悲劇を殺し尽くした大量虐殺者さん達。

「準備は？」「「「完了。いつでも出られるよ」」」

見渡す限りの魔物の海を蹂躙《じゅうりん》して廻《まわ》り、大迷宮を覆い尽くした悪夢を駆逐した悲劇殺しの実行犯、しかもいつも更生せずに再犯中だ。

「早くしないと出番ないかも？」「うん、あの2人なら……もう、絶望的かも？」

きっと尾行っ娘ちゃんの前にはとても大きな悲劇が待ち構えているんだろう。

あんな瞳で決意しなければならないような、とっても残酷な悲劇が待ち受けているんだ……うん、悲劇さんも可哀想に。

だって最悪の悲劇連続撲殺犯と最強悲劇斬殺犯がそっちに向かってるよ？　そんな呑気《のんき》に待ち構えてたら危ないよ？「悲劇はもう死んでいる」って、断言したって良いくらいに致命的。

だって今迄《まで》ずっと私達の周りは辺り一面、何処を見回したって周囲一体、何もかもが悲劇的だったのに……私達は只《ただ》の一度も悲劇さんに出会った事無いの？　だからね――

「大丈夫だよ。尾行っ娘ちゃんは遥君と出会ったんだから。あのね、残念だけど遥君と出会っちゃうと強制的に幸せにされちゃうの。だから諦めて、大丈夫だから」

そう言うと、看板娘ちゃんは涙目で大きく頷《うなず》いてくれた。

だってとっくに尾行っ娘ちゃんの悲惨な運命なんて破壊されちゃってるんだから、悲運なんかもうとっくに命運が尽きているの。

その運命さんが辛《つら》い運命だろうと、残酷な運命だろうと、悲惨な運命だろうと、絶望的な運命だったとしても相手が悪かったの。そう、運命さんは運が悪かった。だって、今から其処《そこ》に行くのは運命だろうと虐殺しちゃう、超豪運の悲劇殺戮《さつりく》常習者さんなんだから。

だから絶望なる運命は、決して諦めない我儘《わがまま》な傲慢を知るのだろう。

だから惨酷なる運命は、きっと酷《ひど》い目にあって真の残酷さを思い知るだろう。

そして暴力に満ちた運命は、その絶対的な恐怖を知るだろう。

挙句に悲劇に満ちた運命さんなんて、虐《いじ》められて泣きながら喜劇にされちゃうんだから！

だからね——運命さん逃げてー。本当に逃げないと知らないよ？　この世界の運命なんて欠片《かけら》も興味を示さずに破壊し続けてる人が、きっとそっちに行っちゃってるから。

その隣に史上最強で無敵に最悪な最上級の素敵なお供を連れて。


だって居なくなってるもん。

絶対にそっちに行ってるよ？

だから逃げないと知らないよ？

その人はね、どんな悲運も幸運になるまで永遠に虐殺し続けるの。いっそ素直に諦めた方が運命さんも楽になれると思うよ？　だってその人は絶対に諦めないから、だからさっさと諦めた方が良いよ？

　だってだって、ずっと悲劇だらけの悲劇しかない辺境から、悲劇さんが一掃されちゃって幸せになっちゃってるの。それはもう悲劇さんが残忍に虐殺され尽くして悲劇の運命さんは絶滅危惧種に指定されそうな勢いで、指定される前に悲劇さんが全滅しちゃいそうだったりしてるの？　うん、最近ちょっと悲劇さんに生き残りがいるのかどうか怪しくなってるから――だって街中が笑顔だらけなんだから。

　だから運命さんも逆らっても抗《あらが》っても無駄なの。だって幸せになるまで絶対に諦めずに延々と殺し続けるんだから。

　遥《はるか》君があんな目をした女の子を放っておく訳が無い。だって、昔あんな目をしていた女の子は、21人位が強制的に幸せにされちゃって毎日毎日こころから笑っているんだから？

　そう、運命さんは本当に運が無かったんだよ。だって、その人はみんなが笑うまで絶対に諦めないから。さっさと悲運さんから幸運さんにジョブチェンジした方が身の為なの？

　この街の……辺境の悲劇を残虐に蹂躙し尽くしちゃったから、今度は隣街まで悲運を虐殺しに、最強と最凶が2人で仲良くお出かけしちゃったんだろう。だからきっと絶対何とかしてくれる。だって私達が死にそうになった時、何時《いつ》でも何処でも現れちゃってたんだから。

　颯爽《さっそう》と格好良くなんて現れない。だってヒーローなんかじゃないから。

威圧と恐怖を纏《まと》って現れたりなんかしない。ダークヒーローでもないの。

悪を以《も》って悪を倒す訳でもない。アンチヒーローですらないんだからね？

あれは不遜、あれが傲慢、あれって我儘で、あれこそが絶対悪。だって邪魔だから破壊してるだけ、誰かが泣いたり悲しんだり死んだりするのが嫌で嫌いで気分が悪いからムカついてるだけなの。遥君には理屈も論理もいらないの。

ただ、不幸とか悲劇とか惨劇とかが目障りなだけ。それが運命でも、ただ邪魔だと路傍の石さんより酷い扱いで蹴り飛ばされ殺戮され踏み砕かれる。

そう、邪魔だから無理矢理強制的に幸せにして笑わせるの。不幸とか悲劇とかが目障りだっただけ。だから不幸も悲劇もみんな全部蹴散らされた。それは何もかもが全部ただムカついたから殺《や》っただけなの。


だからね……運命さんも悲運とかしてないで、幸運さんしてないと邪魔者扱いだよ？

ただ目障りって言う理由だけで戦いもできずに潰されちゃうんだからね？

だから早く更生して幸運さんになってね。じゃないと怖い怖い人達がやって来ちゃうよ。

だからお願い——きっと、大丈夫にしちゃってあげてね。

大体上手くいくはずなのによく考えてみたら上手くいった事が無い。

48日目　深夜　ナローギ　路上

あと少し、あと少しで全てが終わる。なんとしても間違いを終わらせなきゃいけない。一族には全てを伝えた、全部を語りきれた。ちゃんと自分の言葉で、自分の目で見て、自分で考えたことを――ちゃんと伝えられた。

きっと一族が辺境《オムイ》に亡命しても、信じてなんて貰《もら》えないんだろう。当たり前だけどこの時期に突然亡命なんて怪し過ぎるし、信用なんてされる訳が無い。

でもそれで良い、最前線で使い捨ての駒でも良い。だって最後はオムイの為《ため》に戦って死ねるんだから。

きっと、あの世でご先祖様達に怒られるだろう。でも最期だけでもオムイの為に戦ったよって言ったら、きっと許して貰えるから。だから、一族の最後の仕事はナローギ軍の動きと戦力と罠《わな》の位置をオムイ様に伝える事。それだけで良い、それが最初で最後の本当の任務。

遥さんの言っていたことは正しい。私だって軍事の知識は教え込まれている。オムイ様は攻めなければ負ける、たとえ一騎当千の兵《つわもの》達であっても地形で負ける。

仮に辺境の民を見捨てて、オムイ領の中までナローギ軍を引き込めば簡単に圧倒的に勝てる。だけれどオムイ様は……オムイの軍は必ず民を守ろうとする。代々のオムイ様がそうであったように、民を守り我が身を盾にして死んで逝く。

その昔々に守られ、救けられた者の中の戦闘に向かない者達。そんな人達が集まりできたのが私達一族の祖なんだから。

その恩を返す為にできた一族は、いつしか恩を仇《あだ》で返してしまっていた。だからせめて最期だけは恩返しする。

オムイとナローギの決戦は狭く長い長い一本道だけだ。幅は最大でも20メートル、狭い所は10メートル以下しかない。

あそこでは進軍速度など出せない、必ず大軍が長く伸びきり……そして罠で止められる。そこで両岸の岩山から岩を落とされ矢を射掛けられれば戦うことすらできない。

そして、あの岩山はオムイ側は切り立った崖で登れない。だけどナローギ側からは登れる。

だから辺境軍は出口で包囲陣を敷くしか無いのに……辺境側の出口は広い。そして、その長過ぎる包囲陣は兵数の差で必ず突破される。だって全てを守ろうとするオムイ様と、一点だけ好きな所を突破すればいいナローギでは条件が違い過ぎる。

だからオムイ様は先にナローギの街を攻めるしかない。その時はナローギの街の人も一緒くたに攻撃に晒《さら》される、だけどそれ以外にオムイには勝ち目が無い。

奇襲からの速攻、そして徹底破壊しか戦う術《すべ》がない。そしてナローギにはそうされても仕方がない程の罪が有るんだ。気付かなかった、考えなかった罪が。

いっそ遥さんなら簡単に終わらせられただろう。言葉の通りに火の玉を打ち込み続ければ良いんだから。

岩山の上から一方的に火を降らせる、軍が山を登って追いかけたところであの速さで移動されれば追い切れない。

全軍で岩山の上に展開すればがら空きの街が焼かれるし、分散して個別に動けば――ただ一方的に殺される。

遥さんに固定目標を狙われればもう止める方法なんて無い。そう、あのお姉さん達ほどの力が無いと無理なんだ。

でも、それでも街の人達だけは守りたいから。だからナローギの軍の位置も配備も知らせる、そして罠のありかも全部。

だから一族で全部の責任を取る。取り切れないのは分かってるけど、もうそれしか出来ないんだから。だってこれが一族の最後の仕事だから。

するべき事は全て済ませた。もう一族のみんなも動き始めている。今頃は街の人達に全てを伝えている、だから私の仕事はこれで終わり。

「オムイの街に現れた男の報告書を持ってまいりました」

ナローギ様に報告書を手渡す、これで全部終わった。

最後に遥さんに会えなかったのだけが残念だけど、駄目駄目だった私が最後にちゃんとできたよ。ありがとう、遥さん。

怒り——ナローギ様は報告書を読む手が震え、顔を怒気で紅潮させる。

「貴様ああっ！　これは何だ！」

憎しみの籠もった侮蔑の目に恐怖で身が竦《すく》む……だけど、これだけは絶対に報告するって決めたんだから！

「全てその報告書のままです。あの街に害を為《な》せばナローギは滅びます、領地も領主様も滅ぼされます。平身低頭で謝罪し弁償して恭順を誓う以外に報告できる内容は有りません、当たり前にオムイの後方支援の街として配下に下る以外の選択肢はありません。既に我が一族の者達《たち》がナローギの城の抜け穴から、隠し通路、地下道、隠れ家に至るまでオムイに報告に向かっています。街の防衛体制も軍の装備、各部隊の能力、指揮系統、特殊部隊、秘密部隊に至るまでオムイに報告されます。そして岩山の隠し通路、秘密基地、その配備まですべて報告されます。街の住民達にも街を捨てなければ危険だと知らせています。そして化け物のような男には絶対に勝てません、何故《なぜ》ならあの人は化け物なんかじゃありませんでした！　とってもとっても優しい最強無敵のお兄さんでした。以上、報告終わります」

これで終わった。

一族の長《おさ》の娘として。

最後までできたんだ。

これでもうナローギはオムイを安易に攻められない。これで強攻しても被害は甚大、攻め切れなければ逆にナローギの街が落とされる。

そして、その間に街の人は逃げられる。ちゃんとできたよ。ありがとう、遥さん。

「ふざけおって、この密偵風情があああっ！」

振り翳《かざ》された豪華な剣が、怒気と共に目の前に迫って来る。周りは兵士達が取り囲んでいて逃げ場なんて無いし、逃げる気なんて無い。だって助からない事なんてちゃんと分かってるんだから。

私の仕事はちゃんと終わったんだから。これで御終《おしま》い。

最後にオムイの街に行けて良かった。優しい人達に沢山出会えて良かった。

看板娘ちゃんとも会えて良かった、お友達になれてすごく嬉《うれ》しかった。

最後に今まで食べた事も無いくらいの甘美味《おい》しいお菓子も食べられた。

美味しいご飯もごちそうになった、お姉さん達にもいっぱい優しくされた。

遥さんにも出会えた。お菓子を貰って頭を撫《な》でて貰った。

とっても幸せだったんだ。とっても素敵な思い出が出来たんだ。

遥さんにいっぱい貰ったんだ。だからもう充分に幸せだ。

今も涙に濡《ぬ》れた視界の端っこで、大事な大事な指輪が輝いている。
でも、最後に一目だけでも会いたかったなー。
ででも、きっと会ったら泣いちゃったんだろーなー。
でもでも、泣いたらまた頭を撫でて貰えたのかな？
それだけが、ちょっぴり残念だったけど。
でも、出会えて幸せだったから笑って死ねるの。だから、ありがとう遥さん。
もう、目の前には剣しか見えない。もう斬られちゃうんだ。
目に映る剣先はもう殆《ほとん》ど触れんばかりに近づいている。

なのに？
「おひさー？って夕方まで尾行されてたんだけど？って言うか、何でおでこに剣先を引っ付けてるの？　もしかして趣味？　ああ、ニキビ？　いや、ニキビは潰さない方が良いんだよ、マジで？」

なのに、何で遥さんがいるんだろう？
何で遥さんが剣先を摘《つ》まんじゃっているんだろう？
なんでナローギ様を踏んづけちゃってるんだろう？
そして、なんで涙が止まらないんだろう——そして、そしてまた頭を撫でて貰ってる。

もう二度と遥《はるか》さんに頭を撫でて貰える事なんて無いと思ってたのに、無いはずだったのに。ずっとずっと優しい手で頭を撫でてくれている……ずっとずっとナローギ様を踏んづけたままで？

「き、き、き、き、貴様ああっ！　誰を足蹴にいいっ……ぶうぅげええっ！」

ナローギ様を踏んづけたまま、ずっとずっと頭を撫でてくれている。


うん、やっぱり遥さんだった。

因みに甲冑隊長の方がダイエット効果も凄いと20名ほど証言していた。

48日目　深夜　ナローギ　路上

走りながら注意して釘《くぎ》を刺す。だって戦闘力には全く不安はないのに、手加減には不安が満載なんだよ……うん、この白銀の甲冑《かっちゅう》の中の人って？

「って言う訳で殺しちゃ駄目だからね？　助けるだけで逃がすだけだよ？　出て来ても街から誘《おび》き出せれば充分？　みたいな？」

甲冑委員長さんはしつこいと言いたげにウンウンしてるけど、本当に大丈夫なんだろうか？　しかし、尾行っ娘《こ》は思ったよりも足が速かったんだよ。

「いや、ウンウンって『殺るなよ、殺るなよ』って言うフリじゃないんだよ？」

（ウンウン？）

　独断で動くのも不味《まず》いのでメリ父さんに会いに行って、話し合いをしている間に尾行っ娘はお隣領まで戻っちゃってて慌てて追いかけてるんだよ？　だって辺境から出た事も無いから道も知らないし、土地勘が無いし？　しかも甲冑委員長さんまでどうしても付いて来るらしいから飛ぶわけにもいかない？

「ここが例の一本道……結構長いな？　この先がお隣の街だけど、深夜だからお店は開いてないだろうし、一気に突破しちゃおう。うん、一本道を抜けたら飛ぶから背中に負《お》ぶさってね？」

　しかし本当に長い一本道、そしていまだに追い付かないし、後ろ姿も見えない。って事はもう街に入っちゃってるのだろう。

　不味い――怪我《けが》なんかしたりしてたら絶対俺が怒られる。うん、お説教だけでは済まないだろう、お小遣い減額だって有り得るのだ！

　そして、すっかり尾行っ娘と仲良しになった看板娘なんて二度と口を利いてくれないかもしれない。急がないと宿から追い出される、だってツケも多いしヤバいんだよ？

　ようやく街の入り口が見えた頃に、ようやく尾行っ娘の気配を捉えた。

「あっちっていう事は城の中？　お城の中とかって捜すのが大変そうだけど、最悪の最悪で間に合いそうになかったら城ごと吹っ飛ばそうかと思っていたんだけど……それも、もう無理だね？」

城とは言っても観光名所と言うにはしょぼい建物、だからなのか見取り図とか案内表示とかは無さそうだ。でも、あれなら案外簡単に見つかるかも？　見た目は頑張ってるがハッタリお城って感じで、お城の形っぽく作った領館だよ。

まあ辺境よりはずいぶん立派だけど、辺境の領館はぼろいが戦闘用だった。けれど、こっちは綺麗《きれい》で大きいが壁も薄そうだし窓も多すぎる、何より無駄な装飾だらけで登り易《やす》そうなんだよ？

羅神眼の千里眼で街の中とお城もどきの位置は確認できた、そろそろ街の入り口だ。うん、やっぱり間に合わないか？

「はい、背中に負ぶさってしっかりと摑《つか》まってね、マジ乗り心地は期待しないでね？」

（ウンウン）

おお――っ、女の子をおんぶだよ！　まあ、甲冑を着込んでるから背おっても楽しくないけど、男子高校生的には初おんぶなんだよ！　いや、甲冑だけどさー？　こー、感触的な物が寂しいっていうか硬いな？

「動かないでね！　極力限界までじっとしててね？」

まったく迷宮で『ゴーレム・メーカーの指輪』が都合よく出てくれた。だから守れる可能性ができた。

殺し殲滅《せんめつ》するしか手段を持っていなかったのに、守れる可能性を見つけた、だから最後通牒《つうちょう》を出しても、押し留《とど》められる可能性が生まれた。隣街の領主にもそこの住民にもだ、やっと隣街を滅ぼさないで済む可能性を見付けて手に入れたんだよ？　だから、きちんと領主と街の人達に報告するだけで良かったんだよ？

「まったく……何でも見える目なんて有っても、なんにも見えていなかったんだよ」

何か仕出かすのはこっちの仕事なのに、ただの尾行専門の諜報員《ちょうほういん》だと思っていたのに……大失敗だ。

全くいつでも俺の周りは莫迦《ばか》ばっかりで、俺はいつも大馬鹿だよ。この可能性なんて考えてもなかったんだから。あまりに都合よく『ゴーレム・メーカーの指輪』を手に入れて、焦ってしまったんだ。

守れる可能性を見つけてしまい舞い上がって、判断が甘々になるほどに惚《ほう》けていた。そして二つの街の沢山の住人の危険に焦って、たった1人の尾行っ娘の危険を見落としていた大馬鹿さんだ。

だから間に合うかどうかとかなんて、もうどうでも良いんだよ。うん、無理矢理にでも間に合う。徹底的に術式は組みあげた、座標《ゆびわ》ももう視《み》えている。うん、売り飛ばされてなくって良かったよ？

さて、失敗なんて許さない——甲冑委員長さんを丁寧におぶり、魔力で包み込む。もう

無理なら可能性がちょびっとだけ有れば良い、後は豪運さん任せで良い。だから──

「──転移」

尾行っ娘の所へ飛ぶ。空なんか飛んでも、もう間に合いそうにない。ならば空間を飛ぶ、ぶっつけ本番だ。うん、壁の中にいたら嫌だ、な────っ、っとおおっ、ぐうっ!!

「うわああっ、危なかった！　誰だよ目の前に剣を置いた奴《やつ》、めちゃ危ないよ！　うん、危うく転移衝突切断事故発生だったよっ！　全く、なんで異世界って何でもかんでも俺に衝突しようとするの？」

うん、痛いんだよ。衝突すると？　しかも剣とか切断事故だよ、まったく……？

えっと、何か目の前にあったから思わず剣を摘まんじゃったけど、剣の先端が尾行っ娘に当たりそうだ？って、何してるの？

「おひさー？って夕方まで尾行されてたんだけど？って言うか、何でおでこに剣先を引っ付けてるの？　もしかして趣味？　ああ、ニキビ？　いや、ニキビは潰さない方が良いんだよ、マジで？」

これだから異世界は……衛生概念が浸透していないからお年頃の女の子がニキビに悩んで剣に突っ込んじゃうんだよ。うん、困ったものだ。

ニキビとは毛穴内部に皮脂が詰まり、そこに細菌が繁殖して相互作用的に引き起こされる炎症状態の通称で、正しくは尋常性ざ瘡《そう》でその原因は様々だ。そして細菌性炎症だと変に潰すと化膿《かのう》しちゃうんだよ？　うん、洗顔前に蒸しタオルで顔を数分蒸らしておくのがお勧めなんだよ？　まじで。しかも、よりにもよって剣先とか不衛生だよ？　あと、危ないよ？

　なんか良く解《わか》らないけど泣いてるから頭を撫《な》でておく。大体世の中で困ったときはお菓子を配って、頭を撫でて置けば何とかなるんだよ？　これがお説教から逃げるコツなんだよ？　逃げられてないけど多分きっとそうなんだよ？　みたいな？

「ぶうぅげええっ！」

　あれ、なんか鳴いた？　うん、「ぶうぅげええっ！」って鳴き声は確かオークさんだ。おひさなの？　って言うか、この足下のぶよぶよは何？

「あれ、何でオークが地面の振りしてるの？　罠《わな》なの？って言うことは『トラップリング：【罠を自動的に解除する】』の効果は無かったの？　ちょ、1回も出番が無いまま、効果無しってフラグどころの騒ぎじゃないよ！　ちょ、大迷宮さんのリコール騒ぎだよ？　潰れてるけど？　しかも責任者が既にバックレてるけど、今ここに居るんだよ」

　うん、不良品みたいだよ……後ブヨブヨ感がキモいな？

「誰がオークだ無礼な賊めがっ、さっさと足を退《ど》けんかっ！　ぶっへええっ！」

　……オークが喋《しゃべ》った！　もうクララが立ったどころの騒ぎじゃない!!　だって、あのなんか賢そうだったゴブリン・エンペラーでも喋らなかった!?　となるとオークの最上級種なのだろうか、馬鹿そうな顔だけど言葉が分かるから賢いのだろうか？　でも、ゴブより頭が悪い莫迦達でも言葉らしきものは喋れてるから、そうでもないのかな？

「えーっと、その踏まれているオークみたいなのはナローギ様なんです。一応領主様でオークの仲間ではないと思われます？　未調査ですが？」

「ナローギって誰？　いや、いきなり知らない人の名前とか急に言われても覚えられないよ？　うん、『オークN』とかじゃ駄目なの？　それに、ちゃんと調査しないと街中《まちなか》にオークを放し飼いとか危ないんだよ？　まあ、なんか弱そうだけど？」

まあ住民が全員が漏れなく棍棒《こんぼう》で武装しているという、異世界の修羅の街ならばオークの方が危ないだろう。だけど普通の街では危ないよ、全く門番の怠慢だよ……俺も門通ってないけど？

だって、普通の街では街中にオークが居たら問題なんではないだろうか。うん、きっとあの修羅の街の壁は入り込んだオークを逃がさない為《ため》の壁なんだから、あっちなら大丈夫なんだよ。うん、修羅の街ヤバいな！

「え——……えーっと、そのオークな感じなのは、この地の領主様なんです？」

「駄目じゃん！　なんでオークを領主にしちゃったの、ほら顔が馬鹿そうだよ？　きっと馬鹿なんだよ？　せめてコボじゃ駄目だったの、領主？」

この頭悪そうなオークに領主させるくらいなら、きっとコボルトの方が良い。うん、因みに甲冑隊長の方がダイエット効果も凄いと20名ほど証言していた。

ちょっと賢そうなんだよ、コボって？

「うん、あれでもう少し賢くなったら犬みたいに芸が出来そうなくらいにはコボって賢そうなんだよ。うん、オークじゃなくてコボがお薦めだよ？　マジで？」

問題はコボが領主を引き受けてくれるかどうかだが、勤務待遇とかどうなんだろう？

「ふざけるなああ、この下郎が、高貴な貴族に向かってオークだと、頭が悪そうだと、八つ裂きにして切り殺してしまえー！」

「……えっ？」

いや、誰に言ったかは知らないけどもしかして兵隊さん達《たち》なんだったら……聞こえてないよ？　うん、あの瞳《レイプ目》はきっと無理だよ？

「って言うか甲冑《かっちゅう》委員長さん、殺しちゃ駄目だって言ったからって扱《シゴ》いてどうするの？　うん、甲冑委員長さん扱きって拷問より酷《ひど》いんだから可哀想《かわいそう》だよ？　いや、ほら俺って経験者だから詳しいんだよ。だって、あれって訓練って書いて生き地獄って読むんだよ。きっと？」

苦心惨憺《くしんさんたん》とは心を砕いて苦労を重ねることだったはずだが、朽心散々的な恐怖で精神を破壊され、もう立ち上がる気力も体力も無くなった兵隊さん達が追い立てられ這《は》って逃げている。

うん、俺もその気持ちは良く解るよ、辛《つら》いよね？　それって地獄すらも生温《なまぬる》いんだよ。でも未《ま》だ準備運動前のストレッチ位だからね？　本番の扱きはまだまだ先なんだよ、マジで。

どうやら甲冑委員長さんは殺しちゃ駄目って言われたから、教練《はんごろし》にしてみたようだ？　敵を訓練《ボコ》って、正しいのか間違ってるのか微妙だが、間違いなく兵隊さん達は心に深い傷を負ったことだろう……うん、生きてるけど目が死んでるよ！

「って言うか、このオークってどうしたらいいんだろう？　なんか隣街の領主には手を出さないように言われちゃったんだけど、オークだから殺《や》って良いのかなー？　だってオークだし、しかもなんかブヨブヨして気持ち悪いし？　殺っちゃう？」

「ぶうひいい――――ぃ！」

いや、まだ屠殺《とさつ》してないんだよ!?

あれっ、オークが気絶？　気弱なオーク？　まあオークな領主らしいから気弱なオークだって居るのかも知れないんだけど、魔物なんだからもうちょっとさー？　ちょっと扱かれてみる？　うん、そのブヨブヨも取れると思うよ、ビリー隊長ですら生温いんだから

――あの甲冑委員長《迷宮皇》さんは。

帰り道を改築してはいけないって法律は無いらしい。

49日目　早朝　オムイ　路上

険しき岩山が聳《そび》える荒れ地、連なる山脈の亀裂といえるほど細く長い長い、先の見えない道の奥に、あの先に――

「全軍展開急げ、何が有ろうと配置だけは崩すなっ！　食い止めるだけで良い、決して持ち場は動くなっ！」

この先の道の向こうに在る街、ナローギ。オムイに唯一隣接する領にして裏切りの街ナローギ。最早《もはや》そこは敵地と言って良い、そこにあの少年は1人で行ってしまった……行かせてしまった。

街など滅ぼせるのだろう、ナローギの領主など城ごと消せるのだろう。だが領主にも街にも手を出させられない、もし少年が王国の法に背けば王国が動く。

あの少年には王だろうと手は出させせん。だが、戦争になる。戦いならばどれだけの大軍だとしても負けはせん、だが少年に言われたあの言葉には何も言い返せなかった。

「戦って勝てても守れないよ？　街や村の人達が死んじゃうよ？　マジで、勝つだけなら少数でも良いけど守りたいなら数が全然足りてないからね？　みたいな？」

街を狙われれば守備に兵を回し、村に向かわれれば兵を割かねばならない。戦うだけの兵力しかないのだから守るには数が絶対的に足りない。

だが戦争を避けるためだからと言って、領主にも街にも手を出せぬままに、独りで街に向かうなど自殺行為だ。それでは、いくら強かろうとも戦う事すらできぬ！

「うん、何か思ってなかったほど話が進展しちゃったみたいなんだよ？　勝手に。だから尾行っ娘《こ》だけ連れて帰ってくれれば後は勝手に街の住人とかなんとかが動くと思うよ？　多分？」

ただそう言い残し去って行った。それがどういう事かは分からなかったが、危険に変わりは無いはずだ。

戦わずに誰かを連れて此処《ここ》まで辿《たど》り着かねばならない。追われ攻められながら守りつつ此処まで。

だが、遊びにでも行くかのような気楽さで行ってしまった。そして、それは止めたところで無駄なのだろう。ただ私の領主としての立場に義理立てしして、報告してくれたのだ。助けを求める事も無く、ただ迷惑をかけない様に。

ただ、既に決定されたことを報告し、こちらの要望を聞き入れてくれた……その結果が領主にも街にも手を出せず、兵も殺さずに敵地に飛び込ませる事になってしまった。救けるどころか手脚を縛るような所業だ――故に側近に小声で告げてみた。

「もうなんか面倒くさいのだが、此方《こちら》だってムカついておるのだし、いっそ突撃してしまってはどうだ？　全軍でぐわーって！　一気にがががあって？」

「駄目と言ったら駄目です。御自身で約束されたのでしょう！」

だが駄目らしい。少年にも絶対に一本道には入らないと約束させられたのだ、だから言ってみただけだ。

だが我等《ら》の恩人が戦う事も出来ずにこの先に居るかと思えば、もう何か遣《や》っちゃっても良い気がしてしまうのだ。

砂塵《さじん》の舞う荒野でじりじりじりとしながら待つ事しか出来ない。何故《なぜ》か少年に側近の言う事を聞くように約束させられてしまった故に、恩人との約束を破るようなことはできん。

だから、じりじりとしながら苛々《いらいら》と待つしか出来ない。あの少年は大迷宮からでも帰って来たのだからと、だから隣の街など物見遊山で帰ってくると信じて待つしかない。戦う事も許されずに敵地で何かを助けようとする少年を、ただただじっと信じて待つ事しか出来ないのだ。

「ちょっとだけ全軍で強攻偵察に……『駄目です！　何処《どこ》の世界に全軍で強攻して偵察して来る軍が有るのですか!?　それの何処が全軍突撃と違うのです？　駄目です！』くっ、堅い奴だ」

そうしてなにも出来ぬままにただ待ち続けていると、突如伝令の兵が駆け寄って来た。

――敵が動いたのか？

「ナローギの住人達が家財道具を抱えてこちらへと逃げて来ています！　どのように対処したら良いでしょうか？」

「よし！　全軍突撃の準……『直《す》ぐに代表者を探して連れてきてください。大至急です』

……だそうだ」

住人達が家財道具を抱え辺境に逃げ込むなど、尋常ではない事態が起こっている。街は攻めないと言っていたはずだが？　いや、攻めていれば逃げる間もなくナローギの街は消えているだろう、では何が起こっているのか聞くしかないであろう。

「急ぎ住人を保護せよ！　怪我人《けがにん》は治療を、身体弱き者には馬車を用意せよ。敵軍の動きは？」

「敵軍に動きはありません！　ありませんが動いてます！　動いてるんで敵軍は動けません！」

何なのだその報告は？　意味不明な伝令なら叱り飛ばすところなのだが、意味不明な出来事の正確な伝令ならば致し方あるまい。

あの道の先には意味不明な出来事を巻き起こす少年がいる、意味不明を撒《ま》き散らす少年が何かをしているのならば意味不明な伝令になっても仕方ないのであろう。

私も大襲撃の際に報告を受け、全く意味不明な出来事のさっぱり意味不明な説明で完膚無きまでに理解不能な結末を聞かされた経験がある。あれは意味不明なのだ。

「副官、此処は任せる。情報が分かり次第届けよ」

そう、意味不明な出来事ならこの目で見なければ理解などできまい。それに少年が無事に戻って来ているのならば安全な後方で踏ん反り返っているなど我慢できん、せめて最前線で迎えるくらいの事はせねば気が済まぬのだ。

馬を駆け前線に向かう。そこで何かが起こっている、事件は前線で起こっているのだよ！

「動きは……と言うか何が動いているのだ？　分かっている事だけで良い、報告せよ」

「現在ナローギの住人達の保護を最優先に、戦線を維持しながら状況を確認中です。確認中の状況は意味不明で分かりません！」

最前線でも意味不明でわからない様だ。だが少なくとも少年が意味不明な事を仕出かしているのであれば良い。物見櫓《ものみやぐら》に攀《よ》じ登り、何が起こっているのかをこの目で見る。

見た。うむ、意味不明だ。

見たままに言えばナローギに続く一本道などとうに無くなっていた。うむ、全く意味不明だ。

そして目の前にあるものは巨大な洞窟……いや、ナローギの住人達が避難して来ているのだから繋《つな》がっているはずだ。ならばトンネルなのか？

だがトンネルからナローギの住人達を守り、先導しているのは魔物。あれはストーン・ゴーレム。そしてストーン・ゴーレムがいるのならば迷宮だ。その証拠に次々に岩山だった壁からストーン・ゴーレムが現れ避難誘導をしている？　うむ、見事に意味不明だ。

「馬車で身体の弱いものを保護せよ！　ゴーレムには絶対に手出しするな！」

「はっ、ただちに！」

遠見の魔道具で奥を覗《のぞ》き見る。其処《そこ》に見えた物はナローギ軍をくい止め、ナローギの住人達を逃がす石の軍隊だった。

最前線のゴーレム達の列が巨大な石の盾を掲げて攻撃を防ぎ食い止める。その後列からは長大な石の長槍《ちょうそう》を所狭しと並べ立て、盾の隙間から突き出して槍衾《やりぶすま》を張り巡らせナローギ軍を足止めする。あれでは突破など不可能だ、あれは最強の石の軍隊が守る迷宮なのだ……そして避難民を守りながら撤退戦に徹している。

うむ、意味不明だ、あれを説明しろなどとは口が裂けても言えん。己《おの》が目で見ても意味不明なものを、言葉などで説明など出来る訳が無いのだから。

敵軍は動けず、だが動きはある、その動きで敵軍は動けないのだから伝令も間違っていない。正しい報告だった、ただ意味が不明なだけだ。そして至極当然、何故なら意味不明な事が行われているからだったのだから。

そして、これは全て迷宮で魔物がやっている事だ。王国の法でも魔物に手を出させる事も、魔物が軍と戦う事も禁止などされてもいない。うむ、なんの問題も無い。

「薬は惜しむな、怪我人の保護を優先せよ！」

「はっ！　今の処《ところ》、怪我人は出ておりません！」

溢《あふ》れ出す避難民の救護に薄い防衛陣が崩れていく、だがもはや無用なのだろう。最初から無用だったのだろう、あの少年は「行って帰ってくるだけ」と言っていたのだから……その少年は大迷宮を滅ぼして、なお「落ちたから上がってきただけ」と言い切ったのだったな。

「報告します。代表者がお会いしたいとのことです、大まかな内容も聞いてきましたが如何《いかが》なさいましょう?」

「うむ、会おう」

ここで意味不明な出来事を見ていた所で意味など不明、ならば意味が分かる話を聞いた方がまだ役に立つのであろう。

それに前線に来る途中で黒髪黒目の一団が意味不明な光景を眺め、指を差して大笑いしていた。

少年の仲間たちが手助けにやって来てくれたのだ、そして想像もしていなかった意味不明な光景を見て指を指《さ》し示して笑っていたのだ。その黒き瞳で見た瞬間に、誰が何をしたのかを理解して笑っていた。ならば少年は大丈夫だ、だからこそ笑顔で笑っているのだから。

全く準備不足だった為に大切な相談をしたら怒られた。

49日目　早朝　トンネル？

やっと避難民の最後尾のグループが辺境側に出られたようだ。明るい……外はもう朝なんだけど？

ちょ、俺って最近まったく真面《まとも》に寝た記憶が無いんだよ！　しかも今日は内密な事すら出来ないままに朝が来た――よし、帰ってからお願いしよう。絶対だ！

「外です。後ろ、追撃……ありません」

殿《しんがり》はストーン・ゴーレム軍が務めているから心配ない。槍衾に大盾装備の重装ファランクスだから突破されることは無いし、数はまだまだ増やせるんだから突破なんて出来る訳がない。

戦闘音も静かなものだ。だってただ退がるだけの槍衾の壁《ファランクス》にわざわざ突っ込まなければ戦闘にもならない。うん、岩相手に矢なんて効くわけがない。

ストーン・ゴーレム自体は『ゴーレム・メーカーの指輪』で造って、指示して操作してるだけの本物のゴーレム、ただの岩人形だ。うん、魔物ですらないんだから、核《コア》もない壊せても殺せない操り自動人形なんだよ？

「砕かれても崩れた岩を積んで足止めする気が、全然被害が無さそうで、むしろ殺さないようにゴーレムさんが撤退中って……弱いな!?」

命の無い操り人形だからある意味不死身、生きていないから殺せない。だって命令が無くなれば只《ただ》の石像になるから、壊されても並べるだけで壁になる。

だから被害なんてまったくない、崩されても問題はないただの石なんだよ？

あれは魔力がある限り動き、無限に生まれるだけの石像の群れだ。うん、あれと戦う方が馬鹿げている。

「おいひいです……甘美味《おい》ひいですぅ……ううぅぅ」

すっかり落ち着いた尾行っ子は、美味しそうに泣きながらフルーツケーキ擬《もど》きな蒸しパンを頬張っている。甘美味しいのだそうだ？

「甲冑《かっちゅう》委員長もお疲れー？って、本当に敵の兵隊さん達《たち》は無事なの？　うん、主に身体的な意味で？　きっと精神的に無事じゃないのは間違いないけど、おっさんだったから身体的無事だったら問題ないし……まあ、どうでも良いか、おっさんだったし？」

（ウンウン）

甲冑委員長はウンウンしているから無事みたいだけど、甲冑委員長さんが鍛えちゃった兵隊さんならもう少し頑張れた事だろう……心さえ病んでなければ？

まあ、これでメリ父さんにも怒られない。

「うん、これで街に攻撃してないし、兵隊さん達も身体は無事で、領主《オーク》にも手出ししていない完璧なる俺は悪くないんだよ？　うん、これでまた有らぬ冤罪《えんざい》を浴びせかけられる心配も無いんだよ。ほら、やっぱり俺は無実の人なんだよ！」

何故ジト目なのだろう？　甲冑委員長さんと尾行っ娘《こ》のジト目十字砲火《クロスファイヤー》だ!?　うん、右舷の弾幕《ジト》も薄くない見事な集中砲火なんだよ？

「いや、だって手出ししてないって……踏んづけて、踏み潰して、ぐりぐりと踏み躙《にじ》っちゃって気絶させて、そのまま蹴飛ばしてほったらかしにして来ませんでしたか？　なんか漏らしてましたよ、領主《あれ》？」

うん、ばっちいオークだったんだよ！

「踏んづけて踏み潰したのって足だし、ばっちいから手で触ってないんだよ？　そもそもが踏んづけた訳じゃなくて、あれって勝手に地面にいたんだよ？　うん、地面を踏んだらオークが潰れてただけだよね？　ほら、俺悪くないじゃん？　無実はいつも一つだよ。じっちゃんの名は何だっけ？」

冤罪は晴らされたようだ、終了は証明された。なのに、まだまだジト目クロスファイヤーは続く様だ？

なんか気絶して動かなくなった汚いお漏らしオークは、ばっちいから触らず置いて来た。

うん、いらないし、あんなの触りたくないよ。だから手は出してないのだが、どうして俺は悪くないいって言うのが皆分からないのだろう？　やはり好感度なの？　それ以外に原因が思いつかないいんだよ？　さっぱりと思いつかない？

それに、この長いトンネルも改装して造っただけ。ただ、上から攻撃されると危ないから屋根を付けただけだったりする。だから『迷宮王の指輪：【迷宮製造、迷宮支配】』は使っていないから、迷宮化させたって怒られる心配も無い。まあ、隣の領地軍には教えないから、違いは分からないだろう。だから、勝手に迷宮だと思って騒いでいればいい。

こっちに来られなければそれで良いんだから足止め用の偽迷宮《ダミー》、俺が離れればストーン・ゴーレムはただの石像になっちゃうから壁で塞ぐか、ストーン・ゴーレムに魔石を入れて魔物化するかしないといけないいんだけど、それは外で相談してからで良いだろう。

だってその後の事は俺には関係ないのだから。そこからはメリ父さんのお仕事……きっとあの側近の人が頑張るんだよ。うん、頑張れ？

後は魔石の供給が失われた王国がどうするのかっていうだけの問題だ。既に辺境では小麦は自給自足できつつあるし、買い占めまくったから備蓄もかなりの量がある。

今はお芋さんだってあるのだから、穀物は充分どころか過剰な筈《はず》だ。塩は岩塩の巨大な層を洞窟で見つけて大量に確保してあるし、村人Aさんの塩もまだまだ全く無くなる素振りすらない。そして金属だって鉱山の開発ができる程の鉱脈を発見している……まあ、面倒で放《ほ》ったらかしだけど？

「長い、遠い、怠《だる》い、疲れた！　あー、面倒だな！」

追い難《にく》いように通路を捻《ね》じ曲げ改装しながらの帰り道。これでここは通行止《トンネル》めだ。問題は物流が滞《とどこお》ると砂糖や布に家畜なんかが不足するのが難なんだけど、どれも緊急の物ではないから暫《しばら》くは大丈夫なはずだ……買えるだけ買って備蓄してあるし？

それに、いざとなれば俺が飛んで買い出しに行けば良いんだし、何とでもなる。先に経済が回らなくなるのは王国の方なんだから、あっちの出方を見てれば良い。王国には魔石関連しか他に輸出できるものなんて無いらしいのに、その産出地である辺境を見捨てて兵も出さず、魔石は買い叩《たた》き、援助を渋り、何もしなかったどころか食い物にしてきたのだから自業自得だよ。こちらから助ける必要なんて全くない。

そのついでにトンネルの周りの岩山も改築中だ。この岩山が辺境の聳《そび》え立つ破壊不可能な城壁になり、トンネルが突破不可能な迷宮の城門になる——これで難攻不落の辺境城のできあがりだ。兵隊は不死のストーン・ゴーレム軍団、それでも押さえきれなくなれば『迷宮王の指輪』で本当に迷宮化したって良い、圧倒的に兵の少ない辺境を守る事ができる唯一の方法が『ゴーレム・メーカーの指輪』だったんだよ。

「これで暫くは平和なんだろうね……ずっと平和なんて無かったんだから、暫くでも平和は大事なんだよ。その間に経済が活性化して、街が発展すれば豊かにだってなれる筈なんだから。ただ、ずっと鎖国って言うのは不味《まず》いんだけど、そこらへんは領主のお仕事だからねー？　だから俺のせいじゃないんだよと明言しておいてみる？」

ストーンゴーレムの制御は難しいから、操作にも限界がある。ただし簡単な命令なら実行できるのだから、ただ単純な行動を取るだけの重装ファランクスなら防衛は充分。それをいくらでも量産できるから充分に戦えるだろう。あれは細かく動かせないからこそのファランクスによる盾防御と槍衾なんだよ……まあ出口にお城も作っておけば安心で安全で安穏だろう。

「でも、それだと王国からの独立とか離反だと思われませんか？　王国の敵になっちゃいますよ？」

話を聞いてみると実は尾行っ娘は尾行するだけの尾行っ娘ではなく、調査の為《ため》に軍事経済を教えられた賢い尾行っ娘だったらしい。しかも尾行っ娘一族の長《おさ》の娘で偉い尾行っ娘様だったようだ。ちなみに今はフライドポテトを頰張っている、しょっぱ美味しいんだぞうだ。うん、賢くなさそうだな？

「だって、離反も何も通れないんだから仕方なくない？　うん、用事が有れば自分たちが来ればいいんだし、そもそも隣街を放置した王国側の責任だよ。実質的に王国は辺境に対して敵対行為をしてきてたんだから、いっそこのまま独立したって良いくらいなんだよ？」

ここまでやっておけば王国側に有利な点なんて一つも無いはずだ、だから交渉だってきっと有利に進められる。なにせ、王国側からは通れないんだから、交渉するしないすら辺境の自由なんだよ。

「独立となったら王国も黙っていないのではないかと？」

「だから独立されたくないなら王国がそういう態度をとれば良いんだって……これでもう辺境には軍事的にも食料的にも脅しが効かないって言う事が一番大事なんだよ？　これでやっと対等な交渉が出来るんだから、あとは領主のお仕事？　うん、俺は悪くないし、今回も手出しもしてないから法的にも問題ないらしいし、だから俺はやっぱりちゃんと無罪な良い男子高校生なんだよ？」

まあ、これできっと多分辺境は大丈夫なんだろう？　知らないけど？　いや、だって領民ですらないんだよ？って言うか辺境の名前も聞いてないし？　多分？　だよね？　メリなんとかだっけ？　まあ、メリ父《おっ》さん《さん》の……横にいっつも居る、あの側近の人が頑張るんだよ？　多分？

「長かったー！って、領境の長いトンネル（出来立て）を抜けると辺境軍と出会った？焼こうかな？」

ようやくお外だー……って明るいよ！　滅茶《めちゃ》朝になっちゃってるんだよ！　寝不足はまだしも深刻なる男子高校生的内密《ろまん》不足なんだよ!?

「委員長、さん達、です……手を振っています」

避難民の人達は兵隊さん達が救助活動を展開しているみたいだし、もう大丈夫そうだ。

そして、委員長さん達も来ていたみたいだ、みんなで手を振ってるから行ってみよう。オタ莫迦《ばか》も指さして笑ってるから焼いてみよう？

いや、だってメリ父さんに捕まると説明が面倒なんだよ、マジで。どうも異世界人とは話が中々通じ合わないいんだけど、本当にちゃんと翻訳されているのだろうか？　全く以《もっ》て疑わしいものだ。

「お帰り遥君《はるか》。尾行っ娘ちゃんもお帰り。無事でよかった、まあ心配して無かったよ、絶対大丈夫って信じてたから。お帰りなさい」

「……ただいま。戻ってきちゃいました……ありがとうございます」

泣き出す尾行っ娘と、その頭を撫《な》でる女子さん達。そして頭を禿《は》げるように焼いてるのに、涙目で逃げ惑うオタ莫迦達？　うん、うざいな？

「ただいまー？　みたいな感じで尾行っ子も攫《さら》ってきたよ？　うん、なんかオークにニキビを潰されそうになって泣いてたから攫ってきた的な？　まあ、そんな事より大事な相談なんだけど……朝ご飯どうしよう？　用意してないいんだけど朝からBBQはやっぱまずいかなー？」

「「「大事な相談はBBQなの？」」」

朝ご飯の大切さという物を懇々と説いたら怒られた？　いや、マジ大事なんだよ？　健康の第一歩は朝ご飯からのクラウチングスタートな重要さなんだよ？

大騒ぎで朝食《BBQ》を済ませながら、あれやこれやと話し合い、結局オタ達と相談して2体のマスター・ゴーレムを造った……って言うのだろうか？　まあ、2体ではある？

「ゴーレム？」

「うん」

「山だよね？」

「うん？」

マスター・ゴーレムの役割はストーン・ゴーレムの操作と生産、戦闘能力も防御力も殆《ほとん》ど無い、って言うか必要そうに無い？

「「「岩山《ゴーレム》ってなんだっけ？」」」

左右の岩山にLv90クラスの魔石を入れて、マスター・ゴーレムにした。だから核《コア》なんて坑道を掘り進まないと破壊できないだろう。

それに攻撃力も岩山に登って来たらアース・ニードルで刺したり、岩を上から落とすくらいで充分だ。だから岩人形《ゴーレム》達の指揮と生産と再生に特化な仕様の指揮《マスター》・岩山《ゴーレム》。これで山を越えられる心配はなくなるし、再生するから岩山にトンネルを掘られる恐れもない。うん、守りはこれで充分だろう。

さあ帰って寝よう。たっぷり内密に寝よう、もう寝る暇もないくらい寝よう！　超頑張って寝よう！　うん、マジで!!

限られた時間を有効活用する大切さが異世界では理解されないようだ。

49日目　昼前　宿屋　白い変人

遥君は寝てないから寝るって言って宿に戻るや否やお部屋に帰って寝てしまった。笑って平然としていたけど、ただ魔法を使うだけでジッとしていた——きっと無茶したんだろう、そして無茶苦茶にしてきたのだろう！

そして、騙《だま》されちゃ駄目なの！　だってアンジェリカさんと一緒に寝に行ったんだから、全く安らかに寝る気なんて無いくらい激しく寝る気満々なの。うん、きっとどれだけ寝ても睡眠不足のままそうだ！

「おかえりなさい……おかえりぃ」

「ただいま……ううぇえええぇぇえん」

食堂では未《いま》だ看板娘ちゃんと尾行っ娘ちゃんが泣きながら抱き合ってる。ただただ再会を喜んで、言葉にならなくって泣きながら抱き合っている。だからとっても嬉《うれ》しそうだ、きっともう会えないと思っていた。うん、そう思っちゃってたんだ……まだまだ甘いよ？

だって、そんな悲しい出来事なんて起こせっこないんだから。どんなに悲惨な悲劇さんにだって起こせっこないんだから。そう——起きる前に殺《や》られるの。

だって、我儘《わがまま》な誰かさんに認められないの。

そんなのは認めてすら貰《もら》えず殺られちゃうの。

だって、誰かさんに却下されちゃうから。

ムカつくから嫌で、何もかもが滅茶苦茶《めちゃくちゃ》にされちゃうの。

だからちゃんと会えたでしょう？　甘いよ、まだまだ。


あの迷宮トンネルの向こうで何があったか分からない。だけど、きっと悲劇とか不幸とか悲しい出来事を通過させない様に迷宮化しちゃったんだろう。偽迷宮らしいけど充分過ぎる戦力で、あれって私達《たち》でも突破出来るか……自信が無い。

「「「あれは酷《ひど》かったね？」」」「遥君と小田《おだ》君達の組み合わせって……」「「「碌《ろく》な事しないよね!!」」」

だってあれは強くはないけど突破できない迷宮。

「まあ、謎知識の小田君達と、嫌がらせの達人な遥君が一緒に考えると……」「「「うん、大迷惑だね？」」」

偽迷宮——突破するには無限に湧くストーン・ゴーレムのファランクス陣を大火力で一気に殲滅《せんめつ》して、再生する前に走り抜けるしかないんだけど……遥君が例の如《ごと》く罠《わな》を仕掛けちゃったらしいから、あれを突破できる自信はないの。

だって想像の斜め上の裏側の真上位に予想外の悪辣な罠なんだから？　ちょっと見たけど薄暗い迷宮に騙し絵描くとか非道だった、あれはトリックアートさんの悪用だった。

「飛び越えた穴は画《え》で、床が落とし穴ってねー？」「「「うん、足を挫《くじ》く以前に、心が挫けるよね!!」」」

うん、あれは引っ掛かる。だって絵だから罠をスキルで察知できない。だから罠だと思って絵を避けたら本当の罠なの？　あれはスキルでは突破できない、一気に駆け抜けたりなんかしたら通路の絵を描かれた壁にぶつかって穴に落ちるし、騙し絵の攪乱《かくらん》で道に迷っちゃうだろう。

「真っ直《す》ぐに見えて曲がってるし、曲がってて視《み》えると真っ直ぐだし」「あれは、微妙な上下差と角度で感覚を破壊されますから……道は覚えられませんね？」「しかもマスター・ゴーレムさんが常時迷路を動かしてるんだって？」「迷宮皇《アンジエリカ》さんが目が点だったね？」

「「「性格の悪さが迷宮皇さんより悪辣だもんね？」」」

どれだけ強くても空間把握を持ってない人は絶対全員引っ掛かる。まして、異世界の人たちは騙し絵自体を初めて見る筈《はず》だから絶対に無理。あれは超レアスキルの空間把握を持ったＬｖ１００超えのパーティーならば辛うじて潜《くぐ》り抜けて来られるかもしれない。しれないけど……それでも、最後のあれは無理だろう。うん、知っていても自信が無い。

「「「男子は楽しそうだったねー」」」

外から見ていた小田君達は指を差して大笑いしながら風雲ＳＡＳＵＫＥ城って名付けて

いた。あれはそう云《い》う物――決して勇敢に命をかけて真面目に戦ってはならない難攻不落な贋物《にせもの》の迷宮、迷宮皇さんも吃驚《びっくり》の嫌がらせを極め尽くした悪の迷宮なの？

「「「まあ……これで平和？」」」

平和って言うか、争いを暴力で封じちゃった。細い道の両側に聳《そび》え立つ岩山をゴーレム化して、それを使役しちゃって『ゴーレム・メーカーの指輪』を預けて来ちゃったらしい。だからストーン・ゴーレムさんが無限に湧くし、マスター・ゴーレムさんは倒しようがない。

そして使役されてるから『経験値分配』スキルで、遥君から膨大な経験値と魔力が注ぎ込まれ続ける。そして使役者の能力が反映されちゃうんだから、あそこを通る位なら世界一周して反対側から魔の森を越えて来る方が絶対に簡単だと思うの？

だから通路は有るけど誰も来ないんだろう。あんな捻《ひね》くれた悪逆に満ちた罠に掛からない人はきっと遥君並みの性格の持ち主だけだ。うん、きっと居ないから大丈夫、だってそんな人が居たら異世界はとっくに大丈夫じゃないはずだから。

「「「なんか無駄に疲れたよ！」」」「うん、心配したら負けだってわかってたのにね」

泣きながら抱き合ってる看板娘ちゃんと尾行っ娘《こ》ちゃんの指には、仲良くお揃《そろ》いの指輪が輝いている。握り合う手の先で涙に濡《ぬ》れてキラキラと。

領主様からも起きたら来て欲しいと言伝《ことづて》があったんだけど、きっと起きない。起きる以前に未だ激しく寝ているから、あれが超アグレッシブな激震の寝相とかアクロバティックな寝返り大回転とかじゃないなら当分起きて来ない！　だって寝るのが忙しくて睡眠なんかとってないもん。

もう、女子が全員無口だ……すでに全員が気配察知ＬｖＭａＸで、何人かは上位スキルの気配探知になっちゃったんだからね？　一定の方向の情報がより詳しく解《わか》っちゃうから、私達の方が寝不足なの！

そして、みんな寝てしまった。だって結局気になって隣街まで見に行っちゃったから私達だって寝ていない。うん、私達はちゃんと安らかに寝るんだからね？　ホントウダヨ？

ひと眠りして、ようやく目が覚め――食堂に下りると、何人かが起きて来ていて……何かを真剣に話し合っている。何かあったのかな？

「だからそこで上からロープを垂らして、飛びつけるようにしとくんだよ。で、何本かは摑《つか》まったら抜け落ちちゃうダミーにしとけば良くない？」「やっぱり滑り台で入り口に戻るのが屈辱的だよ、3回くらいで心が折れるよ？」「もう、あれで充分じゃない？　隠し扉から出口を見つけて走って行ったら絵って？　普通、あれで充分心折れるよね、1回で！」「あの偽扉もえぐいよねー、絵だったり扉だけだったり罠だったりって出られないよ、どうやっても」「しかも足下は躓《つまず》くか、滑る、落ちるって……心が持たないよね！」

どうやら、みんな偽迷宮が気に入っちゃったみたい。各自あれこれと罠のアイデアを出し合って、和気《わき》藹々《あいあい》とアイデアを持ち寄って話し合っているみたい？

「おはよー。でも入ったら駄目だからね、あれって罠は全部武器破壊だし、他にも腐食効果とかが満載だから武器とか装備が壊れちゃって勿体《もったい》ないよ？　特に女子は絶対駄目、腐食って装備と一緒に服も溶かしちゃうからね？　うん、あそこって別の意味で外に出られなくなっちゃうの？」

うん、とっても製作者の為人《ひととなり》が反映された、悪逆で悪辣でエロい迷宮なの？

「「「最悪だーっ！」」」「こら、男子！　見に行こうとしない!!」

だって最悪の人が設計したんだから最悪に決まっている。あれは剣が折れ矢が尽きる前に心が折れるし、それ以前に精神が蝕《むしば》まれて人格が壊されちゃう。

きっとあそこに入っちゃって出て来た時には人格が変わっちゃっていることだろう……きっと人間不信くらいは確実だと思うよ？　だって製作者の人間性が信じられないんだから？

「いやいや、ここでさー」「そこは、むしろ？」「でもでもだって」「「「やんややんや？」」」

それでも、また1人起きて来ては加わり、また1人起きて来ては頭を捻って罠を考えている。ある意味、大人気みたいだけど、誰一人入りたい人がいない大人気スポットが造られてしまったみたいだ。

うん、アトラクションも満載だけど参加者はいない。みんな罠を考えて引っ掛かる所を見たいだけみたいだけど……そんな悪い事ばかり考えていたら遥君《はるか》になっちゃうよ？

「おはよー？って言うかこんばんは？　みたいな目覚め？って言うか眠いよ。でもお腹空《なかす》いたんだよ？」

やっと遥君も起きて来たけど、眠そうだ。うん、原因はいつも一つ！　犯人もいつも1人《はんにん》──うん、本人のせいだ！

「おはよー遥君。起きたら来て欲しいって領主様の側近の人が泣きそうな顔で伝言していったよ？　うん何か疲れ切ってたよ？」

この街の領主のオムイ様はお話しすると気の良いおじさまで、領民には愛される名君だ。ただ領民の人達も兵隊さん達もみんな領主様の身を心配している。代々の領主は民を守る為《ため》に戦い、そして魔物の森で亡くなっているんだそうだ。

それでも代々イケイケらしい。それでも守りきれないと何時《いつ》も嘆いていると言う、だから愛され心配されているの。うん、此処《ここ》は良い街だ……でも側近さんは大変そうだった。

「取り敢《あ》えずご飯だよ、決定事項だよ！　だってお腹空いたんだよ？　もう献立も決定済みって言うか、トマトっぽいの見付けちゃってオムライスに決定なんだよ？　まあ、いつもの謎卵と謎の鳥肉だけど？」

「「「きゃあああああっ！　オムライス！　オムライス！」」」

怒濤《どとう》の悲鳴と、足踏みが踊る。

「「「オムライス！　オムライス！　オムライス！……（続く）」」」

なんかオムライスコールが始まってる？　何この盛り上がり！　でも乗っちゃおう、だってオムライスだから！　オムライス！　キャアアアア――ッ♪

「「「オムライス！　オムライス！　オムライス！　オムライス！……（続いてる）」」」

大騒ぎでみんなが起き出して来た、その眼前にはオムライスが広がり並べたてられている。誰もが寝ぼけ眼もパッチリだ。初めてオムライスを見るアンジェリカさんは不思議そうな顔をしてるけど食べれば分かるんだから。この熱狂の坩堝《るつぼ》と化したオムライスコールの訳が。

「「「オムライス！　オムライス！　オムライス！……（続いてた）」」」

「出来たよー？　たーんとお食べ？　みたいないただきます？　な感じ？」

一瞬の静寂――そして大合唱。

「「「いただきまーす！」」」

突如としてオムライスコールはぴたりと鳴り止《や》み涙声へと変わる。食卓は無言のもぐもぐと至高の至福に包まれ、そして啜《すす》り泣き……だって美味《おい》しくて幸せで、そして懐かしい。

「うううぅ、美味しいよ！」「だってオムライスだもん」「美味し過ぎる、幸せな味だ」

「「「幸せに美味しい！」」」「遥おかわり！」「あ、僕達も？」

みんなオムライスを食べて泣いちゃってる、だってオムライスなんだから。美味しいに決まってる……そして懐かしい美味しさ。

そして、声もなくみんなも満腹で幸せな余韻に浸る。アンジェリカさんも、看板娘ちゃんも、尾行っ娘ちゃんも初めてのオムライスで至福の表情だ。でも、お説教は確定した。

「「「何をしてるの！　何を!!」」」

だって尾行っ娘ちゃんは危機一髪って言うか本当に髪の毛一本分くらいの所まで剣が迫っていたらしい。すっごくギリギリだった。その髪の毛一本分で遥君は間に合ってくれたんだけど……途中でトマトの買い付けをしていた。

うん、途中の村で偶然にもトマトっぽいの見付けちゃって、それでギリギリ。絶対お説教だ！

「いや間に合うんだって？　大丈夫だよ、だって飛んでも間に合わない時は跳ぶんだから？　跳べば大丈夫で、ニキビも無事だったんだよ？　いや、間に合わないから間に合うことに決まって、ニキビの無事は喜んで良いのかどうか難しい問題だけど跳ぶのは決定だから余裕だったんだよ？　だからトマトでケチャップだからオムライスさんなんだよ、みたいな？」

お説教中です。しかも看板娘ちゃんが激オコです、マジオコなの。それはもう涙目で両手をパタパタさせて怒ってる。怒りのあまりに謎の踊りも始まっちゃったの？

「「「間に合わないから間に合うって、どっちなのよ！」」」「オムライスさんは無罪だけど、遥君は有罪！」「「「美味しかったけど異議なし！」」」

どうも……跳んじゃったらしい。禁断の転移魔法で突入したみたい、だから大説教決定だ！　だって危ないからって、絶対に使っていなかった危険な魔法、何が起こるか分からないと封印されてた魔術。それは、あの絶望的な大迷宮ですら使わなかったくらいの危険な技だったんだよね！

練習ですら集中した状態で障害物も何もない所を1メートルも移動していなかった、それだけでも動けなくなっていた。それがするに事欠いて城壁ごと空間を突き抜けたって、何でそんな危ない事ばかりするの!?

どうも途中から跳ばないと間に合わないって分かってたみたい。そして尾行っ娘ちゃんは遥君から魔石の指輪を貰《もら》っていたから、それを目印にすれば良い。それならどうせ跳ぶんだから余裕じゃんって……トマトみたいなのを買っていたらしいの？

そして本人だけが計画的時間管理術だとか言い張ってるから、全く反省はしていないようだ。よろしい、ならば大説教だ！　これだけ言っても反省しないならば看板娘ちゃんの怒りの踊りを受けるが良い！

だって涙目でパタパタと怒ってるんだよ、激オコのパタパタっ娘の踊りなんだからね。それは本気で尾行っ娘ちゃんの事も遥君の事も心配して怒り踊ってるんだよ！

うん、泣かしちゃったんだからしっかりと大反省してね？

ハニートラップ募集のビラとかも作っておいた方が良いかも知れない。

49日目　夜　宿屋　白い変人

「向こうの報告書によると『天地を斬り、悪鬼羅刹を穿《うが》ち、鬼神魔人を滅し、有象無象は塵芥《ちりあくた》』なんだそうですよ？　その人？」

「どっちかって言うと天地無用であっけらかんと騙《だま》し、暇人を持て余し、何もかもが無茶苦茶が正しいんだけど？　この……人？」

　なんか酷《ひど》い悪口の様な気がするんだけど、大迷宮を倒した男の話が何で暇人を持て余してるって意味が解んないんだよ？　マジで？

「う～ん？　天井と床を穿ち～、魔物を落として～、迷宮皇さんも誑《たぶら》かし～、紆余《うよ》曲折《きょくせつ》で上がって来ちゃいました～……って感じだったよね～？」

　ちょ、誑かしてなんてないよ？　人聞きが悪いなー。うん、ちょっと使役しちゃっただけなんだよ？　マジマジ？

「こっちの王都での報告では、優しい目をした大男だそうですよ？　誰が見たんですかねー？」

「うん、聞き間違えたんじゃないかな、やらしい目をした大迷惑男とかと？」

「それとも疾《やま》しい目をしたエロ男とか？　あっ！　ヤバい目をして大事《おおごと》になった事ならあ

るから、それかも！」

　何で誰もが全力で優しい目をした部分を否定しようとしてるの！　ちょ、もう泣いてる子もいるんですよ、ここに!!

「あと辺境でも黒衣の大魔導士説が有名です。なんでもコロッケの伝道師とも呼ばれているみたいです」

「あー、沢山間違った情報を聞いたけど、初めて真実が入ってた。あの、コロッケの伝道師だけ本物なんだって？」

「あれ？　だとしたら屋台の黒マント印のコロッケ屋さんのマークのって遥君の事だったの！」

「それ、私聞かされたよ～？　なんか～、貧しい村に黒マントの大魔導士が現れて、救ってコロッケの作り方を教えてくれたんだって～？　も～、泣きながら屋台のおじさんがずっと話してたよ～、村では毎日朝晩欠かさずに黒マントの大魔導士にお祈りをしてるんだって～。ご利益無さそうなのにね～？」

　信心すれば鰯《いわし》の頭もカルシュームって言うくらいだから、コロッケさんにだってご利益くらい有ると思うんだよ？

「うん、その人はご利益の関係者じゃなくて、災厄の関係者か、最悪の張本人のどっちかだからねー？」「「「それはそれで、拝んどくと怖がって災いが近づいて来ないかも！」」」

　尾行っ娘《こ》の一族が集めた情報を精査してるはずなんだけど、俺の悪口大会にしか聞こえない気しかしないのは何故《なぜ》なんだろう？

確か情報を精査してる会議のはずが、蔑みと罵りになってるんだよ？　うん、全くフォローもせずに我関せずなオタ莫迦《ばか》は後で焼こう！

「こっちは、一睨《にら》みで迷宮王を恐怖させたって書いてあるけど……これは近いよね？」

「うん、確か迷宮皇さんが涙目になって震えてたらしいよ、生まれてから一番怖かったって言ってたから？　うん、惜しいよね？」

よし、今晩はその迷宮皇さんはお仕置きだ！　それはもうあんな事やあんな所をお仕置きだべ～ってお仕置きしよう!!　もう身体《からだ》中隅から隅までお仕置き決定なんだよ。うん、頑張ろう！

「迷宮に落ちて、宝物を拾った幸運な男の子――この童話みたいなのが、実は一番真実に近いんだねー？」「「「うん、真実にはメルヒェンの欠片《かけら》すら無かったけどね!!」」」

延々と尾行っ娘の報告は続き、俺の精神は削られ続ける。うん、イジメなんだろうか!?

そして尾行っ娘の一族は元々は辺境の為に情報収集する一族だった。だけど、隣街が裏切ったときに拠点が隣街に有ったがために家族が人質状態にされ、いつしか隣街の密偵になってしまったらしい。

だから最後は辺境の為にと一族を挙げて反旗を翻すかのように街の住人を辺境に逃がしてくれたんだそうだ。一族全員で死ぬ気とか莫迦過ぎだが、まあメリ父さんに滅茶《めちゃ》怒られたらしいから良いだろう。

「オムイを裏切っていた責任を取って最前線で戦って死なせて欲しいと願い出たら、オムイ様に滅茶怒られたそうです。『家族や一族を守った事に何の悪い事が有る、守るのが罪なら辺境は皆罪人で良い。寧《むし》ろ家族や一族を見捨てて辺境を助けに来たならば容赦なく殺してやろう！　辺境では家族や一族を守った事は誇りに思え！』って怒鳴られたそうです、裏切り者って罵られるどころか良くやったって言葉を頂いたって、これからはオムイに仕えて欲しいって逆にお願いされたって泣いていました」

話をしてる尾行っ娘まで涙目だからよっぽど嬉《うれ》しかったのだろう。しかしオモイ様って誰なんだろう？　そんな立派な喋《しゃべ》り方《かた》をする人に会った事がないから知らない人のようだ……うん、きっと重い人なのだろう？

「でも、これなら遥君に殺し屋さんが送られるかもって言う話も安心だねー？　絶対にこの情報じゃ見つからないし、掠《かす》りもしないよ」「うん、黒衣でコロッケ持ってうろつかなかったらバレないよね？　もう優しい目の時点で発見は不可能だね」「はい、他の報告でも漆黒の鎧《よろい》とか、長大な剣とか、長い金髪で切れ長の目とか、寡黙な傷だらけの思慮深い瞳の男とかで、どれも掠りもしていません」「でもアサシンって夜中寝ているところとか狙うんでしょ？　遥君とアンジェリカさんが2人で待ち構えている深夜の部屋って……アサシンさんが超危険だよ！」「「「いろいろと危ない！」」」「誘拐の可能性もあるんでしょ？」

「「「うん、持って帰ると絶対後悔するのにね？」」」

失礼な、でも女美人工作員とかだったら狙われよう！　ちょっと宿の外に案内板とか作っておこう！

だって男子高校生って女美人工作員さんのハニートラップとかも大好物なんだよ？　まあ、食べた事ないけど。これは女美人工作員さんのハニートラップ募集のビラとかも作っておいた方が良いかも知れない、こうしてまた内職が増えていくんだよ。

「あと未確認情報なんですが王族が迷宮王の宝と装備を狙っているという話も有ります。盗難の危険も有るかも知れません」

「「「えっと……無理？」」」

盗難って……甲冑《かっちゅう》委員長さんを盗むの!?　だって、迷宮皇の宝と装備って丸ごと本人さんで、その本人こそが最強最悪の完全無敵の防犯装置で、その人盗むくらいなら自分で迷宮王を倒しに行った方が早いし、楽《らく》で良いと思うんだよ？

「それとは別に一流の冒険者や腕利きの傭兵《ようへい》の人達《たち》が辺境に向かっているという情報もありました、目的地が辺境かは分かりませんがこの方向に移動しているのは多数確認されています」

「「「あー、あの偽迷宮に挑戦者現る？」」」

「うわー……何も知らずに、あの偽迷宮に入っちゃうんだー」

「「「可哀想《かわいそう》に……」」」

まず通れないし、通れても武器装備は破壊されている。あれは無害化特化の罠《わな》迷宮で、軍に最も向かない構成なんだけど……冒険者か？

「でも兵隊さんよりは頑張るんじゃないかなー？　良い所まで行けて、最高記録が出るかも？」

「うん、頑張って最高記録が出ても喜ばないと思うし、突破できない時点で可哀想なことになるから……だって、装備がパーだよ。その人達って？」

「「「酷すぎる、可哀想だ！」」」

殺すより意義がある、生かしてこそ喧伝《けんでん》できる。

「うん、殺さない代わりに装備や武器を破壊する方が効果あると思うんだよ？　装備や武器が壊れたら戦えないし、生きて帰れば装備が壊れるって喧伝してくれるとね？　そして入ったら装備や武器が壊れるって聞いたら、誰でも入りたくなくなるし。それでも行けって依頼を出すなら、依頼料に高級武器装備の値段が上乗せされるから破産する？　目出度《めでた》いな？」

軍なら大損害、冒険者が厄介だけど延々と装備を壊され続ければ大被害になる——それでも強いれば、遠からず依頼者は破産するだろう。

しかし、なんか分厚い偽迷宮用の罠アイデア特集のレポートも貰ったけど、なんか一部エロトラップばかりのレポートが有る。

うん、きっとオタ達のレポートだな、今度ゆっくり相談してみよう。粘着罠《トリモチ》からの装備と服を腐食して、そこに触手な魔物っていう見事な流れ……天才だ！　相談しよう！

まあ、それはともかく時々罠を変えていれば嫌になって諦めるだろう。武器も装備も無くなればあきらめも付くだろうし……しかし、触手な魔物さんは何処《どこ》にいらっしゃるんだろう？


そして誰も攻めて来られなければ、その間に内政だ。こっちが平和な間に迷宮攻略と経済の活性化を進められる、人だけはすぐには増えないけど隣街の人たちも来たし魔石が豊富にあるのだから産業はすぐに発展するだろう。

今までは貧しくて人手不足なので企業化すらできなかっただけで、安全で景気が良ければ分業化が進み勝手に発展するはずだし、発展が遅いようだったら工業用の魔道具を作ってばらまけば良い。

それで物とお金が回り始めれば街も周りの村もきっと大丈夫だ。うん、これで内職から解放される！　これで男子高校生の深夜の本分に集中できるのだ！

だから明日からは、またダンジョンの攻略。安全と発展の邪魔者だし、『ゴーレム・メーカーの指輪』みたいな出物だって有るかも知れない。そしてきっとどこかに好感度だってあるかも知れないんだよ！　ま、まさか異世界の何処にも俺の好感度が無いとかないよね、マジで？

そうして夜中まで現在のダンジョンの攻略情報を出し合い、パーティーの編成やユニオンの計画を話し合う。

結局迷宮を殺したのは俺と委員会で潜ったゴーレム迷宮だけらしい。他は40階層前後で苦戦中みたいだが、1パーティー単独だと中層域は厳しいのだろう？　どうも、その辺りからは得意不得意や得手不得手の相性問題が大きいみたいだ。

そうして夜食をつまみながら明日からの編成分けと攻略順を話し合っていたら夜中になっていた。だから気を利かせて深夜食にフライドポテトwithケチャップさんを出したら「寝る前にお芋さんの揚げ物なんて女子には残酷だ！」って怒られた？　しっかり全部食べながら怒っていた？　ちょ、それって俺のせいなの!?　うん、儲《もう》かったな？

さて、夜も更けたのでお開きだと解散し、各々部屋へ戻って行く。

さて——内職だ、そして2回戦だ！　お部屋《そこ》には男子高校生の決して負けられない決戦が待っているんだよ！

ちょっと湯浴《ゆあ》みもしたいしお部屋で桶裸《おけはだか》の戦いだな、さらに啄木鳥《きつつき》の様に突き捲《ま》くる計で行こう。そう、男子高校生の冒険は深夜《これ》からだ！

あとがき

初めましての方よりは、きっと大半はお久しぶりだと思いますが、延期で遅くなり、年まで跨《また》ぎましたがようやく3巻を（汗）

そんな訳で大変遅くなりました。そして、お手に取って頂きありがとうございます。

まあ、あの巻末の次巻予告は毎回担当編集者様のY田さんが勝手に書いていて、あの次巻予告ページを見て……「マジ!?」ってスケジュールを初めて聞くんですけどね（笑）

そんな訳で多々ご迷惑をおかけしましたが、ぶーた様素敵な絵をありがとうございました。そして、これまた素晴らしい絵を描いて頂けて榎丸《えのまる》さく様ありがとうございます、よろしくお願いします。大変ご迷惑をおかけすると思いますが、悪いのはそのY田さんです（確信！）

まあ、あまり編集さんを虐《いじ》めてはと思われる方もいらっしゃるかもしれませんが、1巻、2巻ともページ数ギリギリで計算して削りに削って……最終的に、「ページ余っちゃった、あとがき書いて（テヘペロ）」で、結果さらに余って次巻予告入れた全ての犯人さんです（笑）

なので今回も謝辞がいっぱい書けるなと犯人……ゲフンゲフン！　いつもそれはもうこれでもかとお世話になっている担当編集者のY田様と、そのせいで大変ご迷惑おかけする鷗来堂《おうらいどう》様、あと地方なものでコミケも謝恩会も遠くて御挨拶もできていませんが、コミカライズのびび様、そして榎丸さく様、素敵な絵をありがとうございます。

そして書籍版をお買い上げくださった皆々様に感謝と、WEB版からお付き合い頂いている方々に深謝を。

そのWEB版では有名な話なのですが、「誤字が多いお話No．1」だと、誰彼無く認められる偉業を達成している惨状ですが、現在では投稿中の小説家になろう様に誤字報告機能が実装されて日々沢山の誤字報告を頂き、あまりの多さに「どの、誤字報告を適用しようかな～」とか贅沢《ぜいたく》に選択させて頂いたりしております。いや、すいません、いつもありがとうございます（汗）

そして、今は報告機能が実装されて閉鎖されてしまいましたが、まだ実装されていない頃、あまりの誤字の多さに「誤字脱字報告&校正パッチサイト『誤字ぺったん』」というサイトを作っていただきました、ゆき様にも本当にありがとうございます。いや、凄《すご》く助かりました（特にこの3巻とかw）

そして、沢山のご感想をありがとうございます。一人でポツポツと書いているもので沢山の方から感想を頂くことで、大変参考にもなり、視点も広がり、あと――大量にネタもパクらせて頂いております。いつもありがとうございます（笑）

そんなこんなで小説どころか文章等《など》一切書くこともなく、もう面倒でSNSどころかメールもしない超絶筆無精なのに、何故《なぜ》か魔が差して「どうせ誰も読まないんだから、ちょっと」と言う気の迷いから投稿し、なのにいきなり感想をいただき、そこで「誰か読んでる!?」と驚愕《きょうがく》しながら慌てて続けていたら——なんだか沢山の方々から救《たす》けられ、こんな大事になっていました。本当にありがとうございます。

丁度当時話題になっていたので、WEBでも「書籍化詐欺キター!」とか言っていたのが早3巻と思うと感慨深いような、あの怪しい2人組が詐欺師じゃなかったんだ(吃驚《びっくり》)、というオーバーラップ様にも感謝を……まあ、一人はY田さんだったんですけどね(笑)

※基本このお話は王道、お約束、テンプレで進行しながら、「でも、そうはならないよね?」と言う、捻《ね》じ曲がった感覚で進めております。

なので、この巻では女の子を助けに行くヒーローが素直じゃないし、嘘《うそ》つきの照れ屋の捻《ひね》くれ者だとここまで台無しにと言うくらいに、それはもう颯爽《さっそう》と登場し、格好良く救けたりする訳ですが……まあ、3巻をお買い上げくださった方は重々承知だとは思いますが、いきなり3冊御購入くださされた方はすいません。はい、こんな主人公なんです。

I Love You=月が綺麗《きれい》ですね。が、有名ですが、海外ファンタジーなんかを読んでいて、「うわっ、これは日本人には無理」って言うシーンが物凄く多くて、それを熱血キャラで書いてしまうとなんだかなと言う感じで……まあ、それなら最高に悪い意味で、照れ屋で、嘘つきなままとことん認めず、意地まで張り出して、何が有ったってイイシーンなんて無理だと徹底的にモブるけど、弱くても最強。

そんな無理で、無茶苦茶で、有り得ないトンデモな主人公と、そんな大迷惑に騙《だま》され振り回され、もうわかってても諦めちゃうようなヒロインと仲間たちが、少しでも書けていれば良いなと思いつつ——書けば書くほど訳わからないなと、振り回されながら書いている毎日ですが、こうしてやっと3巻という形になりました。

本当に出版に携わってくださった沢山の方々、そして本作をお読みくださった方々にただただ感謝申し上げます。

さて、あとがきが長いと気付かれた方。

正解です。はい、今回なんて「ページが5ページくらい余っちゃった（テヘペロ）」と犯人（Y）の証言で、あとがきが豪華に。うん、WEBでも編集者虐待だとか言われていますが……これ、絶対虐めて良いと思うんですよ（笑）

そんな訳で相変わらずなこんなお話ですが、お付き合い頂ければ誠に幸いです。

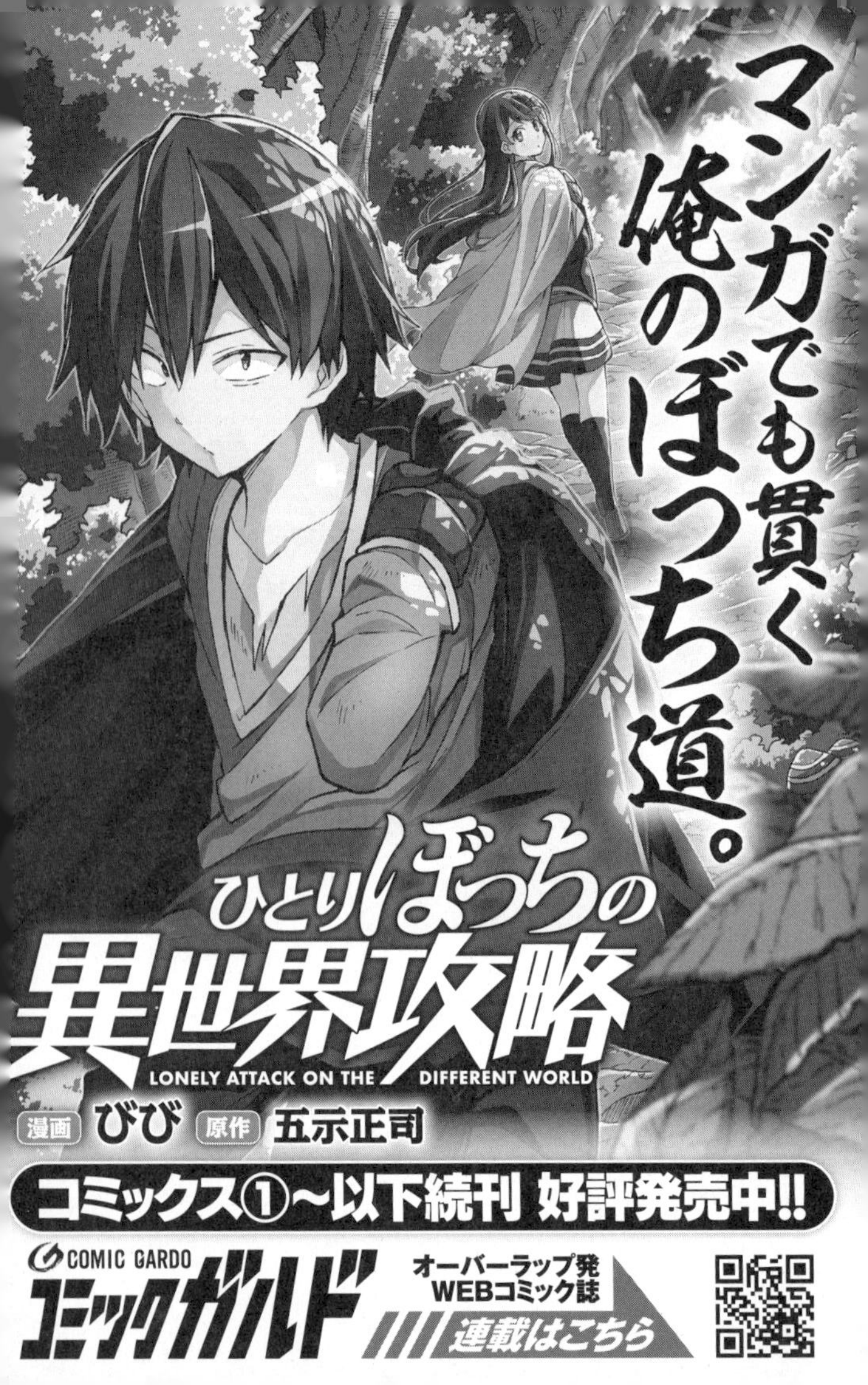
マンガでも貫く
俺のぼっち道。
ひとりぼっちの
異世界攻略
LONELY ATTACK ON THE DIFFERENT WORLD
漫画 びび 原作 五示正司
コミックス①～以下続刊 好評発売中!!
COMIC GARDO
コミックガルド
オーバーラップ発
WEBコミック誌
連載はこちら

作品のご感想、
ファンレターをお待ちしています

あて先

〒141-0031
東京都品川区西五反田 8-1-5 五反田光和ビル 4 階
ライトノベル編集部
「五示正司」先生係／「榎丸さく」先生係

OVERLAP

ひとりぼっちの異世界攻略 life.3
泣く少女のための転移魔法

発　　行　2020年2月25日　初版第一刷発行
　　　　　2024年9月1日　　　第三刷発行

著　　者　五示正司

発 行 者　永田勝治

発 行 所　株式会社オーバーラップ
　　　　　〒141-0031　東京都品川区西五反田 8-1-5

校正・DTP　株式会社鷗来堂

印刷・製本　大日本印刷株式会社

Printed in Japan　ISBN 978-4-86554-478-7 C0193